Gaiola de Estrelas

Obras da autora publicadas pela Editora Record

Gaiola de estrelas
Rua da desilusão

JACQUELYN MITCHARD

Gaiola de Estrelas

Tradução de
BEATRIZ HORTA

EDITORA RECORD
RIO DE JANEIRO • SÃO PAULO
2008

CIP-Brasil. Catalogação-na-fonte
Sindicato Nacional dos Editores de Livros, RJ.

M667g   Mitchard, Jacquelyn
         Gaiola de estrelas / Jacquelyn Mitchard; tradução Beatriz
         Horta. – Rio de Janeiro: Record, 2008.

         Tradução de: Cage of stars
         ISBN 978-85-01-07667-0

         1. Mórmons – Ficção. 2. Romance norte-americano. I. Horta,
         Beatriz. II. Título.

                       CDD – 823
07-3779   CDU – 821.111-3

Título original norte-americano:
CAGE OF STARS

Copyright © 2006 by Jacquelyn Mitchard

Todos os direitos reservados. Proibida a reprodução, no todo ou em parte,
através de quaisquer meios.

Direitos exclusivos de publicação em língua portuguesa somente para o Brasil
adquiridos pela
EDITORA RECORD LTDA.
Rua Argentina 171 – Rio de Janeiro, RJ – 20921-380 – Tel.: 2585-2000
que se reserva a propriedade literária desta tradução

Impresso no Brasil

ISBN 978-85-01-07667-0

PEDIDOS PELO REEMBOLSO POSTAL
Caixa Postal 23.052
Rio de Janeiro, RJ – 20922-970

EDITORA AFILIADA

Para Jane Gelfman

Quantas estrelas tem seu céu?
Quantas sombras tem sua alma?

D. H. Lawrence
As estrelas estáticas

Agradecimentos

Agradeço sempre e em primeiro lugar à minha assistente Pamela English. Pam, você não é só o cérebro do negócio, é o coração. Obrigada ao meu novo e brilhante editor Jamie Raab e à esplêndida equipe da Warner Books (espero fazer com que vocês se orgulhem de mim) e, sempre, à minha agente Jane Gelfman, que tem de prometer que, quando estiver com 100 anos e eu, com 95, vai continuar sendo minha amiga e conselheira. Os esclarecimentos sobre como é a vida de paramédico, agradeço à minha amiga Crystal Fish. Os vinte anos de amizade, as preces nessa e em outras empreitadas, a gentil ajuda em me fazer entender o que é a religião mórmon, agradeço à Kahlil Kelly e sua maravilhosa família. Obrigada ao Dr. M.I. por me explicar um pouco sobre esquizofrenia, o drama e as esperanças dessa doença, e obrigada a Shane Baker a cara amizade e as respostas às alucinadas dúvidas de mãe sobre basquete. E, como sempre, obrigada a meus colegas que compartilham chá e simpatia eletrônicos, em casa e de longe, Jeanine, K. J. A. M., Anne, Jodi, Clarice, Arty, Chris, Steve, Karen, Pam, Josh, Judy, Joyce, Eliz J., Stacey, Mikail e Melanie. Estou surpresa e grata por minha maravilhosa família não ter me abandonado num bloco de gelo. Não é preciso, mas vou dizer mesmo assim, que fatos parecidos com os que estão em *Gaiola de estrelas* acontecem no mundo, mas esta é uma obra de ficção e todos os erros são de minha total autoria.

Prólogo

Quando me dispus a achar o assassino Scott Early, não percebi que eu era uma menina boba querendo calçar os grandes sapatos de Deus.

Depois que tudo terminou, todo mundo perguntava por que eu tinha feito aquilo. Eu não sabia explicar. Estava tudo virado e confuso em minha cabeça. Antes, tinha sido tão claro para mim que havia um jeito e que eu devia insistir.

Parecia tão evidente. Depois, nem tanto. E aí, era tarde demais.

Abri a porta naquela derradeira manhã e lá estavam os jornalistas zunindo como uma nuvem de mosquitos. Eles me perguntaram *Você planejou isso durante todos esses anos, Ronnie? Como conteve essa raiva tanto tempo, Ronnie?* E eu pensei: como alguém pode pensar que quatro anos era um longo tempo para "conter a raiva", considerando o que tinha acontecido conosco? Quatro anos não eram nada. As pessoas ficam com raiva por mais tempo que isso porque alguém roubou o namorado delas! Com algumas poucas exceções, aqueles quatro anos, que consistiram basicamente em toda a minha adolescência, passaram como um filme mudo. Como aqueles repórteres se sentiriam, se tivessem passado o que eu passei, olhando todos os dias para aquele barracão entre a casa e o celeiro, o barracão que, antes de Becky e Ruthie morrerem, papai passou anos pensando em consertar para dar a mamãe um ateliê melhor, aquela velha construção sólida cuja pintura cinza já se esfarelava, castigada pelo sol, o vento e a erva daninha roxa e densa agarrada às paredes? O que os repórteres teriam feito? O barracão não mudou nada. Ficou sempre igual. Eu o via todos os dias, quer os lisiantos e as rosas no jardim de mamãe estivessem florindo ou as luzes de Natal estivessem acesas. Ele era sempre assim. Só era triste. Como nossas vidas, por um tempo longo demais. Ninguém mais tinha passado por aquela situação. Por isso podiam fazer perguntas idiotas com a sutileza de um enorme trator. Outro cara gritou para mim — e ele falava sério — *Você planejou matar Scott Early? Talvez você tenha feito uma expiação pelo sangue. Os mórmons acreditam nisso... você também?*

Eu estava tão cansada. Com tanta fome e sozinha. Como uma idiota, respondi:

— Aposto que você acha também que meu pai tem cinco esposas.

O cara arregalou os olhos e virou a página do seu bloquinho de anotações.

— Ele *tem*? — perguntou.

— Não. Ele tem 65 esposas, exatamente como no filme *O rei e eu*.

O repórter não gostou. Sabia que eu estava sendo irônica. Sentei no meio-fio, encostei a cabeça nos joelhos e fiquei calada até meu pai chegar com tio Andrew, que mandou que eu não dissesse nada. Expiação pelo sangue? Fiquei pensando. Essa, não! Uma coisa era acreditar que o preço pago por Scott Early era pequeno demais pelo mal que fez. Ainda acho isso. E, sim, discordava de meus pais: eles achavam que, seu eu perdoasse Scott Early, não teria mais aqueles pesadelos assustadores com palpitações que deixavam minha camiseta molhada de suor, com um cheiro metálico e sujo como dinheiro velho no bolso. Mas achar que eu queria o sangue de Scott Early? Só porque eu era mórmon? Pura ignorância. Muitas vezes, até pessoas boas acham que os mórmons são doidos, que o líder da congregação casa você aos 13 anos! Pode até ser que coisas desse tipo acontecessem há um século, mas, até poucos séculos atrás, os católicos europeus queimavam gente na fogueira. Também não fazem mais isso!

Para os mórmons comuns, "expiação pelo sangue" significa apenas que derramar o sangue de alguém é a coisa mais horrível e "expiar" é redimir o seu pecado. É uma metáfora, como aquelas que se aprende na aula de inglês. Os mórmons acham que se deve fazer o bem para redimir os pecados, não só para mostrar que se arrepende deles. Quando fui para a Califórnia, não achava que Scott Early tivesse expiado seus pecados. Mas também não sabia o que ia fazer com isso, achei que me seria revelado. Nunca pensei em violência.

O que aconteceu... aconteceu... apenas por um erro mínimo.

Tenho de suportar isso pelo resto da vida.

Eu sempre soube o quanto fiz minha família sofrer. Meus pais confiavam plenamente em mim. E traí a confiança deles. Menti, sem nunca ter mentido antes. Só contei parte da verdade. Disse que eu precisava ficar longe de Utah. Ficar longe do barracão. Ia para San Diego, uma cidade ensolarada, de gente jovem e sonhos jovens, fazer um curso de dois anos pós-secundário e me preparar para ser paramédica, trabalho que pretendia fazer para pagar a faculdade. Sim, percebi o olhar que meus pais trocaram. Sabia que aquele olhar significava que sabiam que Scott Early estava na Califórnia, mas achavam que eu não soubesse. Eu me fiz de boba. Eles acreditaram. Mas atrás de toda aquela inocência havia um coração obstinado. Acho que me sentia muito madura, até velha, por tudo o que nossa família tinha passado. Porém, aprendi uma coisa. Passar por um sofrimento e terminar o secundário cedo não amadurecem ninguém. É preciso muito mais do que isso.

Uma vez, logo depois que minhas irmãs morreram, papai me disse que uma pessoa comum não podia se redimir pela outra. Disse que a questão era entre o pecador e Deus. Ele tinha razão. Mas eu não suportaria ouvir aquilo. Era muito segura de mim. Eu, Veronica Bonham Swan, uma garota decidida, de longos e cacheados cabelos castanhos dos quais muito se orgulhava, que adorava cavalos e ciência, detestava lavar roupas na máquina e fazer provas trimestrais. Eu achava que uma pessoa era capaz de conseguir o que todo um sistema não tinha conseguido. Tudo na minha vida veio fácil.

Tudo, exceto a coisa mais importante de todas.

Que acabou se transformando na única que interessava.

E assim eu achava que tinha sobrevivido ao lindo dia de final de outono quando Scott Early encharcou nossas vidas com sangue. Achei que, se eu não fizesse algo, quando a minha hora chegasse (quer essa hora fosse aos 20 ou aos 90 anos), eu morreria sabendo que falhei com Becky e Ruthie na vida eterna, assim como falhara aqui na Terra. E não seria capaz de olhar para minhas irmãs pequenas quando elas viessem correndo na minha direção, no céu.

Capítulo Um

Na hora em que Scott Early matou Becky e Ruthie, eu estava escondida no barracão.

Não por medo. Não tinha medo de morrer naquela época, como não tenho agora. Foi porque estávamos brincando de esconde-esconde. Toda vez que meus pais me deixavam tomando conta delas, minhas irmãzinhas ficavam me implorando: "Ronnie, Ronnie, Ronnie!", insistiam, puxando minha blusa enquanto eu tentava arrumar a cozinha. "Apostamos que dessa vez a gente acha você. Apostamos!" E eu sempre acabava concordando e avisava que, se não me achassem, teriam de ficar juntando todos os lápis-cera e os álbuns de figurinhas do quarto delas, até que mamãe voltasse.

"Dessa vez não estou brincando, Coisinha Um e Coisinha Dois", avisei, naquele dia. "*Não vou* lá no quarto tirar de debaixo da cama as roupas limpas e os cadernos de vocês antes da mamãe chegar."

"Eu juro, solenemente", disse Becky. Tive que rir. Os dentes dela estavam roxos por causa das amoras que tinha comido no café-da-manhã. Becky era magra e ágil como um peixinho de riacho e parecia viver praticamente de ar. Ruthie era roliça e "redonda" como um pequeno coala. Adorava comer rosquinha ainda na assadeira.

As duas queriam brincar lá fora porque estava muito quente, era um dia ensolarado atípico para novembro, embora nunca faça muito frio num lugar que fica praticamente ao lado do deserto de Mojave. Naquele dia, as árvores roxas, amarelas e vermelhas mudando de cor estavam tão espalhafatosas quanto uma banda passando.

Assim, uma hora depois, eu estava de cócoras no barracão, atrás de um grande saco de barro para fazer cerâmica e um caixote de argila, esperando que daquela vez uma aranha não pulasse nas minhas costas. Não dava para eu ver minhas irmãzinhas. Mas imaginava que estavam encostadas na mesa de piquenique, onde nós jantávamos em quase todas as noites no verão, quando não havia muitos besouros (comíamos os tomates e milhos que nós mesmos plantávamos, às vezes acompanhados de tacos e feijão-preto), ouvindo os trinados de é-hora-de-dormir dos pássaros. Becky e Ruthie deviam estar tapando os olhos com as mãozinhas, contando rápido para depois gritarem "Lá vou eu!" Eu sabia que Ruthie seria a primeira a dizer isso. Sempre era, e Becky sempre ralhava com ela, dizendo que não era possível já ter contado até cem porque ela, Becky, era mais velha e *ela* ainda não tinha chegado a cinqüenta. Sei que não ficaram me espiando porque eu disse que espiar não era direito e eu só brincaria se fosse direito.

Mas, naquele dia, elas não fizeram barulho algum.

Achei que estavam contando até cem em silêncio, porque sempre que brincávamos de esconde-esconde Becky contava o mais depressa possível e Ruthie, que tinha só 4 anos, dizia alto: "Um, dois, três, quatro, oito, catorze, quinze, dez." Becky ficava tão confusa que tinha de começar tudo outra vez.

Cinco minutos se passaram e elas continuaram sem fazer qualquer barulho. Depois de muito tempo, abri a porta do barracão.

E vi minhas irmãs deitadas lá como duas bonequinhas lívidas em grandes poças escuras de tinta. Vi Scott Early, um rapaz de cabelos louros e curtos, sentado na mesa de piquenique, só de calção e uma camiseta suja, soluçando como se elas fossem as irmãzinhas *dele*, como se um monstro terrível tivesse aparecido e feito aquilo. Foi algo parecido com isso que ele pensou, embora na hora eu não soubesse.

Um médico depois disse para minha mãe que o fato de Becky e Ruthie não terem gritado talvez fosse bom. Significava que morreram rapidamente. Quase não sentiram nada. Não podiam ter ouvido Scott Early chegando descalço pelo nosso gramado. O Pai Misericordioso poupou-as do medo. Levar um corte na carótida é um jeito muito rápido de morrer. Eu sabia disso, mesmo naquela época, por causa das aulas de biologia. Mas a morte não é imediata, e passei meses rezando para Becky e Ruthie jamais terem tido tempo de pensar por que eu não estava lá para ajudá-las.

Pois estava sempre lá para ajudá-las.

Embora eu tivesse apenas 12, quase 13 anos, mamãe podia me deixar tomando conta das duas menininhas, mesmo se ela precisasse ficar horas na parte do barracão que era o "ateliê" dela ou lá longe, nas galerias de arte em St. George.

"Você é tão responsável quanto uma mãe, Ronnie", me disse mamãe com calma, uma noite, depois que Becky queimou a mão. Naquela manhã, Becky estava impaciente por causa dos seus "ovos com queijo" e, enquanto eu fritava, pôs a mão para ver se estavam prontos. Queimou a mão na frigideira. Mamãe disse que eu tinha "presença de espírito", porque não chorei nem fiquei apavorada quando Becky gritou. Não passei manteiga na queimadura, como minha avó teria feito, porque teria piorado. Na parte de pronto-socorro da aula de saúde que mamãe me deu, lembrei que queimaduras tinham de ser esfriadas com água na hora, senão o calor por dentro continuaria queimando a pele e seria pior. Coloquei a mão de Becky embaixo da torneira de água fria por cinco minutos, embrulhei gelo numa toalha grossa e enrolei na mão dela. Depois, corri, puxando Becky e Ruthie no carrinho de madeira até a nossa vizinha mais próxima, a Sra. Emory, que nos levou de carro à clínica Pine Mountains, a uns 15 quilômetros, entre nossa casa e Cedar

City. Lá, uma jovem médica colocou uma proteção por cima da gaze do curativo na palma de Becky. A médica falou com tanta calma com Becky que acho que essa foi a primeira vez que pensei em um dia ser médica. Fiquei pensando se poderia significar que eu estava sendo chamada para a profissão.

Becky ficou só com uma pequena cicatriz num dedo, depois que a mão sarou. Nosso pediatra, Dr. Pratt, disse que teria feito o mesmo que eu, só que a levaria para um hospital. Mas não havia um num raio de 90 quilômetros de onde morávamos, no sopé de uma cordilheira coberta de pinheiros. Vivíamos num lugar que não chegava a ser nem uma cidade. Era uma espécie de povoado para gente como meu pai, que sempre dizia que gostava de seu "campo aberto".

Sendo assim, no dia em que elas morreram, ninguém poderia ter salvado minhas irmãs — a menos que os paramédicos tivessem chegado à nossa casa em minutos e todos sabiam que isto era impossível, ou a menos que já houvesse um médico na nossa casa, mas o Dr. Sissinelli, nosso vizinho, estava no hospital.

Nos dias que se seguiram, meus pais repetiram inúmeras vezes que eu não devia me sentir culpada, embora eu percebesse em seus olhos e sua voz que era exatamente assim que eles próprios se sentiam. Disseram que eu não devia me culpar por só ter conseguido pedir ajuda quando já era tarde demais, ou por não ter conseguido pegar o revólver de papai, já que ele estava fora caçando codornas. Quando abri a porta e vi a cena que me mudaria pelo resto da vida, já era tarde demais. A polícia perguntou por que não havia alguém para tomar conta de nós, meus pais responderam prontamente. Defenderam a mim e à opção deles de me deixarem cuidando de minhas irmãs, dizendo que eu era uma menina muito responsável. Fiz exatamente o que devia fazer. Fui corajosa. Disseram que nem mesmo um pai ou uma mãe desconfiaria que Scott Early seria capaz nem de achar um lugar tão remoto nem de pegar a foice que papai tinha deixado encostada no celeiro e usar como espada de um anjo vingador, dando um golpe mortal em segundos.

Ouvi e concordei, mas não acreditei muito neles.

Não queria fazer meu pai sentir mais dor e principalmente minha mãe, mas ninguém podia dizer que eu não era culpada. Meus primos e minhas melhores amigas, Clare e Emma, e até garotos bobos como Finn e Miko diziam a mesma coisa. Mas não importava. Mesmo depois do pânico e da pior agonia terem passado, a culpa permanecia. Não cessava nunca. A culpa era como uma lupa focando um raio de sol e juntando todo aquele calor, fazendo com que uma coisa macia e clara se transformasse em algo capaz de machucar. Nem o amor era capaz de ofuscá-la. A culpa transformou minha raiva numa queimadura que ninguém jamais colocara embaixo d'água fria e, por isso, continuou queimando e queimando até atingir meus ossos. Com o passar do tempo a queimadura das pessoas esfriava, mas a minha, não. Ela esquentou mais, virou uma parte de mim e só foi curar muito tempo depois. Mesmo agora, acho que as cicatrizes ainda devem estar lá.

Capítulo Dois

Pode-se começar a história por onde quiser.

Assim, não é por ser muito triste que não quero começar pelo que a polícia encontrou naquela tarde, quando eles finalmente chegaram à nossa casa. Não há como isso não ser triste. Quer dizer, embora eu agora esteja feliz, não há como uma parte de mim não estar sempre triste. Essa tristeza me pertence, é minha, como a cor dos meus olhos. A morte de minhas irmãs está no meu código genético. Só de pensar nelas, na menor coisa que seja, como em andar com elas em minha velha égua percheron Ruby (o que, aliás, não era perigoso, porque ela só conseguia ficar parada, trotar devagar ou trotar um pouco menos devagar), ainda choro tanto, por um instante, que não posso ver meus gráficos na minha frente. Não quero começar a história com "a tragédia", o ronco dos helicópteros sobre a cabeça, as pessoas tentando fotografar nossa casa feita de toras de madeira, o site sobre os assassinatos do Ceifador, as entrevistas que deram a nosso respeito a jornalistas que compraram sanduíches no armazém ("Eles eram sossegados", foi o que Jackie e Barney disseram. "Eram educados. Sempre. Simpáticos também, mas não do tipo que incomoda." Desde então, fico pensando se, numa situação daquelas, alguém pode dizer outra coisa.) Aquele aparato da imprensa era tamanho... escárnio, embora Jackie e Barney fossem gentis e não tivessem intenção de fazer nada de desagradável conosco. Acabei tendo minhas próprias experiências tentando me fazer entender cada vez que um repórter fazia uma pergunta, e assim, aos poucos, entendi.

Mas nada daquilo o mostraria como nós realmente éramos. Por isso também não quero começar contando como enlouqueci ao ver a história na CNN e na primeira página do *Arizona Republic* em letras enormes e pessoas chegando de carro ao nosso quintal, vindas de todo o estado de Utah, até do Arizona e do Colorado. Ficaram na frente da nossa casa segurando velas acesas, cantando "Misteriosa graça". Também não vou falar de como fiquei gritando que Ruthie e Becky eram nossas e perguntando por que outras pessoas se sentiam no direito de cantar e chorar pelas minhas irmãs, que nem conheceram.

Gostaria que pudéssemos ser vistos, nem que fosse só por um minuto, como éramos antes disso acontecer. Senão, ficaremos marcados para sempre pelas coisas que fiquei gritando naquela noite, enquanto meus pais tentavam me fazer parar e entrar em casa — mais uma manchete de jornal. A tragédia que ocorreu com os Swan.

Nós éramos uma família comum, um pouco mais simples do que outras (minha mãe tricotava suéter para todo mundo, menos para o cavalo), um pouco mais *National Geografic* do que outras (meu pai, com seu jeitão de pisar duro, aplaudindo o pôr-do-sol e fazendo chá de fruto de roseira brava e bebida semi-alcoólica com raízes.) Eles eram meio hippies. Gracinhas de pessoas. Simpáticos. E pais que se amavam. Quando eu era pequena, achava que todos os pais se beijavam na boca sempre que davam bom-dia, como vai.

Que surpresa a minha, quando vi o mundo! A maior parte das pessoas que diz amar só está agüentando o outro por solidão. Quando vi como é a maioria dos casamentos, comecei a querer me apaixonar cedo e para sempre como os meus pais. Não que eu quisesse ser uma Molly Mórmon (tem gente que chama assim porque supõe-se que todo mundo deve se apaixonar e casar jovem e ter filhos logo, se se é membro dos SUD — Santos dos Últimos Dias, o verdadeiro nome de todos os mórmons, Igreja de Jesus Cristo dos Santos dos Últimos Dias), mas porque eu realmente queria. Muitas coisas ficam mais fáceis na vida se você tem alguém do lado o tempo todo, em qualquer situação, alguém que conhece você tão bem quanto você mesmo.

Mas eu nunca quis casar tão jovem quanto meus pais. Eles tinham só 19 anos quando se casaram e foram incríveis. Fizeram tudo sozinhos, sem ajuda de ninguém, com bolsas de estudos e começaram a trabalhar ainda na faculdade. Eles se conheceram no secundário e foram cumprir suas missões tendo só cartas para se comunicarem, mas meu pai disse que nunca mais olhou para outra moça depois que viu Cressie Bonham, a garota alta, de longos cabelos castanhos que voavam para todo lado com o vento. No dia em que voltou da missão para casa em Cedar City, ele a pediu em casamento. Cursaram juntos a Universidade Brigham Young, em Provo, e foram ótimos alunos. Quiseram logo ter um filho, mas isso demorou dez anos. Por essa razão mamãe se apaixonou tanto por arte. Acho que ela fazia bebês de cerâmica por tristeza. Pois, apesar de ter o companheiro perfeito, nenhuma alma queria vir para eles. Acho que o fato de demorarem para ter filhos fez com que ficassem mais próximos um do outro do que a maioria dos pais que eu conhecia, que tiveram filhos logo. Eles às vezes sequer precisavam falar para que o outro entendesse *sei o que você está querendo dizer.*

Mas não eram perfeitos. Tenho a impressão de que, às vezes, meu pai achava que era o mais inteligente. E, outras, minha mãe também achava. Embora meu pai fosse sem dúvida o capitão do barco, que é como deve ser, minha mãe tinha seus méritos. Os dois se entendiam.

Uma vez, quando eu era bem pequena, ouvi meu pai dizer com seu vozeirão de anunciante de rádio: "O que você quer com essa conversa, Cressida?"

Ela respondeu, imitando perfeitamente a voz dele: "Falar com alguém que tenha opinião *formada* sobre o assunto."

E então, como sempre quando ela o imitava, meu pai morreu de rir. E os dois esqueceram a briga.

Meu pai diz que nenhuma família é normal. E não há dúvida que nós tínhamos nossa cota de esquisitice. Para começar, a família dele tinha 11 filhos. Imagine pensar em todos aqueles nomes. Por isso meu pai se chamou London, pois ele foi um dos últimos filhos e meus avós estavam ficando criativos. Começaram com Kevin, Andrew e William e passaram para Jackson, Dante e Bryce (igual o nome do Canyon). Minha avó Swan terminou o secundário e começou a ter filhos, mas ainda vive e mora em Tampa. (Você sabia que tem mais mórmons na Flórida do que em Utah?) Ela... ficou menor e mais irritável do que era. Depois do que aconteceu. Mas eu ainda vou visitá-la. Nós duas assistimos a filmes antigos de Ginger Rogers e Fred Astaire. Todos os filhos dela ainda são vivos, o que a fez quase enlouquecer, ficar obcecada, não que quisesse que os filhos morressem, mas porque Ruthie e Becky morreram antes dela. Ela tem 68 netos e bisnetos e manda uma nota de dez dólares a cada um no aniversário e um livro no Natal.

Outra coisa que fazia com que fôssemos esquisitos era o fato de papai ser "famoso" na nossa pequena comunidade como liberal, ao menos para um mórmon. Quando digo "comunidade" estou exagerando. Refiro-me à *pequena* comunidade. Eram só aquelas poucas casas espalhadas em volta do riacho Dragon, que as pessoas diziam correr das montanhas até St. George. (Entendeu o que quero dizer? A ligação entre São Jorge e o Dragão?) Durante mais ou menos a metade do verão, o riacho era tão seco que dava para atravessá-lo a pé. Mas muito tempo antes, alguém tinha represado uma parte pequena e formou um poço que ficava fresco, embora raso, por um pouco mais de tempo, caso tivesse nevado bastante no inverno anterior. Nós considerávamos aquele poço nosso. Construímos um forte ao lado, juntando dois salgueiros raquíticos e tapamos a parte de fora com barro. Endureceu como se fosse uma construção de verdade. No verão, aquela era nossa sala de troca de roupa. Quando nós, as garotas, não estávamos por perto, os meninos nadavam de cueca. Ficou combinado que só nadaríamos juntos se estivéssemos de roupa de banho ou nas festas que os Sissinelli davam na pérgola da piscina. Lá onde morávamos não era difícil o calor chegar a 36 graus e todo mundo sabia o que é "calor seco", portanto era quente.

Cedar City ficava mais perto de nós e não era tão grande quanto St. George, mas tinha uma faculdade e uma igreja linda como um castelo russo. Não íamos muito lá. Tínhamos nossa igrejinha a uns três quilômetros estrada acima (eu costumava correr a toda pela estrada, tocar a balaustrada da varanda e voltar devagar para recuperar o fôlego para o jogo de basquete), uma agência de correio, uma agência de excursões especializada em caminhadas e uma loja onde Jackie e Bernie vendiam de tudo, de cappuccino a pão Wonder, de bonecas de trapo e colchas de retalhos a patins de gelo e gasolina. E balas. Eles tinham, digamos, metade da loja com prateleiras cheias de balas, desde aquelas de chocolate embrulhadas em alumínio dourado até caramelos em pacotes de quarenta unidades. Papai costumava dizer que a religião metodista nasceu da canção e a mórmon, do pão com açúcar. As pessoas em Utah deviam comer mais açúcar do que em qualquer outro lugar dos Estados Unidos. Não conseguem comer mais nada, então, pode-se dizer que é o vício deles. Em Cedar City tinha também uma velha casa que alguém transformou em loja de antigüidades e tapetes, que só abria no outono. E mais nada.

Mas, mesmo num lugar pequeno, havia gente bastante para mexericar, embora eles não chamassem assim.

As pessoas diziam que meu pai estava sempre questionando tudo, dizendo que a igreja dos SUD tinha tanto poder em Utah que era quase inconstitucional; que a igreja há muito respeitava os negros; que ele era contra a pena de morte, até do tipo "humano"; que ele tinha uma certa vontade de mudar com a família para Nova York ou Michigan, onde ser mórmon seria diferente e significaria mais para as filhos dele do que morar num lugar onde todo mundo era dos SUD. Isso, em parte, era porque o irmão de papai, Pierce, era o bispo de nossa pequena comunidade, da nossa congregação, se preferir. Tio Pierce era tão conservador quanto alguém poderia ser, ao mesmo tempo que era normal o bastante para que fosse possível conversar com ele. Morava mais perto de Cedar City do que nós, mas comparecia ao nosso culto aos domingos e dias santos e nas nossas reuniões especiais de família, na época do Dia dos Pioneiros e sempre que alguém precisasse dele. Nessa reunião também vinham todos os irmãos de papai (exceto um que mora no Alasca e casou-se com uma mulher que não é da nossa igreja, mesmo assim nós ainda gostamos dele), a irmã e o irmão de mamãe com todos os filhos.... Todo ano, no começo de julho, o primeiro dia do festival da nossa família durava praticamente a noite inteira. As pessoas armavam barracas e cozinhavam em fogueiras. Tinha música ao vivo e dança, e os adultos usavam aquelas roupas sem graça de antigamente, com gorros, e todo mundo convidava os parentes do Colorado, de Illinois, de todo canto. No segundo dia, as crianças pequenas participavam do Desfile do Pioneiro. As pessoas nadavam, faziam caminhadas, comiam e escalavam rochas durante quatro dias até ficarem exaustas e prontas para voltar aos subúrbios, longe do que para nós era a vida normal. (Não me refiro aos gorros e às calças de camurça!)

Claro que grande parte da nossa vida era centrada na igreja. Isso vale para quase todos os mórmons. Nem pode ser de outro jeito, se você participa do Programa de Moças na quarta-feira à noite e sua família lê as escrituras junto antes da escola e você passa umas quatro horas na igreja aos domingos. Mas quando você cresce assim, quase não se incomoda. Você entende por que a igreja tem um plano para tudo. Facilita a vida. Não é que sejamos ovelhas num rebanho, todas fazendo exatamente o que diz o Profeta e seus apóstolos (que são uma espécie de conselho de diretores). Você sempre tem seu livre-arbítrio. E, se acredita, faz.

Durante muitos anos, minha única atividade foi praticamente ir à igreja, como uma sombra que anda, mas eu tinha fé.

Nós usávamos aquele prédio como igreja e para tudo o mais também. Olhando, ninguém dizia que era uma igreja. Era pequena, feita de simples tábuas brancas com um telhado que nem era tão pontudo. Mas por dentro era linda, principalmente o piso. O Sr. Emory entalhou em círculos diversas madeiras como bordo, nogueira e bétula. Na entrada, mamãe (minha mãe) fez uma pequena estátua de cerâmica, de flores e abelhas mamangabas no centro de duas mãos levantadas porque a colmeia é um símbolo importante para os mórmons, que estão sempre muito ocupados. A estátua tinha só um metro de largura, mais ou menos, e uns 70 cm de altura, mas era linda. Mamãe levou quase seis meses esculpindo, quando estava grávida de Ruthie. Dentro da igreja, os bancos não eram fixos e as outras salas tinham cadeiras dobráveis que podiam ser postas em semicírculo ou enfileiradas. Nos fundos, ficavam os escritórios e as mesas onde fazíamos nossos deveres da escola, quando tinha alguma aula como a de arte, que não podíamos fazer em casa. A sala de arte tinha divisórias, com as prateleiras cheias de papéis, pincéis e material de pintura e desenho. Tinha até um pequeno forno e um torno de oleiro que a família Sissinelli doou para nós depois que minha mãe disse que gostaria de ter um e que esculpia porque tinha de "sentir a arte nas mãos". Depois, ela ficou sem graça de pensar que eles acharam que foi uma insinuação para vender alguma peça para eles por serem ricos. Mas a Sra. Sissinelli adorava os jarros e esculturas que minha mãe fazia. Ela acabou adquirindo seis, três dos quais mantinha em destaque em casa. E disse para mamãe considerar o forno como uma resposta para a oração, se não conseguisse considerar apenas uma coisa boa. Minha mãe usava o forno quando nos dava aula de arte, e também para os filhos de qualquer pessoa que quisesse vir nas terças à tarde.

Nossa igreja tinha uma pequena escola particular, com um professor em meio período que era pago por coleta entre todos os pais da comunidade. Tínhamos uma pequena biblioteca de apenas três filas de prateleiras, uma ao lado da outra. Havia salas, também pequenas, para escola dominical para adultos e o primário para crianças. Num domingo normal, vinham só umas cinqüenta pessoas. A escola era separada dos escritórios e das salas da igreja por uma cortina com estrelas feitas de um tecido macio, quase como uma cortina de teatro. Alguns jovens faziam pequenas encenações lá, como a *Divina comédia*. Não era como o famoso espetáculo apresentado pela Universidade Brigham Young, mas alguns jovens da nossa escola secundária ou da faculdade local escreveram e encenaram um *Saturday Night Live* mórmon. Começaram com uma oração, depois deram para todo mundo bastões que brilham no escuro, barras de chocolate Three Musketeers e Snickers e ficaram correndo para cima e para baixo no meio dos bancos. O resto foi música, de Motown a tecno, e sátiras como *O senhor dos anéis de noivado*, zombando das meninas mórmons que gostam de mostrar que estão prestes a se casar. Não foi muito ruim, só um pouco. Como a sátira que fizeram com uma canção sobre como as garotas da Califórnia usam jeans apertados demais e que adoram todo mundo, mas criam um caso ou algo assim, que faz os pais se envergonharem e que me deixou meio sem graça também. Minha prima Bridget, que tinha os cabelos mais ruivos da nossa família, sabia escrever e interpretar e minha amiga Clare, que cantava como um anjo, participaram da encenação algumas vezes.

Nós nos reuníamos na igrejinha quando o Profeta (pode-se chamar de Superbispo, embora não tenhamos padres ordenados como outras igrejas têm, porque todo bom mórmon é mais ou menos um padre) falava conosco pela tevê, direto de Salt Lake. Se havia muitos convidados na cidade, era sinal que não sobraria muito lugar. Éramos nós, contando meu tio Pierce, a esposa e filhos e nossos vizinhos Emory da casa ao lado, os Tierney, os McCarty, os Woodrich, os Barken e os Lent, que moravam a três quilômetros, na frente da clínica, mas ainda faziam parte da nossa comunidade; os O'Fallon; Jackie e Barney Wilder, que não tinham filhos, e os Breedwell. Algumas pessoas tinham parentes que não eram da religião, mas vinham, por curiosidade.

Havia muitas piadas engraçadas sobre o "irmão" Trace Breedwell e a "irmã" Annabella Breedwell — tratamos os adultos de irmão, irmã e "helder" se a pessoa é um grande líder na igreja ou um missionário. É normal os mórmons terem muitos filhos, mas a família Bredwell era grande até para os nossos padrões! Há diversas teses sobre por que os mórmons têm tantos filhos. Pessoalmente, acho, em primeiro lugar, que deve ser por que eles precisavam muito de nós quando Joseph Smith começou a religião, para que ao menos alguém sobrevivesse a tanta perseguição. Muitos mórmons ainda acham que quanto mais praticantes, melhor, para difundir a Palavra de Sabedoria, que é a finalidade das missões. Os ensinamentos da igreja dizem que todos nós vivemos no céu antes de nascermos e precisamos ter muitos filhos para fazer corpos materiais para essas almas, como foram os corpos físicos de Deus e de Jesus, assim as almas podem vir para a terra e serem postas à prova. As pessoas são postas à prova para ficarem mais parecidas com Deus e assim vai (você continua tentando melhorar e fazer o bem), mesmo depois que morre. Pode-se até ser batizado como mórmon depois de morto, quer a pessoa queira ser ou não. O cara que escreveu *O leão, a bruxa e o guarda-roupa* era anglicano e foi batizado mórmon seis vezes.

Ao contrário das pessoas que têm muitos filhos (não necessariamente por quererem), a maioria de nós depois fica uma pessoa bem normal, mesmo se nos revoltamos na fase de crescimento.

Eu me revoltei.

Sempre fui teimosa. Meu pai disse que a primeira coisa que falei foi "Mas por quê?"

Depois fiquei ainda mais revoltada. Eu parecia querer me alimentar do lado sombrio da vida humana. Li *Drácula* e *O morro dos ventos uivantes* e outros livros sinistros e bem diabólicos que, embora não fossem exatamente proibidos, não eram recomendados. Li e adorei *A sangue-frio*, que não é o que minha avó costumava chamar de uma história com a "força da vida". Era uma história que vinha do inferno num coração humano. Mas eu tinha de saber daquele negócio. E minha mãe sabia muito bem que eu estava lendo aqueles livros.

As coisas erradas que as outras crianças faziam eram do tipo mais óbvias.

Na nossa pequena região, não se podia aplicar o termo *santo* a Finn O'Fallon, que tinha 19 anos e mal terminara o secundário, apesar de ser muito inteligente. O mesmo quanto às garotas da família Tierney, Maura e Maeve, que eram um pouco mais velhas que eu e gostavam de andar na moda e com decotes bem no limite, com saia curta e umbigo à mostra, embora as irmãs mais velhas não fossem assim. Mas nenhuma era realmente má, se você me entende. Sei que Finn (que teve esse nome por causa de Finn McCool, aquele herói irlandês como o rei Artur ou Paul Bunyan), tomava café e tinha fumado cigarro algumas vezes. Coisas que não se podiam fazer de jeito nenhum, embora não fosse o fim do mundo. Maura e Maeve tomaram gim-tônica com Serena Sissinelli, mas foi só uma vez.

Não parece muito grave, não? Comparado com coisas que as crianças comuns fazem? Garanto que ouvi cada história no meu time de basquete de deixar o cabelo em pé. Mas os pais de Maura ficavam quase doidos de preocupação por causa de um drinque com álcool.

Porém acabaram não criando problema, talvez porque os mórmons passem mais tempo (eu achava que era tempo demais) com os filhos. Meus pais não eram tão obcecados em ficar o tempo inteiro conosco, como alguns pais. Tinham um compromisso de uma ou duas horas a cada dois fins de semana e minha mãe trabalhava fora um dia por semana. Essa era outra coisa que fazia os dois serem diferentes dos demais. Ela era a única mãe por lá que tinha um emprego, além de ser mãe. Mas não que fosse corretora em Salt Lake. Trabalhava no ateliê dela no barracão, onde não tinha calefação, só um aquecedor móvel, apesar de meu pai ter posto calefação e janelas novas depois que ela parou de trabalhar no ateliê, talvez para tentar convencê-la a voltar. Não adiantou. Então, quando cresci, às vezes eu chegava em casa e ficava lá para ter privacidade. Quando eu era pequena, mamãe passava uma hora mais ou menos trabalhando, depois ficava quase todo o tempo conosco, cozinhando, caminhando ou nos dando aula, e tinha sua vocação, que o tio Pierce disse que era o que ela devia fazer: ensinar arte.

Quando pequena, eu me sentia um pouco presa dentro de casa e gostava de ter amigos que não fossem mórmons, como as garotas que encontrava no basquete na escola, o que até as crianças que estudavam em casa podiam fazer. Eu *realmente* queria ter amigas japonesas, francesas ou seja lá o que fosse e ser enviada para algum lugar exótico onde precisasse tomar vacinas para ir, mas teria de esperar para fazer isso. Nas colinas perto de nossa casa não havia muita gente exótica, exceto um eventual turista japonês. Quando finalmente tive amigos que não eram mórmons, gostei muito. Mas sempre percebia que havia coisas que eu não conseguia explicar, não só as que não podia falar sobre, como os rituais religiosos, mas por que somos do jeito que somos. Diz o velho ditado que todo mórmon é um missionário, mas eu não era. Eu simplesmente guardava essa minha parte para mim.

Os Sissinelli eram a única família perto de nós que não era mórmon.

Mudaram para lá só porque a cordilheira Pine Mountains é bonita no outono e bem quente no inverno. Pode-se ir de carro em algumas horas até o Grand Canyon e a lugares para esquiar e caminhar. Eles eram grandes alpinistas, tinham todas as roupas, capacetes e apetrechos. Aqui é a casa principal deles (nós achávamos que era uma mansão), apesar de terem outra. No verão, moram em Cape Cod. O Dr. Sissinelli é anestesista do tipo que ganha muito dinheiro e que costuma se suicidar, ou foi o que li não sei onde. Eu realmente não queria ser anestesista. Ele tinha um motorista para levá-lo a St. George quando ia trabalhar, assim ele podia dormir ou consultar seus arquivos no assento de trás. A Sra. Sissinelli era contadora. Tinha clientes particulares no país todo e trabalhava só pela internet. Tinham um casal de filhos e o menino era tão bonito que parecia Johnny Depp. A filha, Serena, também era bonita e muito simpática; não era convencida como se pensa que seria uma garota que mora numa casa de três andares e piscina interna. Ela saía com muitos rapazes; muitos rapazes não pelos padrões normais, mas pelos padrões mórmons. Teve aquela noite da gim-tônica. Estávamos todas nadando na piscina dos Sissinelli. Não tinha problema os pais não estarem em casa porque Miko, o filho, era salva-vidas no verão. O verdadeiro nome dele era Michelangelo e, se ele soubesse que Serena me contou isso, matava-a. Estávamos nadando e Serena trouxe as bebidas como se fossem limonada e nós todos pensamos que fosse, até darmos um gole e quase vomitarmos. Miko não deu a mínima. Levantou-se e disse para ninguém mergulhar até que ele voltasse. Maeve e Maura pareciam achar que tinham de provar alguma coisa para alguém e cada uma bebeu seu copo todo. Eu sentei lá e fiquei olhando. Isso aconteceu só uma vez, como eu já disse, e elas contaram para os pais. Era normal contar tudo para os pais, mesmo que fossem coisas ruins. Quando Clare e eu tomamos o chá Earl Grey que roubamos de uma das latas da Sra. Sissinelli, confessamos e nem fomos castigadas. Meu pai disse: "De vez em quando, todo mundo faz bobagem." Tivemos de pedir desculpas à Sra. Sissinelli e escrever um texto sobre cafeína e vício. Ao escrever, descobri que Cola-Cola e chocolate também contêm cafeína e fui direto ao meu pai perguntar por que eu podia beber Coca-

Cola e comer barra de chocolate Hershey's e não podia tomar café. Ele riu e disse que barra de Hershey's não estava na Palavra de Sabedoria revelada a Joseph Smith porque lá pelo ano de 1800 ainda não tinham sido inventadas. Mas descobri que a Sra. Emory tinha provisão para um ano de Pepsi diet junto com todas as outras coisas, como atum em lata e manteiga de amendoim (nós também temos de fazer provisão, por garantia), então acho que era uma certa dependência.

Mas éramos muito felizes.

Havia umas seis ou sete garotas um pouco mais jovens ou mais velhas que eu, e ainda as garotas do time de basquete — nem todas mórmons —, e às vezes eu passava o fim de semana na casa de uma delas. Era ótimo elas me convidarem, apesar de eu ser bem mais jovem. Eu não saía com garotos, mas não me importava de vê-las namorando e beijando os namorados. Gostava, mas o que me interessava mesmo era o basquete, principalmente por eu ser a mais jovem do time. Eu era armadora do Lady Dragons de Cedar City (time de calouras do secundário, apesar de eu ter só 12 anos). O *Cedar City Gazette* até publicou artigos falando de mim, minha mãe recortou, colou num álbum e me chamou de "pequeno dínamo". O treinador disse que eu ia entrar para o time da universidade com 14 anos, ou até com 13, porque tinha velocidade, apesar de só conseguir encestar a metade das vezes sob pressão, mas quando jogava sozinha no barracão eu era Michael Jordan. Era a melhor armadora e ponto final; melhor do que as garotas da universidade. Não estou contando vantagem. É a pura verdade. Na cozinha, eu conseguia driblar a bola tão rápido em volta dos pés de Ruthie que ela não conseguia pegar, caía sentada e ria, histérica. Meus pais iam a todos os jogos que eu participava. Eu achava que podia conseguir uma bolsa de estudos por jogar basquete, mas parei de crescer ao atingir 1,60m.

Mesmo se não fosse por isso, eu não conseguiria mais jogar. Embora ainda goste de jogar e assistir a uma partida.

A cada 15 dias, papai me levava de carro a Cedar City, onde eu era "seguradora de bebê" no The Cedars Hospital. Eu segurava bebezinhos que iam ser adotados ou cujas mães estavam muito mal após o parto para segurá-los. Era preciso ter 15 anos, mas papai garantiu a eles que eu tinha experiência.

Não tínhamos tevê em casa.

Minhas colegas de time perguntavam: "Como você vive sem tevê?" Mas me acostumei.

Tivemos uma quando eu era pequena e meus pais me deixavam assistir a programas (tão chatos) do canal aberto de adultos sobre assuntos internacionais e programas não-tão-chatos sobre animais, mas quando Ruthie e Becky cresceram um pouco, ficavam brigando por causa disso, então acabou-se a tevê. Mas tínhamos uns quarenta milhões de CDs, não só clássicos e religiosos, mas de rock e música country e meu pai instalou caixas que distribuíam o som para o andar de cima. Quando eu tinha dez anos, costurava minhas roupas e aos 12, desenhava os modelos, fazia e ficava muito bom. Tínhamos um computador e um laptop porque meu pai dizia que as enciclopédias já estavam ultrapassadas no momento que eram compradas e precisávamos de informação para fazer os deveres de casa. Minha mãe fazia esboços de desenhos no programa que tinha no micro, e os alunos de papai mandavam e-mail para ele com trabalhos e perguntas. As meninas tinham jogos de computador como Criador de Zôo e um programa que ensinava a digitar. Até Becky conseguia escrever no computador na época em que ela... morreu. O laptop era praticamente meu e eu sentia ciúme dele.

À noite, eu lia e mandava e-mail para as amigas, exceto nas segundas e nas Noites Familiares, quando ouvíamos uma palestra que supostamente devia servir para a vida, ou então apenas fazíamos algum jogo. Eu gostava de ficar on-line com minhas amigas, embora do quarto onde eu dormia com Ruthie e Becky pudesse ver as luzes acesas na casa delas. Minha mãe uma vez contou sobre uma cidade que ficava bem perto do Pólo Norte e só tinha vinte telefones e um dos números não estava na lista! Era assim conosco, ou seja, com minha melhor amiga Clare Emory e eu. Nós podíamos abrir a janela e chamar a outra. Mas isso não seria discreto. Clare e eu tínhamos micros, porém nossa segunda melhor amiga, Emma, não tinha. Então Clare ligava para Emma e contava o que eu tinha escrito. Nós falávamos sobre as mesmas coisas que todo mundo fala, roupas e garotos, deveres escolares e garotos. Clare e Emma também tinham uma queda por Miko Sissinelli como eu, quando já estava com idade para saber o que era aquilo, mas só eu admitia a tal queda. Clare escrevia sobre seu projeto de ser cantora. E hoje ela é, em Nova York.

Clare nunca desistiu de sua paixão pelo canto. Eu, sim. Desisti do basquete. Não gostava de ser olhada só por jogar bem ou virar o jogo. Acho que tentei, mas perdi para sempre o interesse em jogar depois... bom, depois da sentença do tribunal.

Na época, eu gostava de matemática e ciências. O basquete era a segunda coisa de que mais gostava.

Meu pai dava aula de literatura americana na escola secundária, embora eu não a freqüentasse. Ele também me ensinava, à noite, por meia ou uma hora. Minha mãe fazia o restante em duas horas e pronto.

— Incrível quanta coisa se consegue fazer em três horas de aula por dia sem ficar subindo e descendo e sem aquele controle, reuniões e bobagens — disse minha mãe à Sra. Breedwell.

— Experimente ensinar oito alunos em casa. Cada um de uma idade — ela sugeriu.

— Eu não faria isso, irmã Anna, ficaria completamente doida — declarou minha mãe. E desviou o olhar como se tivesse visto uma coisa lá longe que chamou sua atenção. Há peças esculpidas por minha mãe que estão na Tate Gallery e há um jarro feito por ela que está no Museu de Arte Moderna. Ela costumava vender montes de jarros e vasos para turistas e colecionadores em galerias de todo o Oeste. Papai dizia que ela faria sucesso mesmo se ganhasse cem dólares por ano, porque fazia o que gostava. Ela fazia muito mais que isso.

E gostava.

Não faz mais.

Nunca mais fez.

Isso valorizou muito as peças dela, mas só no sentido financeiro. Ela terminou dezenas de vidros e cerâmicas que jamais mostrou. Quando as pessoas compram agora, ela recebe cheques de alto valor. Mas não liga.

Ela não tinha talento para o que queria. Nem todo mundo tem, acho.

Quando penso na conversa dela com a Sra. Breedwell naquele dia, muito tempo atrás, tenho de admitir que, de certa forma, minha mãe não era feliz como as outras. Os O'Fallon tinham seis filhos; os Tierney, sete; os McCarty, seis. Clare tinha quatro irmãos. E, claro, havia os Breedwell. Ninguém tinha menos de quatro filhos. Minha mãe não era abençoada na questão bebê. Engravidava, mas a gravidez nunca vingava. Ou quase nunca. Nossa família só tinha nós, três meninas, embora na época da tragédia minha mãe estivesse completamente feliz porque estava grávida de nosso irmão Rafe depois-da-fase-de-poder-perder. (Na época, não sabíamos que era menino. E digo "nós" porque ele era irmão de Ruthie e Becky também, assim como Thor, embora minhas irmãs jamais tenham conhecido os dois meninos.)

Teriam adorado.

Eu os adorava, embora no começo tivesse medo de gostar demais de Rafe e meus pais também tivessem medo.

Raphael nasceu exatamente duas semanas depois de minha mãe chegar em casa e me encontrar no quintal, segurando Ruthie e Becky, enquanto a Sra. Emory estava dentro de casa, falando no telefone com a polícia.

Agora eu tenho de contar, não?

Capítulo Três

Lembro de tudo naquele dia.

A gente pensa que não vai lembrar. Pensa que não sabe o que sentiu numa hora daquelas. Pensa que seria demais. Que desmaiaria. Ou que a cabeça sairia do ar, mesmo se estivesse consciente. O pior é que não é isso que acontece. Ou pelo menos não foi comigo. Fiquei lá, incapaz de esconder nem por um instante aquele estado sobrenatural que as pessoas contam, como se tivesse saído do corpo. Lembro perfeitamente que escorreu um fio de sangue da boca de Ruthie que pingou na minha melhor blusa, de usar sábado, minha blusa de jersey da Universidade de Nevada-Las Vegas, e depois Ruthie parou de sangrar. Na época, eu não sabia que as pessoas param de sangrar quando morrem. Vi o corte no pescoço dela como se fosse uma pequena boca com os lábios franzidos e brancos, onde Scott Early tinha atingido. Lembro do rádio dentro de casa, de Emmylou Harris cantando "If I Needed You". Lembro do cheiro de *tortilla* assada que mamãe tinha feito e eu estava esquentando para mais tarde.

Lembro de Scott Early com seus cabelos louros curtos e sua camiseta e calção sujos, cobertos de suor e gotas de sangue.

Meus sentidos não deram nenhum sinal para temer Scott Early, quando abri a porta do barracão. Ele era como um animal que tinha sido atropelado por um carro, estava vivo mas desligado, completamente desligado. Quando corri para ligar para emergência, nem pensei em virar para ver se ele vinha atrás de mim com a foice. Depois me contaram que ele jogou a foice atrás do barracão, com toda força, girando o corpo como se estivesse arremessando um disco.

A telefonista de emergência atendeu no primeiro toque.

— Um homem feriu minhas irmãs — falei. Eu estava suando e ofegante como Ruby ficava quando subia a colina com nós todas montadas nele, mas tentei ficar calma e garantir que a moça havia entendido o que eu disse. Por algum motivo, fui até o ar-condicionado e o liguei. Ele continuava ligado dias depois, quando lá fora estava uns dez graus centígrados.

— Você está dentro de casa? As portas estão trancadas? — perguntou a telefonista.

— Não, ahn, sim, estou dentro de casa, elas estão lá fora e acho que estão muito feridas, foram cortadas! Você tem de mandar um helicóptero, senão elas vão morrer!

— Diga seu endereço e tranque as portas já — mandou a telefonista.

— Não precisa, ele já terminou! — não conseguia explicar como sabia que Scott Early tinha terminado o que havia feito com Ruthie e Becky, que não ia acontecer mais nada. — Eu não tenho, nós não temos endereço. Ah, temos. Temos um número de incêndio, mas não consigo lembrar! Pegamos a correspondência na Caixa Postal. Mande um helicóptero ou alguma coisa! Resgate médico! Fica a uns 50 quilômetros a sudeste de Cedar City, na Pike Road. A nossa é a quarta casa! Tem de vir já!

— Deixa eu falar com seu pai — pediu a telefonista.

— Ele não está! Ah, por favor. Por favor, me ajude! — eu já estava chorando alto, misturando as palavras. Dava para ver lá fora que Scott Early levantava e sentava, gritando e segurando a cabeça.

— Deixa eu falar com a sua mãe — disse a telefonista.

Joguei o fone na parede, passei correndo por Scott Early no quintal e fui até a porta da Sra. Emory. Clare estava em casa, mas não conseguiu sair quando ouviu o que eu falei. Mas a Sra. Emory saiu. Ficou bem do meu lado, e voltei correndo o mais que pude ao nosso quintal, ela estava ofegante quando chegou. Sem se incomodar com Scott Early, ela se ajoelhou ao lado de Ruthie e pôs a mão no pescoço dela, do outro lado do corte. Depois, levantou os olhos para mim. Vi tudo no rosto dela, simples e claro.

— Não! Vá embora! — gritei para a Sra. Emory, mas não era o que eu queria dizer.

— Ronnie, querida — ela começou a dizer, estendendo a mão para mim.

Mas continuei berrando.

— Não toque nelas!

Clare estava na beira do nosso quintal, com as mãos no rosto. Sentei ao lado de Ruthie e coloquei-a no meu colo. Ela estava toda mole e quente.

— Ruth Elizabeth! — gritei pare ela. — Ruthie, escute! É a Maninha! É a Ronnie!

A Sra. Emory estava tentando ligar para o Dr. Sissinelli, mas disse que atendia a secretária eletrônica.

— Droga — ela disse. É preciso ser bem grave para uma mãe como ela xingar assim.

Quando eu estava segurando Ruthie, pensei na injustiça que estava fazendo com Becky, então, embora ela fosse grande para a idade, puxei-a para o meu colo também. Meus braços ficaram riscados de sangue, minhas pernas molhadas com a urina delas. Senti o cheiro. Scott Early andava em círculos, o peito, os ombros e o cabelo dele eram um quadro abstrato e vivo feito de sangue, esguichos e riscos. Como as pinturas modernas de Cristo.

— Quem são elas? — ele ficou resmungando sem parar.

E então minha mãe chegou no carro dela.

A Sra. Emory correu para impedi-la de sair do carro, mas mesmo grávida e movendo-se com dificuldade, veio pela entrada da garagem e pelo quintal antes que a Sra. Emory conseguisse detê-la. Mamãe se jogou no chão ao nosso lado.

— Reze, Ronnie, reze o mais que puder — disse ela.

Perguntei:

— Mãe, rezar para quê?

Ela parou. Pôs as mãos no alto da cabeça e ficou apertando os cabelos. Depois, disse:

— Não sei. Para que elas vivam, ou se não... — Sentou-se sobre as pernas dobradas. Mamãe sempre foi lépida e forte e ficou balançando, segurando a barriga.

Quando os paramédicos finalmente chegaram (isso também eu não consigo parar de lembrar), Becky e Ruthie já estavam começando a esfriar, principalmente a ponta dos narizinhos e dos dedos. Um paramédico aplicou uma agulha intravenosa na mão de Ruthie mas o outro, que estava com lágrimas nos olhos, afastou-o de Becky, balançando a cabeça. Os dois ficaram nos rádios chamando Cedar City. A essa altura, todo mundo que morava no nosso vilarejo tinha saído para as varandas. Minha mãe sentou-se no chão e fechou os olhos azuis de Ruthie. Depois, apenas alisou o cabelo delas e cantou baixinho "Aqueles lindos cavalinhos". Era a música que cantava para as duas dormirem quando eram bebês.

O xerife chegou, saiu do carro empunhando o revólver, guardou-o na bainha, colocou um pano nos ombros de Scott Early, algemou-o e levou-o para o carro da patrulha. Eles realmente empurram a cabeça da pessoa com delicadeza para entrar no carro.

Depois que Scott Early estava dentro do carro, o xerife veio falar conosco.

Perguntou-me o que tinha acontecido e contei. Contei a mesma coisa para outra pessoa, um policial que chegou num carro simples e não estava de uniforme. Minha mãe não disse nada. O xerife perguntou a ela se estava em casa quando aconteceu, ela não respondeu, então eu disse:

— Minha mãe estava em Cedar City. Meu pai está caçando porque é sábado, quando ele não trabalha, e queria faisões para o Dia de Ação de Graças. Eu estava tomando conta delas. — A cara do xerife ficou rubra. Começou a anotar na prancheta dele. Perguntou o nome das minhas irmãs. Perguntou se conhecíamos o homem que estava no carro da polícia.

— Nunca tinha visto. Minhas irmãs, têm de levar minhas irmãs para o hospital. Você tem de me perguntar isso *agora*?

— Você acha que ele pode ter... machucado Rebecca e Ruth? — Abri a boca, mas não saiu nenhum som. Será que ele não achava óbvio? Depois, levei um susto ao lembrar que estava coberta de sangue. Alguém podia pensar que fui eu que fiz aquilo.

— Eu estava no barracão. Estávamos brincando e, quando saí, elas estavam no chão e aquele homem estava sentado na mesa de piquenique — contei.

— Você está com sangue em toda... — o xerife começou a dizer.

— Porque depois que corri para pedir ajuda, sentei e fiquei segurando elas.

— Você tocou...? Desculpe — disse o xerife. Ele queria dizer como é que pude tocar em alguém que estava coberto de sangue?

Olhei para ele e vi que a van do serviço paramédico não estava indo embora. E que os paramédicos não estavam correndo loucamente para um hospital. Ruthie e Becky estavam mortas. Meu estômago e meu coração sabiam, mas minha cabeça não.

— Eu adoro as minhas irmãs! Adoro! — gritei para o xerife. A ambulância do condado tinha chegado e, com muito jeito, soltaram minhas mãos que seguravam Becky e Ruthie e colocaram o corpo delas em macas plásticas. Eu não podia deixá-las partir. Estava todo mundo constrangido, menos minha mãe.

— Deixe-nos ficar um instante com elas — disse mamãe, calma.

Falei para o xerife:

— Segurei minhas irmãs porque pensei que ainda podiam ter um resto de vida! Pensei que talvez pudessem ouvir eu dizer para não terem medo. Você gostaria que sua irmã deixasse você morrer sozinho? Gostaria?

O xerife ajudou minha mãe a se levantar do chão, olhou para baixo e disse, finalmente:

— Não gostaria, filha.

A Sra. Emory me levou para dentro de casa, lavou meu rosto e meus braços, achou uma camisa limpa do meu pai para eu vestir e fez minha mãe sentar numa cadeira de balanço.

— Quero ir junto com elas — disse minha mãe, tentando se levantar.

— Depois, irmã Cressie — disse a Sra. Emory. Ela encheu um bule com água, fez chá de ervas e esquentou o assado. — Por enquanto, vamos pensar só um pouquinho no bebê que está dentro de você.

A van dos paramédicos tinha ido embora, e a ambulância estava saindo quando meu pai chegou em seu caminhão. Ele saltou com uma fieira de faisões manchados de sangue, as penas macias embotadas pela morte como os olhos azuis de Ruthie. Estava muito animado. Pensou que a ambulância estava lá porque o bebê estava chegando antes da hora, apenas poucas semanas antes, e que estava tudo certo.

— Onde estão minhas filhas? — gritou. — Por que não estão aqui fora com a mamãe?

A Sra. Emory então engoliu em seco e abriu a porta. E antes que meu pai pudesse ir até a ambulância, onde os motoristas estavam de pé com uma cara terrível, como se tivessem com medo até de respirar, vi a Sra. Emory dizer algumas palavras para meu pai. Mamãe se levantou da cadeira e encostou no batente da porta.

Ela disse:

— Lon, querido.

Papai se ajoelhou e os faisões caíram na grama. Ele berrou, berrou e berrou para o céu que escurecia:

— Pai, por favor, meu Pai Celeste, me leva! Ah, em toda a tua imensa misericórdia, meu Santo Pai, me leva, me leva, me leva!

Capítulo Quatro

Os jornalistas começaram a telefonar antes mesmo do velório. Tínhamos de saber quais ligações eram de parentes e amigos e quais eram da imprensa. Os repórteres não deixaram por menos. Tentavam nos enganar. Os caminhões de tevê não podiam ficar no nosso gramado, então estacionaram no meio das árvores aquelas enormes caminhonetes brancas com KLUTZ ou alguma coisa assim escrito e antenas parabólicas em cima, onde Scott Early tinha parado o carro dele. Filmaram as pessoas vindo de carro pela Pike Road e até as que estavam indo caminhar nas montanhas.

A casa ficou cheia de gente, inclusive de minhas tias, que estavam preocupadas em manter minha mãe na cama. Meu pai foi chamado duas vezes para falar com a polícia, por isso eu atendi o primeiro telefonema.

— Você é Cressida Swan? — perguntou uma mulher. Tinha a voz macia e doce, como de uma professora da escola dominical.

— Não, sou Veronica — respondi.

— Veronica. Veronica, você é a irmã, não?

— Sou.

— Detesto essa parte do meu trabalho. Sou do *Arizona Republic* e meu nome é Sharon Winkler — disse a mulher. — Precisamos dar uma matéria sobre a morte das suas irmãs e o que eu menos quero é incomodar você na sua dor. Mas não é estranho que a história seja sobre um suspeito...

— Não existe *suspeito* — interrompi. — Aquele homem matou minhas irmãs.

— Bom, ele é considerado inocente até prova em contrário, por isso temos de tratá-lo assim. Você lembra como ele era?

— Achei que você tinha ligado por causa de minhas irmãs — falei.

— Quero saber se você quer lembrar do que aconteceu nesse dia — disse ela e ouvi o suave clique do teclado do micro do outro lado do fio.

— Não, não quero. Não quero falar sobre nada desse dia — respondi.

— Como elas eram?

— Minhas irmãs?

— Sim, alguém precisa falar sobre elas, entende. Ninguém fala sobre a vítima.

Achei que fazia sentido.

— Rebecca estava na primeira série. Gostava de ler. Gostava de nadar e de correr e conseguia correr quase tão rápido quanto eu. A gente costuma deixar as crianças pequenas ganharem, mas com ela eu tinha de me esforçar para chegar primeiro. Quando crescesse, ela queria jogar basquete como eu. E Ruth era uma menininha normal. Gostava de fazer de conta que estava dando limonada com biscoitos para as bonecas, mesmo que os biscoitos fossem de lama. Ela enchia as bonecas de flores. Gostava de fazer de conta o tempo todo. Fazia de conta que era uma princesa e eu era a dama de companhia ou ela era Perséfone e eu Ceres, chorando e procurando a filha que foi levada para o outro mundo (caiu a ficha do que eu estava dizendo) por Plutão. Ceres chorou tanto que o inverno chegou e todas as colheitas morreram.

— Como ela sabia quem era Perséfone? — perguntou a mulher. — Aliás, desculpe, quem é Perséfone?

— É a deusa da primavera, na mitologia grega. Eu lia para minhas irmãs. Fazia parte do meu dever de inglês. Nós encenávamos histórias quando eu cuidava delas. Nós acreditamos que as pessoas quando morrem viram deuses e deusas. Não são inventados. Como Deus.

— Dá a impressão de que você ficava muito com elas. Com as suas irmãs. Que os seus pais deixavam você tomar conta delas muitas vezes.

— Não tem nada de errado nisso — falei, assustada, mesmo sem saber por quê. — Não deixavam muito, só uma vez por semana ou menos, quando minha mãe levava suas cerâmicas para as galerias.

— Dá a impressão que você gostava delas, como se não irritassem você.

— Às vezes, irritavam. Mas claro que eu gostava delas. Eram minhas únicas irmãs. Eram bem diferentes uma da outra, mas muito... legais.

— Você tem ódio do homem que as matou? Foi com uma espada, não?

— Não, foi com a foice de capinar do meu pai.

— Foi a pior coisa que você já viu na vida? — A voz dela ficou mais aguda. Estava muito ansiosa, como se percebesse que estava na hora e tinha de conseguir toda aquela coisa horrível.

— Claro que foi a coisa mais horrível que já vi.

— Você odeia aquele homem?

— Nem o conheço.

— Mas fazer uma coisa dessas com duas criancinhas...

— Ele ficou chorando e gritando que lamentava o que tinha feito. Acho que não sabia o que estava fazendo. Não estava com a cabeça certa. Não conhecia Becky e Ruthie. Elas estavam ali e ele veio andando pelo gramado. Podia ter sido com qualquer pessoa que ele visse. Podia ter sido eu. Eu... odeio o que ele fez. — Era confuso como me sentia obrigada a contar tudo para ela, até mais do que estava perguntando.

— Você preferia que tivesse sido você?

— Não — respondi, sincera. Depois corrigi: — Não sei.

— Você não tentou salvá-las?

— Eu teria feito qualquer coisa. Teria atirado nele, se precisasse. Sabia usar o revólver do meu pai... — Nessa hora, minha tia Jill passou pela sala, com pratos cobertos numa bandeja.

— Com quem você está falando, Ronnie? — ela perguntou.

— Com uma moça do jornal do Arizona — respondi.

Tia Jill descansou a bandeja numa bancada e pegou o fone.

— Por que está fazendo isso? — perguntou. — Ela tem 13 anos. Passou por algo que você não é capaz de imaginar, por mais que tente. — Ficou em silêncio enquanto a mulher parecia responder. — Não, você não sabe. E acho que deve se incomodar, mas não vai chegar em casa hoje à noite e ter de enfrentar isso. Ela vai. Nós vamos. Você não deve ser má pessoa. Esse é o seu trabalho. Mas não pode ligar para nossa família e pedir para contarmos coisas tão terrivelmente pessoais agora que não podemos nem começar a entender a perda de minhas sobrinhas ou por que aquele rapaz fez isso.

Ela desligou o telefone, que tocou de novo.

— Não atenda mais, Ronnie. Vá ficar com sua mãe — disse.

Fui, mas ficava nervosa toda vez que o telefone tocava. Tocou o dia inteiro, até meu tio Bryce tirar do gancho.

Dormi e acordei com o primeiro pesadelo. Mas não queria incomodar ninguém. Os vizinhos tinham hospedado alguns parentes nossos e outros estavam em sacos de dormir na nossa biblioteca, no térreo. Tentei dormir de novo, mas fiquei lá, segurando meu cobertor em volta dos ombros, tremendo, os dentes batendo, embora a casa fosse confortável e quente, querendo que fosse de manhã e eu pudesse descer para ficar com minha mãe. Desci, quando ouvi o tilintar da louça do café-da-manhã que os adultos estavam lavando. Parecia uma padaria.

Gente de Cedar City e até de St. George, pessoas que conheciam mamãe, mais os pais dos alunos de papai, todos tinham trazido bolinhos ou pães, principalmente doces. Comi uma fatia de bolo de café, estava com dor de cabeça por não ter comido nada no dia anterior. Comi mais uma fatia. Olhei todas aquelas forminhas de produtos Jell-O. As pessoas diziam que, se não fossem os mórmons, a Jell-O fechava. É brincadeira, mas na verdade só fui a duas comemorações em que não tinha Jell-O. Nós comíamos peixe Jell-O com framboesa e cenouras; uva Jell-O com tangerina; laranja Jell-O com rosquinha e tangerinas.

Nunca mais comi Jell-O.

Minha mãe estava de cama.

Quando eu era pequena, nossa casa não tinha dois andares. Era só uma cabana pequena com 12 metros quadrados de terreno em volta. Papai queria que a pequena cabana de colono fosse o "coração da casa", mas quis construir uma casa em volta para todos os filhos que iam ter. Papai, junto com os irmãos e os amigos, passou o verão inteiro antes de começar a dar aulas, construindo de cima a baixo a sala de música e a biblioteca, a varanda grande em toda a volta e nossos lindos quartos e banheiros. Tinha até um quarto de bebê, mas não foi muito usado porque os filhos vieram bastante espaçados e mamãe não agüentava que ficassem tão longe do quarto *dela*, porque achava que iam morrer e não conseguia acreditar que eles existiam, depois de perder quatro. Às vezes, mamãe desenhava naquele quarto por causa da aurora boreal. Supõe-se que o desenho fique melhor, mesmo que não se esteja desenhando uma coisa lá de fora, mas de dentro do cômodo. Também tínhamos um quarto de hóspedes que meu pai chamava de "ninho da dama" porque tinha um edredom, travesseiros de renda, vários tipos de quadros e pequenas coleções de conchas e caixas de música no alto das prateleiras para Becky e Ruthie não estragá-las dando corda ao contrário.

Quando papai construiu o quarto dele e de mamãe, dizia que ali tinha sido uma "cozinha estival", que as pessoas usavam no verão e teve o cuidado de colocar uma janela enorme que mostrava a melhor parte da cordilheira, onde não há casas. Era como a paisagem devia ser quando chegaram os primeiros colonos. Ele queria que os dois pudessem ver o sol se pôr todas as tardes, bem no pé da cama. Meu pai gostava tanto do anoitecer que era como se fosse um amigo dele. Mas naquele dia, minha mãe estava olhando longe na janelona, longe da pequena janela lateral que tinha na parede. Quando me viu, abriu os braços, porém os olhos dela não eram como antes, azuis salpicados de dançantes tons dourados, mas estavam embaçados como poças de neve derretida.

— Não consigo dormir, Ronnie — ela disse. — Só fico aqui deitada. Se olho pela janela da frente, vejo a cordilheira e lembro como seu pai estava contente quando me mostrou a janela pela primeira vez. Se olho pela janela lateral e vejo a luz da casa dos Emory acesa, penso: agora estão jantando. Agora estão lendo as escrituras. Tim está resfriado, então, a mãe está dando remédio para ele conseguir dormir. Agora estão lendo uma história para os meninos. Jamie está no andar de cima ouvindo música no computador. Agora os meninos estão pulando nas camas e James está tentando fazer com que parem. Clare está fazendo o dever de casa. Estão fazendo coisas comuns, Ronnie. Nós nunca mais vamos fazer coisas comuns, tendo isso no coração. Estou errada em querer ser livre como era antes?

"Vejo as luzes se moverem pela casa, as do andar de baixo se apagando. A luz do banheiro continua acesa. Amy e James estão escovando os dentes. Vejo Clare olhando nossa casa antes de fechar as venezianas. Os meninos devem estar cochichando e James deve estar dizendo que é o último aviso que têm para sossegar. É como se eu estivesse lá. Posso ouvi-los. Amy está de camisola. Agora acenderam as lâmpadas de cabeceira. Estão lendo. Ela está pensando em nós, mas precisa se distrair porque qualquer pessoa faria isso, pensa na família dela também e não consegue evitar de se sentir com sorte. Tem tudo para acreditar que, quando amanhecer, tudo vai estar igual como na noite passada. Exatamente como eu acreditava. Eu também pensava assim. Por quê? Pensava que tínhamos todo o tempo do mundo, por isso não precisava fazer tudo de uma vez. Não precisava fazer uma arca para os vestidos de boneca de Ruthie com aquela caixa de sapatos de madeira que tinha guardado para isso, pois podia fazer num outro dia. Sabe quantas vezes ela me perguntou se era naquele dia que eu ia pintar flores na arca da boneca? E quantas vezes eu disse 'daqui a pouco, Ruth, daqui a pouco'. As coisas que fiz ou não fiz sem pensar, as coisas comuns de todas as manhãs e todas as noites, sem dar importância. Às vezes, mesmo quando estava lendo para elas, ficava pensando em fazer um vaso ou mexer numa escultura de bronze antes de terminá-la, pensando no que havia feito para que a peça ficasse estranha e como podia consertar.

Olhei para minha tia Jill. Ela levantou as sobrancelhas.

— Todo mundo faz isso. Eu canto quando estou fazendo o dever de casa. Não quer dizer que não esteja prestando atenção — consolei mamãe.

— Mas eu tinha todos aqueles momentos para realmente olhar para elas, dar mais dez minutos para brincarem no banho, ou enrolar o cabelo de Rebecca porque ela queria que ficasse parecido com o seu. Porém, deixei para outro dia. Ia fazer um calendário do Advento para elas, com um desenho atrás de cada porta. Já estava com o papel pronto, feito à mão numa galeria em Cedar City, com pequenas riscas douradas. Ia fazer em forma de nuvem, e atrás de cada portinha teria uma sempre-viva ou um floco de neve, um diferente do outro...

— Cressie, você é a melhor mãe que eu conheço — disse tia Jill.

— Fui egoísta. Queria tempo para mim, para desenhar ou pensar.

— Qualquer ser humano quer. Você ama Ruthie e Becky mais do que tudo na vida. Ruthie, Becky, Ronnie e o bebê — disse tia Jill.

— Não posso mais olhar para a casa dos Emory, Ronnie — disse minha mãe. — Não posso olhar eles saírem e tirarem coisas do carro, ou ver James do lado de fora aplainando uma tábua de madeira.

Fiquei com vontade de ir embora porque o irmão Emory era carpinteiro, e eu sabia muito bem o que ele estava fazendo. Eram os caixões de minhas irmãs. Meu pai tinha pedido a ele, e o Sr. Emory parou tudo o que estava fazendo para terminar no prazo. Papai não ia deixar os caixões serem feitos numa funerária. Ouvi-o falar ao telefone. Papai disse que pagaria o preço que fosse ao Sr. Emory. E o Sr. Emory disse que não aceitaria um centavo, que faria por amizade. Ou eu achei que disse, pela conversa de papai. Ouvi papai agradecer. Disse que queria minhas irmãs dormindo em caixões feitos com a madeira das árvores em volta de nossa casa — e nos lençóis e travesseiros delas, exatamente como nas caminhas simples que papai tinha encomendado ao Sr. Emory quando eram pequenas.

Mamãe continuava falando.

— Não posso olhar para eles. Vou sentir inveja da vida deles, e isso é errado, porque gosto deles. São meus amigos. Jamais ia querer que eles estivessem nesse... nesse lugar na Terra comigo. Mas tudo o que eles fazem, ou que imagino que estão fazendo, parece tão maravilhoso e especial para mim. Nada será igual a antes, Ronnie. Tirar os lençóis limpos do varal não vai ser a mesma coisa, porque Becky e Ruthie não vão estar querendo correr embaixo deles. Me arrumar não vai ser a mesma coisa. A comida não vai ter o mesmo gosto... não consigo comer porque sei que Becky e Ruthie não podem comer. Tento rezar porque sei que isso é o que elas iriam querer. Elas detestavam me ver triste, como quando perdi os bebês. Elas agora estão com os bebês, Ronnie. Eu sei. Estão com os irmãozinhos e irmãzinhas. Suas irmãs têm sorte porque estão na presença do nosso Pai Celestial e da mãe de papai, a vovó Swan, que vai abraçar todos eles com força. Mas minhas orações são como jogar uma bola numa parede. Elas voltam para mim. Eu sei que suas irmãs estão no paraíso, mas aqui também era um paraíso! Não consigo me imaginar desenhando alguma coisa. Não consigo me imaginar lendo um livro, ou embrulhando um presente de Natal. Gostaria que elas estivessem aqui, mesmo que fosse do jeito que estão agora, para eu poder tocá-las e ter certeza de que estão agasalhadas...

Tia Jill estava chorando.

— Irmã — ela disse, no sentido respeitoso, por minha mãe ser mais velha, e no sentido de parentesco —, tente descansar. Você está exausta. Mais do que exausta. Tente se esconder sob as asas agora. Você sabe o que diz no Livro dos Mórmons "Pois vou juntá-los sob a asa como uma galinha com seus pintinhos, se eles não fortalecerem seus corações..."

— Meu coração é uma pedra, Jill — disse mamãe.

Tia Jill enxugou as lágrimas no avental grande que estava usando, que era de mamãe. Ela disse:

— Sinceramente, não acho que seja possível sentir de outra forma, irmã. Tome, você tem que comer um pouco. É uma sopa de legumes simples, da horta. Um pouco de pão. Você precisa pensar no bebê.

— Eu vou pensar — disse mamãe, olhando direto para mim. — Meu pobre anjo. Por que teve de agüentar isso? Por que eu não estava aqui? Por que ele não matou a mim?

— Isso não podemos saber, Cressie — disse tia Jill, e eu sabia que ela estava tentando não dizer algo que minha mãe acharia idiota, como que Becky e Ruthie pertenciam a Deus. — Nós simplesmente não sabemos. Nem a fé dá a chave para entender os mistérios. Você agora tem que se apoiar com força em nós e no Pai Celestial.

Mamãe fez um gesto como se estivesse afastando um mosquito.

— Eu sei. Não pense que não preciso disso ou que não sou grata. Mas no fim, tenho de enfrentar isso sozinha. London e eu podemos enfrentar juntos, lado a lado, mas cada um por si.

Cada um de nós estava só.

Na segunda noite, quando saíram as reportagens nos jornais e as notícias na tevê, todas aquelas pessoas, centenas, se juntaram no nosso gramado e ficaram cantando "Misteriosa graça". Trouxeram buquês de flores e ursinhos e colocaram na nossa porta. Nós ficamos lá, menos papai, que saiu pela janela de trás do meu quarto, desceu a escada de incêndio, como eu às vezes fazia para encontrar Clare, e foi caminhar nas colinas.

Finalmente, eu disse:

—Tia Jill, faça essas pessoas pararem. Não deviam estar aqui na nossa casa.

— Ronnie, sei como você se sente invadida. Mas são pessoas boas. Eles querem nos dizer como estão tristes — disse ela.

— Mas estão chorando!

— Claro que estão chorando!

— Não é lugar para elas chorarem. Ruthie e Becky eram nossas. E agora é como se as pessoas fizessem minhas irmãs serem delas também.

— Quando uma criança morre.... — minha tia começou.

— Mande eles saírem de lá, por favor — pedi.

— Escute, Ronnie. Quando uma criança morre, as pessoas dão as lágrimas como uma bênção, querem mostrar que compartilham a sua dor.

— Mas como podem compartilhar? Eles querem é participar como se fosse um grande espetáculo!

— Acho que querem ser gentis — disse tia Jill.

— Pode ser, mas não agüento que fiquem aqui. Já temos lágrimas bastante só com a nossa família.

— Como pode ter lágrimas demais, Ronnie?

Virei as costas, abri a porta e olhei para a multidão que naquele momento estava cantando "Imagine".

Gritei:

— Por favor, vão para suas casas! Minha mãe está doente e vai ter um bebê. Por favor, vão para suas casas. Ela precisa descansar.

Os repórteres de televisão correram na minha direção, exatamente como se vê nos filmes. *Veronica*, disseram, *soubemos que você tentou atirar no homem antes de ele matar as crianças. Veronica, você acha que Scott Early deve receber a pena de morte, se for condenado? Você acha que era capaz de matá-lo? Isso mudou sua vida para sempre? Será que algum dia você vai conseguir...*

Comecei a chorar, depois a berrar. Peguei as maçãs de madeiras que minha mãe esculpia e pintava, e que deixávamos numa velha tigela na prateleira ao lado da porta, e joguei nas pessoas com as câmaras de tevê. Tio Bryce segurou meus braços, mas reagi, esperneei e tentei mordê-lo (embora tenha pedido desculpas depois). Tudo isso apareceu na cena. Eu parecia uma hiena, com os dentes travados e os cabelos espetados das tranças. COMUNIDADE CHOCADA COM O ÓDIO DA IRMÃ.

Meu pai então voltou e, na mesma hora, foi de carro para a casa do Dr. Pratt, que ficava perto da cidade. Quase passou por cima do equipamento de tevê, e os jornalistas gritaram. O Dr. Pratt deu uns comprimidos para meu pai e quando ele voltou, eu ainda estava gritando.

— Elas são nossas! São nossas! — Não lembro muito disso. Papai fez eu tomar dois comprimidos com leite. Tinham gosto do adstringente que passava no rosto para não ter espinhas. Poucos minutos depois, me acalmei. E senti o quarto rodando devagar. Dormi e, quando acordei, era uma hora da tarde.

O enterro de minhas irmãs era às três.

Capítulo Cinco

Na minha opinião, tio Pierce passou tempo demais no velório de minhas irmãs tentando fazer com que todos nós prometêssemos ser bons e honrar o Livro dos Mórmons, e tempo de menos falando nas meninas.

— Irmãos e irmãs, sentiremos falta com todo o nosso coração da doçura de Ruth Elizabeth Swan e Rebecca Rowena Swan, minhas sobrinhas, filhas de meu irmão. Mas elas tiveram sorte de viver entre nós porque conhecemos a verdade. Sabemos o que nos foi revelado pelo Profeta, a palavra que vivemos todos os dias e assim podemos ter certeza de que elas já conhecem as alegrias do mais glorioso reino celestial. Mas nós, que aqui ficamos, devemos lutar contra nosso pecado...

Não ouvi. Naquela hora, não gostei de tio Pierce.

Ele também falou sobre a importância da família ser como um corpo que ajuda a curar a parte que está machucada. Isso foi melhor, mas continuava sendo sobre nós e não sobre minhas irmãs.

Cantamos.

Um ex-bispo falou.

Mas ainda caía uma chuva negra dentro de mim.

Olhei para os pequenos caixões envernizados com suas dobradiças douradas e pensei em ficar na salinha fora da capela onde há pouco víamos Ruthie e Becky.

Eu tinha escolhido a roupa para elas usarem.

Na tarde anterior, tia Gerry tinha colocado em cima das camas os vestidos mais bonitos delas, antes de todos aqueles cantores idiotas chegarem. Tentou agir de forma que ninguém notasse o que estava fazendo. Mas notei. Quando entrei no quarto, depois de conversar com mamãe, disse a ela, do jeito mais delicado que consegui:

— Desculpe, tia Gerry, mas elas detestavam esses vestidos. Não quero que usem... agora.

Minha tia não discutiu comigo, como alguns adultos fariam. Ela era jovem, casada com o irmão caçula de meu pai. Tinha o cabelo curto e farto, gostava de dançar e de fazer cócegas na gente. Tinha só um filho, Alex, de quatro meses. Ele estava dormindo entre duas colchas enroladas na cama de Ruthie. O travesseiro de Ruthie já tinha sido levado.

— Qual você acha que seria melhor, Ronnie? — ela perguntou.

Fui ao armário delas e peguei o kilt xadrez de Ruthie e o "suéter de seda" vermelho e preto, que fora meu quando pequena, mas que continuava perfeito, provavelmente porque eu só o usava quando era obrigada. Peguei as calças compridas pretas dela e tirei minha pulseira, de contas de prata, com as iniciais RS para colocar nela. Minha amiga Jenna, do time de basquete, me deu aquela pulseira quando fui eleita Caloura do Ano e, embora não fossem as minhas verdadeiras iniciais VS, eram as de Ruthie. Para Becky, peguei na prateleira o vestido de Cinderela dobrado com o urso de pelúcia que ela chamava de Blueberry. O vestido não era adequado, mas eu o tinha feito para ela, que queria usá-lo quase todos os dias. Era um vestido simples e modesto, com corpete branco, mangas bufantes, um laço dourado no pescoço e uma saia azul-celeste bem larga para caber a barriguinha dela e ela poder rodar o vestido. Não estava muito limpo. Eu gostaria muito de guardar aquele vestido. Tinha o cheiro de Becky, de chocolate e de xampu, pois ela nunca enxaguou direito os cabelos por causa da quantidade de cachos. Mas eu sabia que ela ia querer rodar e rodar e brincar fantasiada no céu. Uma pequena deusa devia ter um vestido de princesa. Com o vestido, coloquei as meias com estampa de gatinhos pretos. As cores estavam desbotadas e o elástico, frouxo, e quando ela usava, tinha de ficar puxando para cima. Não eram as melhores, mas por que não usá-las naquela hora? Ela gostava das meias porque lembravam do nosso gato, Sable. Toda vez que minha mãe tentava pôr aquelas meias no saco de roupas velhas, Becky as punha de volta na gaveta de meias. Quanto terminei de pegar tudo, levei para tia Gerry.

— Talvez o vestido de Cinderela não seja... — comecei.

— Você tem razão. Essas roupas são melhores do que as que eu peguei — disse minha tia.

— Não sei se tio Pierce vai achar... sacrilégio ou alguma coisa assim — falei.

— Bom, não conheço nenhuma lei sobre isso. Acho que a gente deve fazer o que acha certo. — Ela dobrou as roupas e colocou-as numa caixa para levar para o velório. No último momento, corri atrás dela e entreguei o urso Blueberry. Aquilo foi ainda mais duro do que o vestido. Fiquei com os livros e os desenhos delas.

Mas não com o urso Blueberry.

Tinha chovido durante a noite. Papai colocou numa sacola todas as velas, coroas de flores e ursos e levou para a igreja luterana que ficava depois do shopping, meio longe da estrada. Nosso quintal voltou a ser o nosso quintal outra vez. A chuva tinha apagado as marcas de giz e rasgado a fita amarela de isolamento. Tio Bryce rasgou o resto antes de sairmos, porque nossa família voltaria para casa e ele não queria que visse de cara a fita da cena do crime.

Fomos de carro e fiquei sozinha no banco de trás. Vi o carro dos Emory na frente do nosso durante todo o percurso.

A única coisa que mamãe disse, só uma vez, foi:

— O bebê está mexendo.

O nome de minhas irmãs estava numa pequena placa do lado de fora do velório, onde normalmente colocariam um verso da Bíblia ou algo assim, se fosse numa igreja. Parecia um filme sobre Becky e Ruthie, e era exatamente assim que eu sentia, como se fôssemos ver um filme que logo terminaria. Papai estava de gravata e com seu elegante paletó preto de cashmere que usou no casamento do irmão Bryce e no serviço religioso do dia que os filhos de tio Pierce viajaram como missionários. Mamãe estava com o vestido comprido solto, de veludo roxo, que usava para ir às galerias de arte. Eu não sabia que, enquanto estava de cama, ela havia feito um desenho de Becky e Ruthie a carvão.

No desenho, Ruthie estava correndo para o alto da cordilheira, olhando para trás e sorrindo. Becky estava sentada num círculo de sol, segurando uma tigela cheia de amoras. Mamãe colocou os esboços em pequenas molduras de graveto que papai deve ter trazido para ela. Quando entramos no velório, meu pai segurava mamãe por um braço, e ela carregava os desenhos na outra mão. O lugar estava lotado por todos os nossos parentes, que só pararam de me abraçar e me tocar quando o responsável pelo velório perguntou se queríamos fazer nossa visita particular.

Só nós três.

Lá dentro estava frio, na salinha com cortinas azuis-claras e luzes baixas e, quando olhei, vi que as luzes eram cor-de-rosa. Os caixões estavam sobre pequenos cavaletes pintados de branco, bem parecidos com os que o Sr. Emory tinha. Quando chegasse a hora, meus primos mais velhos carregariam os caixões para a capela.

Vi minhas irmãs com aquelas roupas, com seus cobertores de flanela sob os braços até a altura dos ombros, os travesseiros sob suas cabeças e tive de concordar com a mulher do jornal do Arizona: deu vontade de morrer. Não dava para agüentar. Não dava para confiar em Deus. Eu queria bater com a cabeça no chão até morrer, ou gritar sem parar. Queria fazer um escândalo. Mas não podia fazer nada que fosse suficiente. Não seria direito. Depois, quando procurei na internet as diversas formas de luto como se procuram formas de comemorar o Natal no mundo, descobri que, se eu fosse uma garota muçulmana ou irlandesa, poderia gritar, cortar os cabelos e rasgar as roupas. Acho que eu devia ter feito isso. Ver Becky e Ruthie com pequenos sorrisos inertes e tristes, com aqueles mesmos dedos que eu tivera de limpar de geléia dois dias antes, segurando rosinhas brancas, o urso de Becky deitado ao lado dela, não consegui parar de chorar, não de chorar como uma menina de 12 anos, mas como quando era pequena e quebrei o cotovelo andando de bicicleta. Chorei tanto que tive de ir vomitar no pequeno toalete. Quando saí, mamãe estava balançando como se fosse cair, mas papai a segurou. Ele disse:

— Amo você, Cressie. Amo nossas filhas. — Ele estava com a boca bem dura e a voz parecia a de quando ele discutia com tio Pierce. Sei que estava com raiva como eu, mas eu estava também triste como mamãe.

Mamãe abaixou a gola do vestido de Ruthie e olhou como eles tinham costurado o corte. Foi com linha rosa, cor de pele.

— Agora está tão pequeno. Parece um corte tão pequeno — disse ela para mim. Pegou a ponta do cobertor perto do pescoço de Becky, mas papai segurou a mão dela. Nós nos ajoelhamos. Papai abençoou Ruthie e Becky pela última vez, como fazia toda noite e toda manhã antes de sair para a escola, depois abençoou mamãe e eu.

O responsável pelo velório perguntou se queríamos dar um beijo nelas ou tirar uma foto. Mamãe encostou os dedos nos lábios, depois tocou nos lábios de cada uma das minhas irmãs.

— Não quero sentir que elas estão... frias — disse ela.

O homem concordou com a cabeça. Papai deu um beijo na testa delas. Pedi uma tesoura. O homem saiu da sala para pegar a tesoura e meus pais me olharam, estranhando, depois entenderam.

Naquele Natal, nos longos dias do torneio de férias de que gostava tanto de participar (mas agora não podia mais, porque estava de luto *e* com meu nome no jornal), trancei bem os cabelos castanho-claros de Ruthie e castanho-escuros de Becky e fiz um colar. Quando eu o usava, as pessoas achavam que era feito de algum junco exótico e eu nunca expliquei, nem o usei perto dos meus pais. Podia ter colocado os cabelos num medalhão mas, com o tempo, os cabelos ficaram duros como chifre de veado. Achei que elas queriam que aqueles cabelos ficassem para mim. Uma vez, num piquenique, o colar arrebentou e caiu no chão: fiquei quase histérica até um amigo meu o achar. As pessoas ficaram procurando durante uma hora. Ainda uso o colar quanto preciso de coragem. Na única vez em que fui hospitalizada, as enfermeiras chegaram a colocar um adesivo em cima para eu poder ficar com o colar. Usei o kit de artesanato de jóias que havia ganhado de aniversário para fazer uma corrente, e uni as pontas.

Naquele dia do enterro, cortei um cacho de cada uma, que ainda estava macio e verdadeiro como tinha sido, e saí da sala, enquanto o responsável pelo velório fechava os caixões na frente da minha mãe. Ouvi minha mãe soltar um grito abafado. Sabia que papai ia colocar os desenhos em cima de cada caixão. Fui para onde minhas primas estavam.

Normalmente, quando a gente se encontrava, não parava de falar. Allie, Bridget, Sandrine, Bree e Tonya, Conor, Mark, Joel e eu éramos todas da mesma idade. Às vezes, quando acampávamos, nossos pais tinham de ralhar para irmos dormir, mas continuávamos acordadas até as estrelas irem sumindo no céu. Naquele dia do velório, Bree e Bridgie apenas seguraram minhas mãos, me levaram para a sala onde seria a cerimônia religiosa e sentaram comigo num grande sofá. Minha amiga Emma chegou e ficou ao nosso lado. Bridget foi procurar um lugar para sentar também. Meus pais ficaram na frente.

Clare levantou-se para cantar o hino. Mas não cantou de imediato. Mordeu o lábio, olhou para minha mãe e tio Pierce.

Depois, cantou "Além do arco-íris".

Primeiro, todas as pessoas estranharam, mas depois choraram, com exceção de tia Adair. A marca de nascença no pescoço dela ficou mais vermelha, como acontecia quando ela se zangava. Tia Gerry chorou tanto que teve de se levantar e sair da sala. Tia Adair parecia ainda mais furiosa. Acho que foi depois que Clare cantou o hino infantil "Irei aonde você me levar". Tenho a impressão de que todos cantaram. Não tenho certeza. Sempre penso nela cantando "Além do arco-íris" e sabendo que era para Becky e Ruthie e que íamos nos encontrar em algum lugar onde as nuvens ficariam para trás. Aquilo poderia ser adequado num velório de quem não era da nossa religião, mas não num dos SUD. Por outro lado, ninguém poderia impedir Clare de cantar.

Meus pais pareceram não perceber que eu não estava com eles.

Passou a ser assim, no geral.

Quando nossos parentes finalmente foram para suas casas, papai nem estava presente para se despedir.

Ele tirou licença no trabalho até o final do feriado de Natal e a única coisa que fazia era andar. Andava na chuva, na neve e na noite. Perdeu dez quilos em três semanas. Mamãe, mesmo desligada do jeito que estava, agradeceu a todos por ele. E todos disseram que compreendiam a ausência de papai. Naquela primeira noite, ele percorreu os bosques e o alto das colinas até amanhecer. E na noite seguinte também. Às vezes, entrava em casa às duas ou três da manhã. Outras noites, eu o encontrava dormindo no sofá, de roupa e botas. Ele e mamãe tinham uma cama pequena, para adultos, quer dizer, uma cama padrão, como se diz. A maioria dos pais tem camas queen-size ou king-size. Mas os meus gostavam de dormir bem juntos. Mas a barriga de mamãe na época estava tão grande que papai dormia ao lado dela no chão, numa cama inflável. Depois do parto, ele continuou dormindo no chão algum tempo até que o bebê pudesse ficar num berço no mesmo quarto. Nas noites em que meu pai ficava andando, mesmo se estivesse frio e o vento uivando em volta da casa, ele entrava em meu quarto e eu despertava quando ele colocava a mão em mim para me abençoar. Quando eu abria os olhos, ele tinha sumido.

O que eu fazia mesmo era cozinhar.

Quer dizer, descongelei as coisas que irmã Emory, irmã Finn e as outras pessoas trouxeram e coloquei-as no forno em temperatura média até parecerem mais ou menos prontas. Cortava em três pedaços e servia em pratos. Comemos tudo o que estava no congelador. Agradecia por termos um pequeno freezer no barracão, apesar de eu precisar pedir para papai levar as coisas até lá para mim ou fazer várias viagens de ida e volta. Comemos pão de milho com carne de caça. Sopa de arroz selvagem. *Tamales* com bolinhos de presunto e bolo, bolo, bolo. Tínhamos bolos suficientes para cem aniversários. Bolo de abacaxi, caramelo e seis tipos de bolos de chocolate. Tinha biscoito champanhe e bolo de framboesa. Todo tipo de produtos Jell-O. Depois, quando ia para a escola e ficava com muita vontade de comer alguma coisa, tinha de ser salgado. Comi bolo naquelas semanas como se fosse pão, pois não havia pão e eu ainda não sabia dirigir nem fazer pão. Não quis pedir para a Sra. Emory, que já havia ajudado em tanta coisa.

Em algumas noites, quando mamãe estava dormindo (ela dormia quase o tempo todo, depois de tomar banho) eu descia pela janela dos fundos e encontrava Clare no forte do salgueiro. Vestíamos casacos, luvas e nos enrolávamos em lençóis. Às vezes, quebrávamos galhos e Clare trazia um tronco e fazíamos uma fogueira no buraco. Clare me dizia que Emma mandava beijos, mas não tinha coragem de falar comigo. Tinha medo de dizer alguma coisa idiota. As garotas do meu time me mandaram uma bola onde escreveram frases: "Impossível é só uma palavra." "Seja forte." "Nós amamos você." Clare perguntou se isso me ajudava. Respondi que sim, mas era como a cantoria dos estranhos lá no nosso quintal. Parecia que eles achavam que você fez algo ótimo e tinham de participar, depois largavam você. Minhas colegas de time tinham de me dar uma bola e o treinador me mandou uma placa informando que o International Star Code tinha batizado uma estrela com o nome de Rebecca Ruth. Clare e eu tentamos encontrá-la no céu algumas vezes. Os papéis diziam que ela estava no Cinturão de Orion. Jamais a encontramos.

Uma noite, Clare me perguntou:

— Não podemos mais ser amigas como antes? — Fiquei pensando. Estávamos fazendo uma grande fogueira naquela noite porque estava frio e, como tínhamos sacos de dormir, íamos dormir lá fora.

Não ficamos a noite toda, por motivos óbvios.

— Amigas como antes, não. Quer dizer, você vai ser sempre a minha melhor amiga — respondi. — Mas neste exato momento não sei se algum dia vou achar graça em alguma coisa como antes. Quando você fica entretido no que está fazendo.

— Você quer dizer como uma criança faz — disse Clare. Exatamente isso. Clare sempre entendia o que era.

— No momento, acho que deixei essa graça lá — falei, apontando para o nosso quintal. — Mas não sei direito. Nunca passei por nada parecido. Talvez melhore.

— Você sente falta delas?

— Não posso dizer que sinto. É como se elas não tivessem ido embora. As roupas e os brinquedos delas continuam lá, tudo misturado no nosso quarto. Toda vez que pego alguma coisa, encontro um sapato de boneca ou uma presilha de cabelo. Talvez eu tenha de deixá-las ir embora para depois sentir falta. Talvez eu não queira sentir falta delas porque, quando sentir, vai ser assim pelo resto da minha vida.

— Minha mãe teve um irmão que morreu.

— É mesmo?

— É, mas ele era bebê. Teve coqueluche antes de existir vacina. Ela não lembra. — Clare não estava dizendo nada de importante. Nós nos conhecíamos bem à beça. Dei uma cutucada nela. — Mamãe disse que a mãe dela...

— Nunca mais foi a mesma. Ela ficou muito estranha? Enlouqueceu?

Clare disse, devagar:

— Não.

— Ela ficou como é agora.

— É. Mas para sempre.

— Não sei se vai ser para sempre. No século XV, quando um cavaleiro morria, a dama tinha imediatamente de ficar de cama por seis semanas.

— Também não acho que sua mãe vai ficar assim para sempre, ela é mais forte...

— A dama do cavaleiro nem ia ao enterro. Era considerada uma pessoa delicada demais. E minha mãe, embora seja uma pessoa forte, qualquer um...

— Qualquer um...

— Isso é mais do que qualquer coisa...

— *E* ela ainda por cima está grávida... se perder o bebê...

— Não vai perder. Já está bem adiantada para perder.

— Ela gostaria de não estar esperando?

— Ela não diz.

— Ah — fez Clare.

— Será que a sua mãe...?

— Diria ou iria querer o bebê?

Foi aí que ouvimos o grito. Um berro. Vindo da minha casa. Por estranho que pareça, nenhuma de nós se levantou. Se tivesse acontecido alguma coisa muito ruim, como meu pai atingir o pé ao cortar lenha, não queríamos saber. Não queríamos falar isso, mas queríamos que os adultos cuidassem do problema. Só queríamos ficar sentadas lá e ter 12 anos durante um pequeno espaço de tempo.

Finalmente, Clare levantou-se devagar e eu também.

Meu pai gritava para eu correr e entrar no carro. O bebê estava chegando.

Capítulo Seis

O parto de minha mãe foi maravilhoso.
Para ela. Para nós, não.
Mamãe tinha um monte de coisas para pensar.
Nós só tínhamos que nos preocupar.
Ela chegou à maternidade umas oito da noite e Raphael Rowan Swan nasceu exatamente no meio da noite, ao primeiro minuto do dia 6 de dezembro. Papai disse que era um dia de sorte, de São Nicolau. O sobrenome *Rowan* significa sorveira-brava, um tipo de freixo de montanha. Papai disse que, em muitas histórias e tradições, essa árvore simboliza a inspiração divina e a proteção espiritual contra o perigo. Dá sorte plantá-la no jardim, e antigas lendas finlandesas dizem que os galhos e frutos são "sagrados". A sorveira, como a nossa, cresce no tronco dos pinheiros escoceses e de outras árvores, sem prejudicá-las. Papai disse que seria assim que Raphael cresceria em nossa família. Algumas religiões naturais usam a sorveira-brava em seus rituais e eu perguntei sobre isso. As pessoas chamam de bruxaria, e a verdadeira bruxaria é ruim. Não queria que o bebê fosse atingido pelo mal. Papai disse que isso era conversa fiada de uma gente que tinha escolhido o poder de uma árvore, em vez do poder de nosso Pai Celestial. Disse também que aquilo não tinha nada a ver com a beleza do nome e seu antigo sentido e que o Pai Celestial entendia.

De todo jeito, não há dúvida que Raphael Rowan protegeu mamãe do mal. Pelo menos naquela noite. Quando teve cada uma das três filhas, mamãe ficou um dia inteiro em trabalho de parto. Dessa vez, não. Ela mal gritou.

Eu não podia entrar na sala de parto e mesmo que pudesse, não queria. Estávamos com muito medo de que o bebê fosse doente ou tivesse alguma coisa errada e que isso matasse minha mãe. Também estávamos, tanto papai quanto eu, com medo de que fosse menina. Só havíamos tido meninas. Sempre que papai saía da sala de parto e dizia que as coisas estavam ótimas-simplesmente-ótimas, dizia também que devia ter pedido para informarem qual era o sexo do bebê pelo exame de ultra-som. Mas agora ele não queria pedir para as enfermeiras chamarem o médico, com medo de assustar mamãe e ela ficar histérica. *Antes*, os dois achavam que seria bom ter uma surpresa. Eu estava apavorada com meus próprios sentimentos. Não sabia se ia gostar de uma menina. Será que eu conseguiria nem que fosse fingir um sorriso? Naquele dia ou em algum dia?

Mergulhei na leitura de *O sol tornará a brilhar*, que mamãe mandou eu ler nas férias há muito tempo e depois esqueceu. Fiquei olhando o começo do poema. Aquele de Langston Hughes sobre um sonho desfeito. O que acontece com um sonho desfeito? Será que ele encolhe, enferruja ou explode? Fiquei pensando no sonho desfeito de minha mãe, de ter muitos filhos para encher aquele casarão cheio de quartinhos engraçados. Desfeito para sempre. Se Rafe tivesse nascido três semanas antes, minha mãe teria tido quatro filhos. Àquela altura do dia, nós todos estaríamos provavelmente aqui em casa. Eu não estaria sozinha. Meu pai certamente também estaria aqui, já que tirou licença-paternidade de três meses e não teria ido caçar, deixando minha mãe com um recém-nascido. E as senhoras que não conheciam minha mãe não lhe virariam a cara, como faziam, por ela só ter um bebê e uma filha bem mais velha e acharem que mamãe enviuvou ou se divorciou cedo. Ela também não teria de ficar pensando se aquele olhar de desaprovação era real ou só existia na cabeça dela.

Mas os olhares que ela ia receber agora seriam reais, se mamãe contasse às pessoas o verdadeiro motivo para nossa família ter filhos de idades tão espaçadas daquele jeito.

Na maternidade, todo mundo já sabia. Eu costumava pensar que as enfermeiras eram como os médicos, pessoas superiores, que não faziam mexericos nem mentiam. Mas fiquei enojada com o que ouvi fora da sala de parto naquela noite, dito pelas enfermeiras da obstetrícia.

— Sabe que a senhora do quarto 204 é a mãe daquelas meninas que foram decapitadas?

— Não!

— A irmã estava envolvida. Meu vizinho disse que o assassino era namorado dela.

— Isso é ridículo. Ela é uma criança. Não lembra? Não, você costuma trabalhar no turno da manhã. Ela é filha daquele homem alto e bonito, que dá aulas na escola secundária e costumava trazer a filha aqui para segurar bebês, não lembra?

— Aquela menina? Era ótima. Jamais teria um namorado que...

— Não tenha tanta certeza disso...

— E todo mundo sabe que os mórmons não deixam os filhos na morarem.

Ouvi dizer que o homem era sacerdote mórmon.

— Os mórmons não têm sacerdote como as outras religiões. Sou católica, mas sei disso.

Não, todo bom mórmon é um sacerdote e as mulheres são líderes, só um pouco mais importantes nas nossas ordens. Nossa igreja tem um líder em cada casa, assim como um conselho de...

— Você viu a menina na tevê? Viu o que ela fez?

— Qualquer um faria aquilo. Lisa, as irmãs dela foram assassinadas.

— Ela não devia tratar gente simpática como se fossem marginais. Eles estavam tentando dar apoio.

— Os mórmons acham que todo mundo é escória, não importa quem seja.

Não achamos. Achamos que não são iluminados, mas não escória.

Elas riram de novo. Enrubesci e levantei o livro para esconder o rosto.

— Você acha que o bebê vai ajudar a mãe, ou...?

— Só sei que, se fosse eu, não ia querer ter outro logo depois de uma coisa dessas.

— Ela não tinha escolha. — Risos.

— Talvez isso seja a salvação deles.

— Espero que sim.

Elas entravam e saíam apressadas da sala de parto enquanto os gemidos de minha mãe às vezes se transformavam num grito: lá dentro, diziam que ela estava sendo ótima-simplesmente-ótima e lá fora ficavam falando aquelas coisas.

— Você acha que eles estavam envolvidos? Na televisão, quase sempre, são os próprios pais.

— Eles são gente direita.

— Qualquer pessoa pode parecer direita.

Era uma sala de espera pequena e finalmente tomei coragem e abaixei o livro. Tossi e falei:

— Com licença. Por favor não digam isso. Todos podem ouvir. Eu sou Ronnie Swan. Foram as minhas irmãs que morreram. Quem está lá dentro são meus pais. Minha mãe poderia ouvir vocês. Por que acham que ela iria matar minhas irmãs pequenas? Por que dizem essas coisas de mim? Não me conhecem. Não sabem se sou uma garota boa ou má. E minha mãe sequer estava em casa quando aquilo aconteceu.

Elas se calaram. Deu para ouvir uma senhora no corredor xingar. Depois a enfermeira simpática começou a chorar. Foi andando pelo corredor, depois virou-se para trás e disse:

— Estou envergonhada, muito envergonhada do que dissemos.

Outra disse:

— Eu também. Fomos grande mexeriqueiras.

Eu disse:

— Perdôo vocês mas, por favor, não falem mais isso. Já é uma situação muito difícil para nós.

A enfermeira não-tão-simpática ficou com lágrimas nos olhos.

— Quer alguma coisa, meu bem, um chá?

Falei, de um jeito meio enjoado:

— Só uma água ou um refrigerante de limão, por favor. Não podemos tomar chá. Mas não é porque os mórmons achem que os outros são maus. É porque faz parte da lei. Da mesma forma que minha mãe disse que os católicos tinham o costume de não comer peixe nas sextas-feiras. E que os judeus não comem camarão.

A enfermeira não-tão-simpática apareceu com uma lata de refrigerante e a que era realmente simpática voltou do banheiro com os olhos vermelhos. Sentou-se ao meu lado.

— Posso ajudar em alguma coisa? Tenho uma filha da sua idade e outra de 7 anos. Sinto muito — ela disse. Depois me abraçou forte. Tinha um cheiro acre e limpo, de enfermeira, e ficou me segurando como se já me conhecesse. — Coitadinha, coitadinha de você — disse.

O médico então entrou rápido na sala onde minha mãe estava. E ouvia meio que gemendo, arfando e forçando.

— Fique tranqüila, acho que seu bebê está chegando.

Não sei por quê, perguntei à enfermeira simpática:

— Você acha que o bebê vai morrer?

— Nossa, não — respondeu, ela era a católica. — Querida, quase todo bebê é saudável. Benza Deus. Espera aí! Estou ouvindo um choro! Choro forte! Graças a Deus!

Nós nos levantamos. Meu pai saiu da sala de parto, corri para ele, que me levantou como quando eu era pequena.

— É um menino, Ronnie, grande e lindo, de quatro quilos. Agradeça ao Pai. — Ele também estava com os olhos vermelhos.

Naquela noite, as enfermeiras puseram no quarto de mamãe uma cama de ar para mim e outra para meu pai. Minha mãe só chorou uma vez. Disse:

— Ele se parece com Ruth.

Para mim, não. Ele parecia vermelho, enrugado, um homenzinho de punhos encostados no rosto como se estivesse zangado. Mas já reparei que essa é a primeira coisa que todos os pais dizem: que um bebê igual a qualquer outro é o retrato de um parente deles.

No começo, não o peguei no colo.

— Não tem problema, você não vai machucá-lo — disse papai.

— Não é isso, é que estou com medo que ele ache coisas ruins de mim. Pense que não gosto dele, tenho a impressão de que não vou gostar dele.

— Ele vai ensinar você a gostar dele, Ronnie. Prometo. Não vai apagar a dor de perder suas irmãs, mas vai ensinar você a gostar dele. Os bebês têm a capacidade de curar as pessoas. São tão inocentes e precisam tanto da gente.

Finalmente, segurei-o quando acordou e minha mãe estava dormindo. Ele pegou na minha mão. Apertei a bochecha dele com os dedos. Era mais macio do que embaixo do queixo de Ruby. Ele tinha um monte de cabelos pretos e as perninhas eram rosadas e duras.

— Você e eu, querido — falei. Mas eu ainda não tinha certeza que era assim. Havia uma enorme distância entre nós dois, não só na idade.

Lá estava ele, parecendo surpreso como alguém que foi a uma festa no dia errado.

Meus pais levaram Rafe para casa na manhã seguinte. Minha mãe estava ótima e não queria ficar na maternidade. Consideramos um bom sinal.

Não era.

Ela não queria ficar lá, nem em lugar nenhum. Ela amamentava o bebê e trocava as fraldas. Mas não cantava nem conversava com ele. Uma semana depois, meu pai chamou o médico. Aquela "tristeza" não era normal. O médico disse que mamãe não conseguia vencer o medo de se ligar ao bebê.

Quanto a isso, éramos três.

Capítulo Sete

Foi logo depois de Rafe nascer que o pânico me derrubou, como quando se comete uma falta no basquete que tira você de quadra e manda ao paredão. Sou forte fisicamente, mas o pânico foi mais forte. Parecia que eu era feita de pedaços de gravetos. Nem no dia do assassinato tive tanto medo, só uma sensação de enorme desgraça e ansiedade. Mas não medo. Esse novo companheiro era algo que eu não conhecia. Era como quando tivera urticária após comer a primeira e única ostra. Tive coceira o dia inteiro, até não pensar em outra coisa senão em não pensar na coceira.

Mas à noite era pior. Antes de dormir, antes dos pesadelos, o medo se instalava como um melaço frio na minha barriga. Sempre dormi bem. Costumava mergulhar em minha cama macia. Dormia como uma pedra. Eu tinha uma máscara para dormir feita de trigo-sarraceno para colocar sobre os olhos porque meu pai não acreditava em cortinas. ("Ao diabo com as cortinas", ele dizia, citando algum poeta.) Eu usava tampões nos ouvidos porque Ruthie roncava. Papai uma vez disse que eu considerava o sono um sacramento.

Porém, dentro de poucas semanas, mal conseguia dormir.

Fiquei com mania de segurança. Primeiro, com a tranca das portas.

Nós nunca trancávamos portas e não conhecíamos ninguém que fizesse isso, exceto os Sissinelli. Eles só trancavam porque ficavam a metade do tempo fora e porque tinham roupas e objetos de valor. Nós só tínhamos gente, e meu pai nunca dormiu uma única noite fora de casa.

Mesmo assim, naquela fase de inverno para primavera, eu não conseguia pensar em outra coisa senão no bebê Rafe enrolado em sua mantinha e alguma pessoa horrenda inclinada sobre ele enquanto minha mãe dormia, dormia, dormia e meu pai andava, andava, andava em algum lugar. Eu ia para a cama, acertava o despertador, ligava o computador e depois vinha aquela idéia arrepiante de que devia ter esquecido de trancar a porta lateral. Papai tinha a chave da porta da frente, já que passei a trancá-la, mas ele nunca pensava na porta lateral, então eu tinha de pensar. Checava-a todas as noites. Depois, ficava pensando se tinha esquecido. Sabia que não tinha. Nunca esqueci. Mas talvez tivesse esquecido. *Chega*, eu dizia a mim mesma.

Eu começava a escrever uma mensagem para Clare e de repente vinha aquela estranha sensação na garganta como se tivesse engolido uma aspirina sem água suficiente para dissolvê-la. O fundo da minha língua ficava com um gosto ácido só de pensar que teria deixado uma porta escancarada, uma espécie de sinal de néon convidando alguém a entrar na nossa casa. Meu coração começava a bater surdo. Era completamente sem sentido. Mas eu não conseguia tirar aquilo da cabeça. Ficava grudado. Então, tinha de descer tudo de novo e checar a porta telada. E as janelas. As janelas da cozinha, a janela no pequeno porão onde guardávamos lenha de pinheiro para acender o forno, e a janela do banheiro que meus pais deixavam entreaberta por causa do vapor de água quente do chuveiro. Todas elas tinham de ser fechadas.

Depois, bem depois, uma professora me disse que aquele gosto que eu sentia na boca era adrenalina, uma reação física a um som, mesmo que fosse tão baixo que eu não tivesse consciência de ouvir. O som me lembrava a porta do barracão batendo na parede no dia em que minhas irmãs morreram. Aquele som me fazia não só lembrar dos assassinatos, mas o meu corpo lembrar, embora inconscientemente. E a professora tinha razão. Eu não conseguia dormir porque tinha descargas de adrenalina, quisesse ou não.

O resultado foi que era obrigada a me contentar com pequenos cochilos para afastar o pânico quando vinha chegando, chegando, chegando. Não conseguia pensar direito. Eu mudei, até fisicamente. Qualquer garota sorri para si mesma no espelho como se estivesse sendo fotografada para uma revista. Nós, garotas, não conseguimos evitar isso. Mudamos o cabelo várias vezes numa manhã, mesmo que a gente não vá a lugar nenhum, e olhamos no espelho por cima de nossos ombros. Era como se eu tivesse de comprovar que todos os meus cachos estavam direitos porque eram naturais, enquanto as outras garotas tinham de enrolar o cabelo para conseguir cachos. Depois que Rafe nasceu, eu só me olhava no espelho para ver se estava limpa. Estava sempre limpa. Mas meu rosto parecia uma máscara. Uma máscara em que os olhos eram a única coisa que parecia viva. Minha boca não mexia. Quando eu tentava mexer, ela abria só um pouco como um suspiro. Você só fica sabendo que as expressões faciais exigem esforço quando você não tem energia. Seria normal eu ficar pálida no inverno, mais pálida porque não saía mais de casa, no vento ou no sol. Mas, agora, parecia que eu vivia embaixo da terra. Já mamãe dormia como se aquela fosse sua função, e o bebê dormia como um bebê, enquanto papai e eu fingíamos dormir para não acordar os demais. Com exceção de Rafe, nós éramos zumbis que às vezes comiam, mas sequer fazíamos as refeições juntos na mesa.

Tentei de tudo nesse mundo para voltar à rotina normal.

Comia biscoitos e tomava leite morno antes de dormir porque o açúcar, ou foi o que aprendi quando criança, acalma e também a lactose, ou seja lá qual for a substância que existe no leite. No começo, eu comia biscoitos e bebia leite até me empanturrar. Com isso, engordei dois quilos e meio. Depois, pulei corda no meu quarto até papai dizer que estava balançando a cama deles. Fiz centenas de jogos de paciência. Finalmente, (má idéia), abri uma página qualquer do livro de recordações de Becky para ver se tinha alguma mensagem lá que me desse algum sossego. Na página que abri estava escrito "Meu nome é Rebecca Swan. *Swan* em inglês significa cisne, que é igual a um pássaro, só que maior. Eu corro bem rápido. Sou a mais rápida da minha turma. No Natal, quero ganhar um trenó e um cachorro. Um cachorro de puxar trenó para me levar lá em cima da montanha. O Papai Noel chega no Natal. Temos um forno, em vez de uma lareira, mas o Papai Noel dá um jeito de entrar na nossa casa pela parede. Minha irmã se chama Maninha. Ela joga basquete e às vezes viaja." Aquilo deu uma saudade tão grande de Becky que tive de morder meu travesseiro. Não tive coragem de olhar mais nenhuma página.

Maninha, Maninha! Tive vontade de gritar.

"Minha irmã se chama Maninha..."

Eu lia a *Ilíada* para ver se cansava bem a vista e obrigava os olhos a se fecharem.

Quando finalmente dormia, vinham os pesadelos. Variações do primeiro. Eu salvava Becky e Ruthie, que gritava de alívio e me abraçava; enquanto Becky dizia: "Minha Maninha é tão corajosa!" Eu ficava lá empunhando a arma e Scott Early caído no chão, com a perna sangrando, parecendo um boneco cada vez mais lívido.

À noite, com o corredor escuro à luz do lampião, eu começava a ver Becky me olhando da porta do quarto. Sempre Becky, não Ruth. Via seus sedosos cabelos escuros balançando, o salto de seus sapatinhos vermelhos estilo boneca. Eu não me assustaria de vê-la, se soubesse que os mortos apareciam no mundo e visitavam os vivos. Eu a deixaria entrar no quarto, a sentaria na cama, tentaria tocar nela. Mas, embora eu achasse que estava com uma espécie de alucinação por insônia, Becky me assustava. Tudo me assustava. O aquecedor de água ligado me assustava. Um galho que batia na janela do meu quarto me assustava. A porta de um carro batendo na casa dos Sissinelli me assustava. Uma noite, quando rolou uma pedra pequena na colina (e as pedras da cordilheira rolavam e se despedaçavam desde que eu era bebê), também rolei na cama como um pedra e caí no chão. Depois, levantei e fui navegar na internet até amanhecer.

Quando o sol aparecia, o medo sumia do meu quarto como fumaça passando numa peneira. De dia, eu respirava melhor. Podia tirar aquilo da cabeça, eu não estava segurando o mundo sozinha. Podia ver os Emory e os Finn andando lá fora. Eles podiam segurar o mundo um pouco. Mas, claro, de dia eu não podia dormir. Tinha de levantar e fazer minhas obrigações.

Sabia que Scott Early estava preso. Porém tinha certeza de que não conseguiria impedir que ele matasse mamãe ou Rafe. Ou até papai. Não pensava em mim, não sei por quê. Só sabia que não podia perder mais ninguém, senão ficaria louca para sempre. Cada um tem sua cota na vida. Eu estava certa de que já tinha recebido a minha, não precisava me preocupar mais. Mas minha muralha tinha sido derrubada como a do forte Álamo.

Então, resolvi, inquieta como estava, fazer cursos de autodefesa na internet e para proteger melhor minha casa. Pedi para papai colocar uma linha de tiro ao lado do barracão e me ensinar a carregar o revólver mais rápido. Papai ficou me olhando bem até destravar o revólver. Não disse nada. Passou uma tarde me mostrando primeiro como segurar a arma e depois carregá-la com as balas, cada vez mais rápido. De manhã, colocou latas em cima de grandes toras de madeira, as latas estavam cheias de pedras para não caírem com o vento. Mostrou como me posicionar.

Fiz e me saí muito bem, as latas ficaram todas furadas de bala. Miko então passou dirigindo o caminhão da família dele e gritou:

— Olá, Annie Oakley!*

Abaixei o revólver e olhei para ele, que saltou do carro.

---

*Annie Oakley (1860-1920): famosa atiradora americana que se apresentava em shows ao lado de Buffalo Bill. (N. da T.)

— Desculpe a brincadeira, Ronnie. Quando aprendeu a atirar? — perguntou.

— É bom aprender — respondi. Travei a arma para não ter perigo de disparar.

— Vejo sempre você acertando a bola na cesta no barracão — disse Miko.

— É o que eu devia estar fazendo, se quiser jogar basquete de novo um dia — falei. E dei um suspiro.

— Eu atiraria junto com você, atiraria bolas na cesta, mas não... revólver.

— Não — falei.

— Você gostava quando eu vinha jogar, quando éramos pequenos.

— Não sou pequena mais. Além disso, você não pratica esse esporte.

— O que você quer dizer com isso? — ele perguntou, encostando no caminhão e tentando assobiar com uma folha de grama. Até os buracos no jeans dele eram certinhos.

— Quero dizer que eu arrasaria com você. No bom sentido, quer dizer.

Miko jogou a cabeça para trás e riu.

— Vá buscar sua bola de basquete, menina.

— Não estou com vontade.

— Bom, você agora ofendeu a minha masculinidade.

— Eu disse que não queria dizer que...

— Ora, vá pegar a bola de basquete.

Deixei o revólver ao lado do celeiro e fui quase marchando até o barracão. Desde aquele dia, eu não tinha sequer aberto aquela porta do barracão e minha respiração ficou mais rápida só de ter de passar pelo chão empoeirado para chegar até a sacola de malha encostada numa parede onde eu guardava as bolas. Pensei: *não vou me comportar feito uma idiota na frente dele*, e respirei devagar entredentes.

— Vá na frente e comece — falei, jogando a sacola para ele no chão duro de poeira.

— Primeiro as damas — disse ele, devolvendo a bola.

Cortei pela linha imaginária e quando Miko começou a agitar os braços na minha frente, virei de costas e atirei a bola por cima do ombro. Na jogada seguinte, ele estava me marcando, dei um passo, fintei um arremesso e encestei. Ele estava fazendo muito mais esforço do que precisava para me marcar. Na terceira vez, ele se inclinou, tentando bloquear, fez de tudo para me barrar. Conseguiu pôr a mão na bola um instante mas recuperei-a e girei nos pés para jogá-la por cima do ombro dele. Zás. Ele se preparou para pular, então fintei uma jogada para desequilibrá-lo. Depois que encestei, Miko recuperou a bola e jogou-a com toda a força. Como era bem mais alto e muito mais forte do que eu, se tivesse acertado minha barriga, teria me machucado. Mas agarrei a bola, fiquei na ponta dos pés, rolei-a nos dedos e encestei de onde estava, enquanto ele ficava lá parado, tão longe que não conseguiria me marcar nem que quisesse. A bola rolou para uns arbustos e ficamos olhando um para o outro. Os olhos dele eram cor de chá forte. Não pisquei.

— Droga! — disse Miko, chutando a poeira.

— São cinco a...

— Eu sei contar.

— Está quente, vamos sair daqui — sugeri. Miko estava suando mas eu não, já que só o que tinha acontecido era eu encestar com alguém pulando para cima e para baixo do meu lado. Miko riu.

— Sei contar, mas não esperava que você fosse tão boa — ele disse.

— Bom, não é o esporte que você pratica, só isso.

— Eu podia ter ganhado.

— Não podia, não — falei, sincera. — Eu jogo o dia inteiro, ou jogava. Achei que fosse jogar na faculdade, mas acho que não vou ter altura suficiente. Acho que não vou ficar nem da altura da minha mãe, e lá tem jogadoras de 1,80m. Adoro basquete, gostaria de ser mais alta.

— Um dia você vai gostar de não ser tão alta.

— Talvez. — Peguei minha bola e, por hábito, limpei-a na blusa e apoei-a na cintura.

— Não consegui ganhar dessa garotinha. Puxa.

— Não, não sou uma garotinha. Também não estou falando no mal sentido — avisei.

Miko subiu no caminhão, mas não ligou o motor. Lambeu o dedo e lustrou alguma coisa no painel. Não lembrava dele no enterro, mas sabia que certamente tinha ido com os pais. Ele disse:

— Bom, eu jamais iria ofender você, Ronnie. Você sabe como nós lamentamos...

— Nós sabemos.

— E estamos felizes com o bebê.

— Obrigada, Miko.

— Você vai atirar em quem, Ronnie? — ele perguntou.

— Em ninguém, só estava de bobeira — respondi.

— Ah, bom. Se cuide, Ronnie — disse Miko, gentil, e foi embora.

Enquanto olhava-o partir, pensei que, se eu fosse outra garota, o teria deixado fazer pelo menos um ponto, mas não estava com vontade de fazer papel de garota. O fato é que tinha sido muito bom minha mão tocar na bola outra vez. Quando peguei o revólver, parecia uma coisa esquisita e fria.

Mesmo assim, continuaria treinando com o revólver todos os dias, mas no dia seguinte percebi um daqueles carros brancos de janelas abaixadas e tive certeza que era um repórter. E pensei, *puxa, eu atirando não dava uma bela foto?* Fui para dentro de casa na mesma hora. Mas queria tanto atirar que era como um vício, como devia ser com as drogas. Pensava o tempo todo naquilo, imaginando como seria, ofegante de vontade.

Pedi para meu pai me levar para caçar com ele. Mas ele disse que tinha perdido a vontade de caçar qualquer coisa viva, mesmo que fossem aves.

Então, comecei a ter ataques de pânico. Ficava atenta porque, quando vinha, dava a impressão de que o coração ia parar.

O pânico vem da cabeça, mas não é imaginação. Você só consegue respirar dentro de um saco de papel e reciclar o seu dióxido de carbono. Fica achando que seu coração é um aparelho que agarrou numa velocidade. Descobri exercícios de ioga na internet e mesmo assim eu podia estar em qualquer lugar (na cozinha, na banheira, dando comida para Ruby, em qualquer lugar à noite) e vinha um ataque. Ainda bem que não havia ninguém por perto, porque devia parecer uma idiota respirando dentro de um saco da Snackster's Custard que eu guardava na mochila.

Até que parei de pensar.

Acho que eu estava precisando ser criança.

Pensei que, como minha mãe sentia falta das menininhas dela, eu poderia tentar ser uma. Comecei me esgueirando para ler ao lado dela na cama. Pedi para ela fazer uma trança embutida em meu cabelo, coisa que eu jamais conseguia. Era confortador, pois eu estava sempre com tanto frio, só tocar nela e sentir a textura do cabelo e do xale dela, aquecer meu corpo nas costas dela, que me lembrava do saco de água quente forrado de flanela que ela nos dava quando ficávamos doentes. Mas, embora nós sempre fôssemos carinhosas uma com a outra, tratava-se sempre de uma boa mãe com uma filha que queria ser igual a ela, embora a gente se divertisse e achasse que éramos muito parecidas, tinha acontecido muita coisa para que eu conseguisse voltar ao colo de minha mãe. Foi triste. A graça não é senão o começo da glória, dizem. Pelo menos, tentei.

Se não podia voltar a ser a menina da minha mãe, não precisava fazer mais nada. Mas não funcionou.

Parei de tentar depois que senti estar incomodando com meus gestos espontâneos de carinho, ou ficando na beirada da cama dela sem qualquer motivo. Ela não demonstrou, mas não conseguia evitar um certo "hum" de irritação se eu deitava na cama dela quando o bebê também estava lá. Mamãe tinha medo que eu o acordasse. Vi que era chato. Talvez eu nunca tenha sido uma menininha de fato; dava a impressão que fiquei "grande" desde que Becky nasceu.

Devo dizer que minha mãe também tentou. Primeiro, quando dava aulas nas Noites Familiares, ela procurou fazer com que parecessem reais para mim as histórias sobre jovens que usavam drogas e foram até o fundo do poço. Mas, uma noite, ela sorriu, colocou as mãos no colo e pegou um jogo parecido com xadrez que queria me ensinar porque achava que desenvolvia o lado esquerdo do cérebro. E disse:

— Isso aqui vai servir para você, querida, porque nenhum de nós passa pela vida sem passar pela tentação. Não há como. Tenho a impressão que estou tentando ensinar o Coro do Tabernáculo Mórmon soar como se fosse "Ciranda cirandinha". Você é tão sensível, Ronnie. Tem o dom do bom senso.

Ela estava enganada. Eu não passava de uma menina apavorada e nada para mim fazia sentido. Tinha perdido o bom senso ao mesmo tempo que perdi minhas irmãs.

Naquela hora, tive vontade de falar com ela do meu pânico.

Mas como falar?

Semanas antes, ela havia tocado nas filhinhas dela em seus caixões. E tinha um novo bebê que ela segurava como se fosse um pano para lavar. Como eu podia jogar mais uma coisa para cima dela?

Mas, como eu disse, ela também tentou.

Uma manhã, ela entrou no meu quarto trazendo chocolate e torradas com canela e fez um carinho no meu pescoço. Depois, senti que se retesou ao ver o lugar onde antes estavam as camas de Becky e Ruthie. Desde que as camas foram retiradas, ela não havia ficado muito no meu quarto. Ela deixou o chocolate e a torrada e saiu. Estava quase sorrindo.

As lágrimas pingaram nos meus papéis, manchando a tinta e naquela hora resolvi que eu ia sair do buraco onde estava. Devia ter conversado com o bispo, mas ele era meu tio, além de tão velho e rabugento. Ou devia ter falado com tia Tierney, que dava o Curso para Moças. Mas não falei. Teria ajudado, mas não fiz.

Sabia que tinha de existir alguma coisa que me fizesse normal. E como eu era da doutrina, tinha de vir do Santo Pai. Como não pensei nisso antes?

Uma vez por mês, um professor vinha à nossa casa depois da igreja, não um professor de escola, mas da igreja, cuja função era ver como estávamos, se estávamos bem. Não faziam isso só para pessoas desoladas por uma perda. Também conferiam as pessoas normais também e, se havia um idoso doente ou sem comida suficiente, uma família se encarregava de cuidar dele e fazer o que era preciso sem lhe causar constrangimento.

O casal que vinha à nossa casa era marido e mulher e a esposa ajudava no Curso de Moças. Eram o irmão e a irmã Barken e moravam tão distante da estrada, que nós só os conhecíamos da igreja. Mas sempre a admirei porque era muito elegante, com roupas que comprava na Europa a cada verão, quando levavam as quatro filhas para a Itália ou para a França e se hospedavam em fazendas. A irmã Barken queria que as filhas aprendessem outros idiomas, embora fossem bem pequenas, e não só para assim serem enviadas para missões na Espanha ou na Alemanha. Quando eu ainda freqüentava o Curso de Moças, irmã Barken uma vez disse que aprender uma língua era como aprender música.

Enquanto o marido falava com meus pais sobre a arqueologia das Placas Douradas que foram entregues a Joseph Smith, a irmã Barken me chamou a um canto. A tradição entre as crianças mórmons manda fugir quando os professores aparecem e foi o que eu fiz. Fui para a pequena lavanderia e fiquei dobrando toalhas. Eu sabia muito bem que as toalhas azuis-claras e brancas estavam meio rosadas porque, um dia, me distraí e lavei tudo junto com meus shorts vermelhos do uniforme, aqueles com o dragão branco nas costas. O dragão também ficou meio rosado.

— Você fez tudo isso sozinha, não foi? — perguntou a irmã Barken, mas de um jeito simpático.

Menti:

— Não, só essa pilha aqui. — Não queria que ela pensasse que minha mãe era doida. Em apenas um mês ela sofreu a maior tragédia da vida dela e teve um bebê.

— Ronnie, vamos ver uma passagem das Escrituras que possa lhe ajudar. Pensei numa do profeta Isaías. Mas acho que você precisa mesmo é... — Ela estendeu os braços e me atirei neles. Irmã Barken sentou-se no chão da lavanderia com aquele elegante conjunto de saia justa preta e jaqueta e me segurou até eu parar de chorar no meio de todas aquelas toalhas rosa que eu estava tentando alvejar. Depois, perguntou:

— Você está preocupada com o quê?

— Com tudo. O bebê. A roupa para lavar. Minha alma. Minha mãe.

— As Escrituras dizem que o Pai Celestial jamais dá um peso que não possamos carregar — disse ela. — Mas isso não significa que Ele ache que precisamos carregar o peso sozinhas. O que você vai fazer no Natal, Ronnie?

Dei de ombros.

— Podia passar conosco. Minha família e a de meu marido mora tão longe e minhas filhas gostam tanto de você. Acham que você é um Michael Jordan! — ela elogiou.

— Eu gostaria muito, mas acho que meus pais não vão querer, irmã Barken. Não sei nem se vamos à igreja. Ainda não pensamos nisso. — Tínhamos presentes no correio que as avós Bonham e Swan mandaram e presentinhos de outros parentes colocados numa mesa lateral. Mas não fizemos árvore de Natal e papai tinha entregue ao tio Pierce todos os presentes embrulhados em papel bonito que mamãe recebeu para Becky e Ruthie. Era para dar às crianças que não iam ganhar nada no Natal, não íamos agüentar ficar olhando aqueles embrulhos.

— Bom, esse ano vou colocar nas meias de minhas meninas na lareira estojos de maquilagem que comprei na França. Elas ainda são bem pequenas, menos nossa Lauren, que é da sua idade, mas pensei em guardá-los até Caitlin, Stacy e Tonya crescerem. Sabe, o Profeta diz que é importante a mulher estar bonita por dentro e por fora. Incrível o que um brilho nos lábios e um pouco de rímel fazem. Dá brilho no rosto. Ajuda a ficar mais feliz.

Eu não tinha idéia aonde aquela conversa ia parar, mas sorri. Costumava passar vaselina nos cílios para ficarem mais longos e não quebrarem, além de dar brilho. Irmã Barken continuou:

— O fato é que comprei um estojo a mais, caso um deles quebrasse, o que não aconteceu. Então, quero dar esse para você, Ronnie.

— É muito gentil, mas não, claro que não posso aceitar, irmã Barken. Deve ter custado muito caro.

— Bom, não é para deixar os adultos se preocuparem com o preço? Se você aceitar, será um presente para mim. Vai me deixar feliz.

Eu não estava feliz, mas também nunca tive um estojo de maquilagem e queira muito saber como era.

— Ronnie... fique aqui e vou rápido pegar lá dentro. Pode colocar essas toalhas na máquina outra vez. Vou trocar de roupa e vamos limpar a casa toda, combinado? Depois, vou lhe ensinar como usar um pouquinho de maquilagem de forma a parecer que não está usando nada.

Foi o que fez.

Ela tirou o pó dos móveis, enquanto o marido e meu pai varreram e lustraram os pisos. A irmã Barken espanou atrás de todos os livros. Passou os lençóis da minha cama e dos meus pais antes de mamãe deitar para que ficassem com aquele toque macio de roupa de cama de hotel. Depois, enquanto mamãe dormia com o bebê, ela sentou-se, pôs um espelho na nossa frente e mostrou como passar um pouquinho de sombra que mal se via e fez meus olhos verdes ficarem profundos e misteriosos, e mostrou também como as francesas passam nos lábios um pincel com um creme colorido, um pouquinho de cada vez. Aquela não foi uma visita normal da igreja.

Enquanto trabalhávamos, a irmã Barken conversou comigo, aos pouquinhos.

— Ronnie, você não pode esperar que seus pais se sintam contentes — ela disse.

— Gostaria de os fazer sentir qualquer coisa — admiti.

— Com o tempo, vão sentir. Sei que é difícil para você acreditar, mas é mais difícil para eles do que para você. Ver o filho morrer na sua frente é o que todos os filósofos chamaram de única dor insuportável — disse a irmã Barken.

— Insuportável porque os pais é que devem morrer primeiro? — perguntei.

— É, e porque você é jovem, tem a vida inteira pela frente. Você ainda não sabe, mas sua vida vai ser cheia de acontecimentos.

— Acho é que vai ser cheia de tempo para lembrar do que aconteceu.

— Sei. Mas aos poucos essas lembranças horríveis vão ser substituídas por outras de doçura e uma antecipação do encontro com suas irmãs que... passaram a mártires.

— Pensei que mártires fossem os que morrem em nome da fé — falei, intrigada.

— Elas eram inocentes e acho que o Pai Celestial deve considerá-las mártires.

Falei, do jeito mais gentil que pude:

— Estavam no primário, nem tinham lido as primeiras histórias da Bíblia, principalmente Ruthie. Eram crianças comuns.

— Do jeito que você fala nelas e do seu amor por elas, não parece que fossem comuns. Parecem muito especiais.

— Então por que Deus deixou acontecer isso com elas? — Eu sabia que era uma pergunta idiota.

— Não foi um ato de Deus. Foi de um ser humano. O Pai Celestial deixou que humanos perversos ferissem e matassem Seu único filho, Jesus Nosso Senhor, não só porque havia um plano para isso, mas porque os humanos precisam morrer. Livre-arbítrio. Por isso acontecem coisas ruins, Satanás age sobre as pessoas o tempo todo. Deus chora junto com você, Ronnie, e só porque você não entende agora, não significa que não seja uma menina boa. Não se castigue. Nenhum de nós é tão bom quanto pode ser, mas está bem perto.

Eu me senti melhor do que há muitos dias. E usei o estojo de maquilagem até o último restinho de pó e brilho. Ainda tenho os pincéis, lavo-os toda semana. A irmã Barken disse que duravam anos e duraram mesmo.

Quando mostrei o estojo para minha mãe, ela sorriu.

— Às vezes, a gente só precisa de uma coisinha que nunca pensou — disse. — A irmã Barken sabia que coisinha era essa. Não faz mal ficar bonita, mesmo na tristeza. E ela tem razão, Ronnie. Você não precisa entender o sentido do que aconteceu, mas rezar para ir além do sofrimento sem sentido para o sofrimento com sentido, o bom sofrimento. Espero que consiga fazer isso, agora que todos estão prestando atenção em nós.

Meu pai então entrou no quarto e disse:

— Rezo para que eles olhem para nós com compaixão, não como se fôssemos esquisitos. Talvez devêssemos pensar em... sair daqui, Cressie. Mudar.

— Mas London, vamos nos levar para onde quer que formos — ponderou mamãe. — Não se pode fugir de si mesmo. Os túmulos de Ruth e de Rebecca estão aqui. Nossa casa é aqui. Veja a bênção que irmã Barken foi para Ronnie e para todos nós hoje. Acho que devemos ficar na nossa casa e servir ao Senhor.

— Compreendo, mas estou inquieto — disse papai.

— Você sempre foi assim — disse mamãe e virou o rosto.

Naquela semana, meu pai levou o bebê e eu ao templo em Cedar City para confirmar Rafe na nossa família para sempre e pela eternidade. Como pai e sacerdote, ele fez isso com todos nós. Acho que estava muito inquieto, porque se sentiu bem de ficar um pouco no templo. Fazia calor e ele parou no Snackster's para tomarmos milk-shakes. Sentamos num banco de piquenique e dei a mamadeira para Rafe.

— Ronnie, se Becky e Ruthie estivessem com 8 anos e fossem ser batizadas, eu gostaria que você fosse a madrinha. Acho que elas iam gostar — ele disse e me abraçou.

— Obrigada — respondi.

— Isso não é o fim. Você ficou muito assustada. Vi que estava preocupada. Eu não sabia o que dizer. Não dei atenção a você — disse papai então.

— Pai, tudo bem, eu sei.

— Não está tudo bem. A gente quer sempre orientar o filho, mas ainda não consigo ver o caminho.

Lembrei dos mapas que certa vez minha mãe pediu que fizéssemos das nossas vidas, dos lugares que formavam o que para nós era um lar. As meninas desenharam árvores e círculos, mas caprichei no meu, incluí a igreja, o mercado, a estrada para o ginásio da escola secundária, as montanhas que eu percorria com Ruby, meu quarto e minha escrivaninha. Se pusesse esse velho mapa sobre um novo (com um triângulo simples e vazio que ia da minha casa ao barracão e à igreja), ia parecer que meu mundo tinha se acabado. Scott Early tinha levado não só a vida de Becky e Ruthie, mas a de todos nós. Meu pai tinha 40 e poucos anos, porém parecia um velho trêmulo, tinha apoiado nas mãos a cabeça de cabelos ralos, o milk-shake derretendo no copo feito neve.

E, assim, não falei para ele que tinham esquecido do meu aniversário de 13 anos.

Capítulo Oito

Não haveria julgamento. Scott Early confessou tudo por escrito e aos poucos foi acrescentando detalhes.

Só faltava a decisão do juiz.

Mas foi feita uma investigação. O xerife nos visitou mais de uma vez. Era uma pessoa muito legal. Os psiquiatras, médicos-legistas, os advogados e os promotores da defesa entrevistaram meus pais e eu, perguntando se Scott Early demonstrou sinais de sofrimento, se ele pareceu andar sem rumo ou teve um colapso. Todos aqueles profissionais eram iguais e tão curiosos quanto cães. Contei que Scott Early tinha segurado a cabeça nas mãos e gemido, mais nada. Depois que os médicos comuns fizeram um exame completo, inclusive radiografias do cérebro, concluíram que ele não tinha uma doença que o incapacitasse de pensar.

Aguardamos a decisão. Os dias se passaram, depois as semanas.

Essa foi a pior fase do filme mudo. Eu apenas percorria os dias, tentando ser eu mesma. Fui ao recital de Clare com os Emory. Instalei um ventilador para não suar nos lençóis à medida que as noites iam ficando mais quentes, mas nem o ar-condicionado adiantava. Comecei a fazer pequenas corridas da nossa casa à igreja, depois subia pela colina até a casa dos Sissinelli e voltava, assim me preparava para o acampamento de basquete de verão. Nada disso tinha qualquer graça. Nada disso dava qualquer satisfação. Sempre quis ser superesguia como Clare e agora era, mas acabou sendo um sacrifício apertar a cintura das minhas calças. As aulas não me interessavam e eu apenas agüentava as coisas que antes gostava. As Noites Familiares não tinham graça sem minhas irmãs. Havia noites em que apenas jogávamos monopólio fingindo que o tabuleiro era o céu. Recebemos muitos visitas. Estiveram em nossa casa, ou se hospedaram conosco, parentes e até alguns clientes da minha mãe na galeria. Notei o choque no rosto deles ao verem a linda Cressida Swan com manchas de mingau de aveia de bebê nos ombros de uma camisa masculina listrada suja e metida num dos macacões de meu pai, que era três vezes maior que ela. Fiquei com pena, mas as pessoas me davam arrepio. Eu esperava que a aparência de minha mãe fizesse com que elas se afastassem. Finalmente, se afastaram. Você tem obrigação de ficar de luto por seus irmãos e irmãs, mas as pessoas só agüentam até certo ponto.

Os Sissinelli estavam na casa de verão em Cape Cod, com exceção de Miko, que estava passando o último verão antes da faculdade com amigos em Utah. Ficava a maior parte do tempo fora, acampando. Quando estava em casa, eu passava na frente mais vezes do que o necessário, montada em Ruby, e via-o sem camisa, sentado na varanda com os amigos. Uma vez, acenaram para mim, mas Miko disse alguma coisa e eles abaixaram as mãos. Imagino que tenha falado nas minhas irmãs, e fizeram como a maioria das pessoas: agiam como se ficassem com vergonha.

Alguns dias depois que Miko viajou pela primeira vez, a Sra. Sissinelli telefonou e disse que a faxineira tinha ido embora e ela queria saber se eu queria o serviço. Eu limpava a casa deles para ganhar dinheiro. Não havia qualquer inveja no prazer que eu tinha de espanar os vidros florentinos, as cerâmicas que minha mãe fez e os desenhos emoldurados, mas o lugar e o silêncio eram maravilhosos. Eu ficava por lá muito mais tempo do que precisava, embora não cobrasse a Sra. Sissinelli pelo tempo extra. Eu me sentia como a zeladora de um museu, que podia tocar em todas as jóias e até passar a mão de leve nos quadros dos corredores. Uma vez, depois de ter polido os quadros, escorreguei pelo corrimão em curva. E um dia vesti uma das peles da Sra. Sissinelli e fiquei na frente do espelho, sentindo a maciez como se fosse uma colher cheia de doce, me vendo como uma mulher rica que tinha seis casacos daqueles. Numa outra vez, liguei todas as caixas de som, coloquei um disco de Vivaldi e dancei no salão, com o sol atravessando os vidros coloridos e fazendo minhas mãos e braços parecerem as mangas de um arlequim. Lá dentro era frio, mais frio do que nossos ares-condicionados jamais conseguiriam esfriar a nossa casa; achei mais coisas onde mexer e limpei o revestimento da cozinha com escova de dentes. Queria mesmo era me enrolar nos sofás macios e dormir para sempre. Houve uma vez em que dormi de verdade e quase morri de susto quando Miko e o amigo entraram barulhentos pela porta dos fundos. Quando saí na fornalha da tarde, fiquei satisfeita por ele só ter dito que eu era "a menina que mora lá embaixo na rua" e nada mais, embora pudesse ter falado algo mais interessante.

Serena escreveu perguntando se eu não queria visitá-los, eles mandariam a passagem. Eu queria muito ir e meus pais incentivaram a viagem porque eu nunca tinha visto o mar, mas ainda tinha aquela sombra me rondando. Respondi que esperava que ela me convidasse num outro verão, que eu iria. Mas naquele momento precisavam de mim em casa.

À noite, quando Ruby agüentava o calor lá fora, eu saía com ela para ficar na lama fria do leito do riacho. Os mosquitos pareciam um véu no meu rosto e as ancas de Ruby tremiam de dor e incômodo, por mais repelente natural ou WD-40 que eu passasse no pêlo dela. Eu sabia que, como ela estava com 19 anos, estava prestes a se tornar o que eu sempre quis para os últimos anos dela: cavalo de terapia na Guiding Gait, um lugar em Cedar City onde crianças e até adultos com paralisia cerebral montavam cavalos calmos para se distraírem e adquirirem mais confiança. Combinei com papai para doarmos Ruby. No dia em que vieram pegá-la, chorei mais do que no enterro. Papai limpou o estábulo dela para mim, lavou tudo com água e sabão suave e cobriu o chão com lascas frescas de madeira. Eu não agüentaria fazer aquilo sozinha. O largo lombo de Ruby era a última ponte que ligava minhas irmãs a mim. Agora elas estavam bem lá do outro lado.

Minhas tardes ficaram inúteis, sem tomar conta de Ruby. Comecei a fazer pequenos trabalhos na igreja, principalmente a correspondência, pois podia ficar sozinha. Clare e Emma me pediram para acompanhá-las num grupo de estudos sobre como mudar o papel da mulher e se ela podia trabalhar fora, no contexto da igreja. Falei que não queria ir. Mamãe me obrigou. Então fui, de ônibus. Umas 12 garotas ficavam numa sala na Biblioteca Pública de Cedar City com uma mulher que era dos SUD, além de dramaturga. Ela havia escrito o texto e a música de uma peça sobre Noé e a Arca que foi apresentada e elogiada no West End de Londres. Uma noite, participei de uma discussão sobre se a mulher poderia realmente trabalhar e cuidar da família e se o trabalho dela seria um serviço para a humanidade e não apenas uma forma de aumentar a renda da família, já que os trabalhos terrenos são uma forma de ligação com o céu. Foi aí que ouvi duas senhoras do outro lado da porta aberta dizerem: "É ela, é a menina que estava lá quando as duas crianças foram mortas. Os assassinatos do Ceifador."

Nunca mais voltei lá.

Mamãe disse que a decisão do Tribunal estava suspensa porque psiquiatras de Salt Lake e Phoenix e até um especialista da Filadélfia estavam examinando Scott Early. E que também estavam falando com pessoas da cidade natal dele, Crescent City, no Colorado, e com os amigos e professores da universidade.

Papai continuava a caminhar. A sola das botas gastou e ele mandou colocar novas. Estava tão magro que parecia com Abraham Lincoln; esqueceu de cortar o cabelo e, quando as aulas começaram, o diretor lembrou a ele que os alunos é que deviam ser chamados a atenção quando ficavam de cabelos compridos. À noite, quando havia tantos besouros voando lá fora que nem ele agüentava, andava pelos corredores da casa. Ou colava, lustrava e polia tudo, substituindo parafusos em portas que não fechavam direito desde que eu era bebê. Mamãe confessou que ficava enlouquecida quando tentava dormir e ele resolvia rearrumar a gaveta de talheres. Nós quase rimos. Papai fez para ela um porta-botões com uma das caixas de ferramentas dele e separou os botões pelo tamanho e a cor. Depois, fez uma caixa para mim com as caixas de sapatos de madeira que mamãe ia usar para guardar as roupas de boneca de Becky. Não sei como conseguiu, sabendo para que as caixas seriam usadas. Vai ver que não sabia. Acho que ele precisava agir mais do que sentir.

Eu passava todo o tempo que podia com Rafe, até ser possível dizer que ele era mais apegado a mim do que a mamãe.

Pobre Rafe.

Mamãe só começou a gostar dele, gostar mesmo, quando ele sentou e engatinhou.

Penso naquele longo, longo ano. Não que ela o ignorasse exatamente; cuidava para que estivesse sempre limpo e cheiroso, mas nunca a ouvi conversar e cantar para ele no quarto como ouvia quando Becky era pequena. Havia outros sinais estranhos. Quando ele tinha apenas um mês, mudaram-no para um quarto, em vez do berço continuar no quarto deles. Eu gostava da minha privacidade, mas deixava as portas do quarto de Rafe e do meu abertas para ele me ouvir respirar ou digitar no computador com música tocando baixinho e saber que tinha alguém logo ali. Mamãe tratava-o como se fosse um lindo bichinho, algo de que gostava como um animalzinho de estimação, mas como se ela não estivesse totalmente presente. Não estava mesmo. Meu pai disse que não era culpa de ninguém. O Dr. Pratt confirmou.

Mas, graças à compaixão do Pai Celestial, não consegui resistir ao meu irmãozinho. Quando eu entrava num lugar, parecia que alguém dava uma sacudida nele. Ele grudava os olhos em mim como se fossem mãos me puxando. Ele se contorcia, balbuciava e ria como uma foquinha. Papai tinha razão. Rafe fez algum truque para eu gostar dele. Como não gostar de uma miniatura de ser humano cuja maior alegria era deitar na mesa enquanto alguém assoprava numa dobra do pescoço dele? Quem mais acharia engraçadíssimo você colocar um Tupperware na cabeça não uma vez, duas ou quatro, mas vinte vezes? Ele era tão forte e contente (como se tivesse de ser para nos fazer esquecer Ruthie e Becky) que até tio Pierce disse que o menino era um espírito feliz cuja missão terrena era criar alegria. Com seis semanas de idade, Rafe deixava mamãe surpresa por dormir das sete da noite até às oito da manhã seguinte. Eu entrava no quarto dele e cutucava-o para ter certeza de que estava vivo. Ele era o equivalente humano das trancas nas portas que eu tinha de conferir.

Pois mamãe quase não fazia outra coisa senão dormir. Nunca a acordei, imaginava que ela sonhava que estava de novo esculpindo um pote com as mãos, ou balançando o dente mole de Becky ou desembaraçando os cabelos de Ruthie.

Com certeza, a vida desperta era uma obrigação para mamãe. Ela nunca era indelicada, mas não tomava a iniciativa de nada, nem de comer. A Sra. Emory tentou fazer com que ela ajudasse os alunos do primário, mas vi pela cara da Sra. Emory que se arrependeu no meio do que estava dizendo. Então sugeriu que mamãe desse aulas para mulheres que viviam em abrigos, ensinasse os filhos delas a desenhar, mas ela disse que sinceramente não agüentava ficar com crianças. Mamãe ajudou a fazer pacotes que os pais enviavam aos filhos em missões, enchendo caixas com livros, geléias, camisas e lenços feitos à mão. Aquilo era para os pais empacotarem, mas alguns tinham tantos filhos menores que os embrulhos eram poucos.

Antes mamãe me levava a lugares como museus e universidades para ajudar a fazer com que história e biologia fossem temas vivos. Mas agora ela apenas me recomendava leituras, quando lembrava, e me dizia para pesquisar na Internet os meus trabalhos da escola. Ela pareceu realmente aliviada quando as aulas terminaram; e ela havia encerrado o ano letivo mais cedo, em meado de maio, corrigindo minhas provas e enviando meu relatório para a Secretaria de Educação.

Recebemos uma carta informando que eu tinha créditos suficientes para cursar o secundário. Mas não me sentia preparada como quando mamãe me levava a teatros para compreender por que Shakespeare escreveu suas peças numa língua que fazia a Bíblia do rei James parecer uma revista de histórias em quadrinhos. Passei a folhear meu velho livro de revelações e lembranças, uma espécie de caderno de recortes pessoal, com fotos e objetos importantes vindos da natureza, assim como observações e descrições feitas pelos adultos que me conheciam ("ela é dedicada e leal, mas teimosa"). Comecei a juntar isso ao que tinha escrito quando era pequena. Enquanto escrevia e colava, via mamãe à mesa, as mãos ocupadas em tricotar suéteres e gorros para Rafe usar no inverno, olhando para o barracão como se a força de seu olhar pudesse incendiá-lo. Era quase como se ela tivesse esquecido como brincar com uma criança e ignorasse que Rafe precisava disso. Ela só amarrava os carretéis vazios com fios de cores fortes, mas não mexia neles, nem empilhava-os no chão.

Eu fazia isso.

Todas as manhãs naquele outono, antes de pegar meus livros, minha costura ou meu computador, ouvia Rafe me chamar batendo os chocalhos. Eu dava uma espiada e, assim que ele me via, começava a rodar no berço. Rafe se mexia tanto antes de conseguir virar o corpo de lado que ficou com uma falha atrás em seus cabelos pretos e fartos. Tinha uma pequena calva que papai jurava que era a versão bebê da careca do irmão dele, tio Pierce.

Por causa de Rafe, meus pais tiveram a maior discussão que já vi.

Devia ser verão, porque eu estava no acampamento de basquete, me aborrecendo com o técnico num treino coletivo — e como não me aborrecer? Eu tinha cortado pelo meio do garrafão, aí minha cabeça falhou e joguei a bola bem na mão da pivô adversária. O técnico ficou perguntando "Onde está com a cabeça, Swan?" Depois parou e vi que ficou meio envergonhado e meio furioso por ter de me fazer concessões. Tentei me concentrar nas jogadas e ninguém conseguia tirar a bola de mim ou me pegar com ela. Mas joguei muita bola fora ou deixei-a cair como se fosse um papel de embrulhar chiclete ou uma moeda.

Finalmente, desisti. Fiquei bem triste.

O basquete parecia ser a única forma de conseguir uma versão meio parecida da Ronnie que eu tinha sido. Todas as minhas amigas do time ficaram tão contentes de me ver, tão contentes de me devolverem a posição que eu sempre tive e que todas as armadoras principais têm, a de ser uma espécie de cabeça do time, garantindo que todo mundo esteja na posição que deve. Não se importavam por eu ser mais jovem. Elas sentiram minha falta. Disseram que o time não foi o mesmo sem mim. Durante os treinos, duas me disseram que no ano seguinte queriam que eu fosse capitã do time. A armadora tem que pensar rápido com a cabeça e com os pés. Como Becky escreveu, eu nem notava quando estava viajando. Eu não teria sido um trunfo para ninguém na universidade. Quando finalmente falei com o treinador que eu ia deixar o basquete, ele e o assistente só me deram um abraço. Ninguém tentou me fazer mudar de idéia. Naquela noite, voltei para casa chorando, tomei o ônibus em Cedar City que me deixou a um quilômetro e meio da nossa casa e fui andando. Ouvi a voz de meus pais antes de entrar em casa. Incrível, pensei, isso é simplesmente incrível.

— Ele é seu filho, Cressida, uma bênção que recebemos em meio à nossa tristeza. Mas você age como se ele fosse um peso — meu pai estava dizendo.

— E você o que faz? London, você nunca está aqui. E quando está, não está. Fica sozinho com seus pensamentos. Não consigo participar. Não rezamos juntos. Não conversamos. Escuto você andando e... mexendo pela casa a noite inteira.

— Vou parar com isso quando sair a sentença. Meus sentimentos estão muito dispersos, Cressie. — Acho que, por ser professor, papai parecia ter sempre observações preparadas e que estava apenas dissertando sobre o tema de *O sol nasce para todos,* ou algo assim.

— Os meus sentimentos também. E onde fica o nosso bebê? — devolveu minha mãe. — Na maternidade, você me convenceu que daria todo o apoio para unir esse menininho a nós...

— Eu me comprometi... — ele começou.

— Não estou querendo dizer que você se comprometeu com a nossa família — disse minha mãe. — Não estou querendo dizer com a nossa família na eternidade. Tenho certeza que você vai ser *ótimo* na eternidade. Estou falando aqui no mundo, London! Não vamos indo muito bem aqui no mundo!

— Cressie, ainda não faz nem um ano!

— Diga isso para Raphael! Eu tento... — ela disse. Ouvi-a chorar — ...tento dar a ele o mesmo... amor que dei às meninas. Rezo para o Espírito Santo me dar força para vencer a tristeza com amor...

— Uma vez eu li... vou ler para você, querida. Um texto de John Adams e Thomas Jefferson sobre os sagrados desígnios da tristeza. Adams discorria sobre a finalidade de suportarmos as tristezas. Lembra como ele escreveu? Deu o exemplo do casal com o qual ia tudo bem, como era conosco. Então ele disse, espera, deixa ver se me lembro... "Por uma dessas coisas que ocorrem", um dos dois morreu. Por que aquilo foi acontecer? E, já que aconteceu, por que ficarmos tão tristes? Finalmente, disse que, quanto mais sensíveis formos, maior a nossa dor. Ele achava que a finalidade da dor é fazer com que reflitamos mais, com que sejamos estóicos e cristãos.

— Ah, muito bem, London! Uma linda divagação intelectual. Mas estou falando da vida real, um pouco mais ao sul do inferno no mundo! Será que sou estóica? Será que é estóico levantar-se, dar banho no bebê e escovar os dentes todos os dias? Devo ser estóica, pois só o que tenho vontade de fazer é deitar naquela cama até meu corpo secar e feder. Eu me sinto uma Raquel perdida na floresta, mas todas as minhas lágrimas secaram. O vento poderia me levar como uma folha. Minha dor não tem um propósito maior, London! Não sou Thomas Jefferson. Minha dor só dá voltas e voltas em torno de si mesma, então...

— Eu vou melhorar depois. Depois que sair a sentença. Vou mesmo, Cressida.

— Depois? Vai voltar para sua família? Temos um prazo para isso, então?

Meu pai ficou calado. Ninguém ouviu eu abrir a porta.

— Sim — ele disse.

— E Ronnie? Já deixei de ser mãe dela para me dedicar às minhas coisas, para agradar a mim mesma, quando esse tempo pertencia aos meus filhos.

— Não é verdade, Cressida. Seu talento foi concedido pelo Pai Celestial, assim como sua maternidade.

— Se eu tivesse ficado em casa...

— O resultado seria o mesmo. A menos que eu estivesse aqui, literalmente com a arma carregada e apontada.

— Não. Era eu que devia estar aqui. — Estavam competindo para ver qual deles era pior como pai e mãe. Eu queria sair correndo para Phoenix, para Salt Lake, para Labrador. — Acredito nisso com a cabeça, mas tudo o mais bate de volta na minha cara. Meu egoísmo custou a vida de Rebecca e Ruth. Minhas cerâmicas! Minha *arte*!

— Não é assim que Deus age, Cressida. Eu sei. Acredito muito que Ele não nos castiga pelos impulsos concedidos por Ele mesmo...

— Pare com isso! Não me faça sermão. Eu estava falando em Ronnie. *Ela* está sentindo a culpa que deveria ser minha e de mais ninguém! Ou sua, se você quiser um pouco. E agora ela está sendo mãe de Rafe. Está cumprindo a minha função. O que estou fazendo com a minha filha? Certamente ela está numa realidade superior aqui na Terra, mas não é justo com ela. Eu esqueço de fazer a comida. Ronnie cozinha. Ela me observa como um falcão. Lembra quando disse que não precisava de um maiô novo para o ano que vem? Não é que ela seja tímida. London, acho que ela não acredita que consiga sair dessa casa outra vez! Que nunca vai conseguir me deixar aqui sozinha! Esquecemos do aniversário dela, London! Esquecemos do aniversário!

— Não! Não é possível — meu pai gritou. Calou-se. — Esquecemos, esquecemos do aniversário dela. *Foi há apenas sete ou oito meses,* pensei. — Talvez, Cressie, talvez ela precise passar um tempo fora. Cheguei a pensar que ela devia sair, morar com um dos meus irmãos em Salt Lake e ir à escola — meu pai disse.

Ah, graças, pensei. *Vão me dar para tia Adair. Vou ser igual a Jane Eyre.*
Ele então acrescentou:

— É por isso que caminho e não consigo descansar, Cressida. Está tudo encoberto. Tenho medo de quebrar uma janela ou destruir uma cadeira. Os rostos delas estão na minha frente quando dou aula. No meio de uma frase, perco o fio do que estava dizendo aos alunos. Fico falando sobre Hawthorne, mas pensando *os olhos de Rebecca eram azuis ou castanhos?* Os rostos delas ficam na minha frente quando estou dando aula na igreja. Ficam na minha frente quando tento falar numa reunião, quando tento abrir o coração para receber a comunhão. Esqueci do aniversário de Ronnie. Esqueci do aniversário da minha filha.

— Está errado, errado, errado. Não só o que ele fez. Scott Early exerce uma força enorme sobre a nossa família. Lon, desculpe. Desculpe eu gritar com você. Mas eu precisava. Precisava gritar.

As palavras de meu pai ficaram abafadas. Eu sabia que ele estava chorando. Achei que mamãe o estava abraçando. Rafe começou a choramingar.

— Meu filho, meu filhinho. E Ronnie, tão sozinha — disse papai.

Acho que foi meio bom para eles, uma espécie de alívio, mas vou dizer uma coisa: aquilo me assustou. Os pais são as rochas da gente e as minhas estavam desmoronando. Eu realmente me senti como uma daquelas pedras gastas pela erosão, se soltando da sua base forte. Eu também queria gritar. Queria gritar como uma criancinha que ralou o dedo e a pele ficou solta. Mas tinha medo de fazer papel de tola ou, pior ainda, medo de que ninguém notasse.

— Talvez haja um motivo — disse mamãe e tive certeza de que ela estava dando mamadeira ao Rafe. Meses antes, o Dr. Pratt tinha dito a ela que nosso bebê não estava engordando direito e fez uma receita para ele. Mamãe sabia que era porque ela não comia bastante para fornecer a nutrição adequada. — De certa maneira, estamos destinados a sermos mais atentos, a amarmos esses filhos mais do que nunca, por causa da nossa perda.

— Ninguém poderia ter amado mais Becky e Ruthie. Era difícil não dar atenção a elas. Nós sempre demos — disse papai.

— Estou falando *dessas* crianças, Lon. De Ronnie e Rafe. Sempre podemos melhorar. Sempre podemos servir mais aos nossos filhos.

Enquanto subia a escada sem fazer barulho, fiquei pensando que era a primeira vez que os ouvia pronunciarem o nome dele. Scott Early.

Claro, eu já sabia pelos jornais, pelas imagens que Clare tinha gravado em vídeo e pelo que assisti na tevê dela. Sabia mais a respeito dele do que sobre alguns primos meus. Sabia que ele era formado em farmácia, que tinha 27 anos, queixo quadrado e que era um homem bonito quando estava arrumado, que era casado com uma conselheira pedagógica, que poucas semanas antes do crime ele tinha ido de carro do Colorado para Utah e tinha parado de falar com todos os amigos. A esposa o encontrou chorando ajoelhado no quarto deles. No final, ele ia à igreja duas vezes por dia. Conversava com o pastor. Mas o que disse não fazia sentido. Disse que estava ouvindo vozes que ficavam cada vez mais altas, mas que a esposa dele morreria se ele procurasse ajuda de um médico. No jornal, a esposa declarou: "Scott é uma pessoa gentil. Foi assim a vida toda. Nós nos conhecemos desde o secundário. Ele é como sempre foi até agora. Ele não compreende por que fez aquela coisa terrível." O repórter perguntou à moça, Kelly Alguma Coisa, se Scott Early sabia que tinha feito uma coisa errada e ela respondeu: "Ele sabe que foi errado, mas não sabe que foi ele mesmo quem fez. Não consigo explicar isso direito."

Mas alguém tinha de explicar. Alguém tinha de prestar contas, senão nós viveríamos como fotos apagadas numa caixa pelo resto de nossas vidas. Íamos ficar repetitivos como os velhinhos do asilo aonde vamos ler e cantar no Natal, que ficam falando dos brinquedos que tinham guardado para dar aos filhos (brinquedos que tinham sido novos quarenta anos antes).

Eu estava dormindo quando finalmente ligaram.

O juiz estava pronto para nos ver.

Mamãe me acordou e preparou para mim um café-da-manhã tão grande que quase vomitei. Fazia muito calor para comer panquecas. E eu não queria ir ao tribunal, mas meus pais insistiram. Vesti minha saia verde comprida e um casaco de mangas curtas, que minha mãe me mandou trocar por um de mangas compridas, não porque minha blusa fosse indecente, mas por causa dos jornalistas, então troquei. Poucos dias antes, tinha aparecido em nossa casa uma mulher da revista dominical do Arizona, junto com um fotógrafo que fez fotos lá de fora enquanto ela, que era pequena, bonita e oriental, perguntou se podia fazer um perfil de nossa família agora, com o bebê como centro de nova esperança para os Swan. Minha mãe, apavorada, não chegou a bater a porta na cara dela, mas disse com toda firmeza para fazer o favor de nos deixar em paz, que não tínhamos feito nada de errado e estávamos tentando reconstruir nossas vidas. Usando aquelas poucas coisas que mamãe disse, mais algumas descrições idiotas, a mulher fez uma reportagem de página inteira, com fotos da mesa de piquenique e setas indicando os lugares próximos a ela onde minhas irmãs haviam morrido. Apesar do calor que fazia, meu pai queimou a mesa de piquenique naquela noite de domingo.

Na manhã da sentença, nós deixamos Rafe com irmã Emory e fomos de carro para o tribunal na cidade.

Ao chegarmos lá, meu pai esticou o braço na frente como um menino correndo com uma bola de futebol americano e abriu caminho no meio dos jornalistas.

Cressie, como acha que será a sentença?

Acha que ele vai ser condenado à prisão perpétua? Veronica? Como está se sentindo agora?

Tem medo que o Ceifador pegue você, se um dia ele sair da prisão, Ronnie?

Sei que existem jornalistas bons e sérios. Mas aqueles eram como porcos remexendo numa lixeira.

A sala do tribunal estava gelada. Gostei de estar agasalhada, embora parecesse uma patricinha com aquele casaco de mangas compridas e o cabelo preso numa trança. Minha mãe ainda colocou seu xale nos meus ombros.

O juiz entrou. Todos nós levantamos. Ouvi as correntes de Scott Early tilintarem quando ele se levantou com esforço. O juiz se chamava Richard Neese. Era jovem, bem mais jovem que papai, e bonito como um ator de cinema. Talvez fosse jovem demais para ser juiz. Tinha covinhas. A gente acha que os juízes são ríspidos, como o meu tio bispo, por não terem covinhas. Fiquei com pena dele por ter um trabalho tão duro. E aquela parte devia ser a pior.

A primeira coisa que ele disse foi:

— Estou no tribunal há apenas um ano. Este é o caso mais grave que tive de julgar nesse período. Confesso que, por vezes, entrei em desespero. Mas achei melhor levar bastante tempo estudando os relatórios, embora saiba que esse tempo deve ter sido desesperador para vocês. Também fiz estudos próprios para chegar a essa sentença. Há muitas opções. E a mais fácil é, obviamente, condenar Scott Early à prisão em Draper, em Point of the Mountain, até envelhecer. Isso garantiria a segurança da comunidade enquanto a segurança de Scott Early naquele local não seria preocupação nossa. Mas ele certamente morreria lá. O que cometeu faria dele um alvo imediato dos companheiros, que consideram os próprios crimes hediondos como se fossem nada, em comparação a assassinar uma criança. E talvez essa fosse a coisa satisfatória para este tribunal fazer. Mas não seria a coisa justa.

"Li os diversos relatórios médicos desse caso e a conclusão, tanto dos contratados pela família de Scott Early quanto pelo estado, é de que Scott Early sofre de esquizofrenia, uma doença complexa que pode ter diversas causas, internas e externas. O fato de a administração de remédio interromper imediatamente suas alucinações auditivas e compulsões confirma esse diagnóstico.

"Desde que iniciou o tratamento, embora esteja detido no presídio do condado, Scott Early teve capacidade de escrever sobre as circunstâncias do assassinato de Rebecca e Ruth. Ele escreveu mais ainda. Escreveu, como cito agora do seu diário: 'Primeiro, eu acreditava que era inevitável eu morrer devido à coisa horrível que fiz, era a única condenação adequada para um pecado tão grande. Obviamente, como qualquer ser humano, eu estava com medo e triste de pensar no efeito que isso causaria em minha esposa e minha família. Mas, à medida que meus pensamentos ficaram mais lúcidos, entendi que um morto não pode se recuperar. Um morto não pode fazer nenhum bem nesse mundo, mesmo que seja ajudar pessoas como ele, ou ajudar crianças tristes ou ajudar as pessoas a entenderem a doença mental que, como farmacêutico, sei que pode ser questão de química cerebral e não de vontade própria. Assim, conversei com meus advogados sobre o que eu poderia fazer na prisão para, de alguma forma, ajudar no tratamento de pessoas como eu, ajudar a entender o que é a doença mental. E comecei a esperar fazer isso, não porque seria menos assustador para mim, mas porque seria mais difícil. Não creio que essas idéias tenham surgido por um desejo egoísta. Acho que foi graças às longas horas de oração e contemplação. Pensei no que eu tinha feito e como aquilo poderia ter sido evitado. Pensei no fato particularmente hediondo de tirar a vida de crianças, cujos futuros apaguei num só ato. Pensei na família Swan e na minha, as quais destruí, e como isso poderia ser desfeito. A angústia que esse tipo de pensamento gera é indescritível. Mas tive de considerar que tirar a minha vida não ia devolver a vida das meninas Swan. Então, embora acredite que seria certo me condenar, não acredito que seria útil. E, antes que isso aconteça, eu queria muito ter uma vida útil.' Ele continua, mas esse trecho já basta.

O juiz prosseguiu:

— Obviamente, numa situação dessa, nossa primeira obrigação é em relação à comunidade, no caso representada pela família Swan. Podemos ter constatado uma mudança em Scott Early, de um homem que se encaixa perfeitamente na definição legal de capacidade reduzida a um homem que reflete e se preocupa. Mas não podemos saber, a essa altura, se essa mudança é duradoura, se ele oferece perigo para si mesmo ou à sociedade. Temos de pressupor que sim. Portanto, a essa altura, colocá-lo em tratamento não é uma opção, como seria caso ele sofresse de um dano físico, como um tumor que tivesse sido extirpado e prejudicasse o controle de seus impulsos, por exemplo.

"Nossa outra preocupação deve ser a compaixão, que todo tribunal precisa ter em mente ao tomar decisões. A estátua romana da Justiça equilibra, de olhos vendados, os pratos, as provas, numa balança. Era, segundo muitos, para mostrar a imparcialidade, ou seja, "enxergar" apenas os fatos. Mas o que essa venda nos olhos realmente significa é que a justiça não deve ser influenciada por nenhuma força externa, seja ela social ou política.

"Mas, neste caso, devemos ser influenciados pela compaixão. A compaixão tanto pela família Early quanto pela família Swan pois, embora os primeiros não tenham cometido qualquer erro, criaram um bom jovem que adoeceu gravemente, até onde sabemos, sem qualquer influência de ingestão excessiva de alguma substância, maltrato ou trauma na família mas, segundo nossos investigadores puderam concluir, pela combinação do gene dos pais ou por simples má sorte. Não podemos superestimar o papel da doença mental no cometimento de um crime, e Scott Early é um bom exemplo desse fenômeno. Antes de 19 de novembro do ano passado, ele jamais recebeu sequer uma multa por estacionamento. Não tinha qualquer histórico de violência, muito menos por crime violento. Ele pediu a nós, comunidade da justiça, a oportunidade de nos permitir aprender com ele como um homem assim poderia fazer uma coisa dessas.

"Talvez seja idealista ao extremo acreditar que, ao recusar aplicar o castigo máximo de que dispomos para o autor de tal crime, possamos 'aprender' com quem os cometem. No caso do assassinato de Rebecca e Ruth Swan, a pena de morte na verdade não seria uma opção, já que o crime de Scott Early foi francamente oportunista, não-premeditado nem associado ao cometimento de outro delito grave. Na verdade, o réu declarou diversas vezes que continuou dirigindo seu carro até a gasolina acabar, para evitar fazer exatamente o que fez.

"Assim, em circunstâncias ordinárias, Scott Early seria acusado de homicídio não-premeditado em segundo grau, um ato que, embora parecesse voluntário, na verdade não foi intencional, mas, ainda assim, resultou em duas mortes. Ele poderia receber duas condenações que somariam mais de vinte anos.

"Porém, as circunstâncias que consideramos são incomuns. Uma sentença de inocência por doença ou deficiência mental é difícil de justificar. Scott Early sabia que estava fazendo algo errado, profundamente errado. Mas, embora soubesse a diferença entre certo e errado, na época das mortes das pequenas Rebecca e Ruth, ele não podia saber a diferença entre o mundo real e o mundo que só ele podia ver e ouvir. Não sabia que tinha uma escolha.

"Portanto, em vez de condenar Scott Eartly à prisão, o que não faria nenhum bem a nós e o prejudicaria, vou colocá-lo sob custódia na prisão de segurança máxima para doentes mentais de Stone Gate, em St. George, em Utah, por um período não inferior a três e não superior a sete anos, contando o tempo que já cumpriu na prisão do condado, onde será tratado e ajudará no próprio tratamento e no estudo de seus processos mentais antes e depois do crime. Suas faculdades e condições mentais terão avaliações periódicas e, na ocasião em que for posto em liberdade, ficará sob supervisão rigorosa das autoridades do serviço mental da comunidade e sujeito às leis que o obrigam a tornar públicas sua identidade e seu endereço para a comunidade em que residir; obriga também que os Swans sejam informados disso pelo resto de suas vidas.

"Compreendo que esta decisão pode não satisfazer a todos os envolvidos no caso. Compreendo também que pode causar controvérsias. Mas tenho certeza de que a tomei com a ajuda sincera do Estado e dos advogados de Scott Early, com o parecer dos médicos de ambos os lados, com o testemunho tanto dos Swans e dos que os conhecem bem, além do testemunho dos Early, inclusive da esposa de Scott, Kelly Englehart e dos que os conhecem bem e da minha própria consciência. Ofereço minhas condolências a todos os envolvidos e, sinceramente, gostaria de poder oferecer mais, principalmente a London, Cressida, Raphael e Veronica Swan, cujas vidas foram mudadas para sempre. O Sr. Early será levado amanhã para Stone Gate. E este tribunal está suspenso.

Nós nos levantamos, minha mãe segurou forte num braço do meu pai, eu segurei no outro. Sei que todos nós estávamos pensando a mesma coisa: jamais tínhamos cogitado da possibilidade de Scott Early um dia sair de uma prisão. Foi como se levássemos um soco no estômago. Quando foi conduzido para fora da sala, ele olhou para mim e constatei, antes de desviar meus olhos, que o olhar dele não tinha nenhum tipo de alívio, mas simples dor e súplica. Então, desviei o olhar. Não queria ser tentada, mesmo no sentido cristão, a ter compaixão por ele.

Quando descemos a escada do tribunal, a imprensa cercou os advogados, Kelly Englehart e os pais de Scott Early.

Nós ficamos invisíveis. Mas sabíamos que não seria por muito tempo.

Corremos. Nossas fotos daquele dia são de costas.

Capítulo Nove

Com a notícia publicada no jornal, mamãe passou, mais do que nunca, a não querer sair de casa para lugar algum. Recusava-se a ir à igreja. Papai trazia comida para casa quando voltava da escola.

Fiz mais um aniversário sem que ninguém se lembrasse, exceto eu. Quando mamãe viu que recebi cartões dos meus avós e tias (e cem dólares dos Sissinelli), correu para me dar um casaco novo (uau, pensei, ingrata, comprado na Sears pelo *correio*!)

Os meses passaram. *Qualquer coisa* teria sido um alívio. Fiquei achando que, se o clima ficasse bem seco, haveria incêndio nas montanhas e eu poderia ver os bombeiros saltando de pára-quedas como vi uma vez, quando era pequena. Era um desejo mau, pois um incêndio na floresta significava que pessoas e animais poderiam morrer, mas eu queria que o mundo sentisse o mesmo que eu, como um incêndio numa armadilha, fechado e preso, mas tão quente que só um maior ainda poderia dominá-lo.

Então, aos poucos mamãe começou a realmente notar Rafe (depois ela me disse que foi porque todas as noites rezava horas para o Espírito Santo orientá-la). Na época, ele já sabia falar e fazia tudo para chamar a atenção dela. Ela o ensinou o jogo de figuras de encaixe, a identificar a bola e a maçã nos livrinhos e a mugir como a vaca ou relinchar como o cavalo.

A essa altura, era final de outono e fazia quase dois anos. Foi a primeira vez que tive coragem de sair de casa. Tinha saído antes, mas foi um sofrimento até voltar.

Clare e eu colocamos os pés na piscina de água gelada no riacho Dragon. Depois deitamos ao sol, na grama seca que espetava. Apesar de já termos conversado centenas de vezes, Clare nunca havia me perguntado diretamente o que senti com a sentença. Não sei por quê. Eu teria contado. Talvez ela tivesse medo de abrir feridas, sem saber que estavam longe de cicatrizar.

Mas naquele dia, de repente, ela pareceu decidida e pôs tudo para fora, tudo o que tinha pensado por meses a fio.

— Você acha que ele devia ter ido para um hospício? — perguntou Clare.

— Talvez, mas para sempre — respondi.

— E se ele se curasse?

— O que ia adiantar? Se matei alguém porque estava doente e depois sarei, isso significa que não matei?

— Não, não significa, mas é diferente se você não sabe o que está fazendo — respondeu Clare. — Joseph Smith disse que Deus não aprova o pecado mas, quando o homem peca, deve ser compreendido.

— Entendi, e você parece tão convencida, sem querer ofender. E o que acontece quando a pessoa *sabe* o que está fazendo? Teria de pagar pelo que fez.

— Não acha que ninguém jamais é legalmente louco? Qual é o louco que melhora? — Clare perguntou, levantando a parte de cima do maiô para ver se ela ainda estava com marca de sol.

— Pessoas retardadas — respondi. — E não as que têm diploma de farmácia. Aqueles que sempre foram doidos, que já nasceram assim.

Clare fez:

— Hum.
— O que sua mãe acha? — perguntei.
— O mesmo que você.
— E o seu pai?
— O mesmo que você.
— Então, por que você discorda?
— Eu acho que não somos responsáveis pelo que fazemos, se não entendemos o que estamos fazendo. Acho que devemos procurar odiar o pecado, não o pecador.
— Isso não é muito leal em relação a Becky e Ruthie.
— Espera aí, isso não é justo, irmã — Clare disse, embora a gente nunca usasse palavras da igreja. — Eu sou totalmente leal. Só acho que *ninguém* faria aquilo se soubesse o que estava fazendo. A menos que estivesse drogado ou, digamos, estivesse sendo pago para matar. Por isso concordei com a sentença do juiz. Não disse que gostei.

Sentei e dei um abraço nela.

— Pelo menos agora acabou e, se eu resolver voltar para o basquete, ninguém vai ficar me olhando fixo. Talvez minha mãe saia do estado de torpor. Talvez Ruthie e Becky sejam mais compreensivas do que eu, pois devem saber disso.

— Também acho — disse Clare.

Eu tinha tanta vontade de *ser* normal, de parecer normal, embora não me sentisse normal. E, como só tem um jeito de uma adolescente se sentir normal, perguntei:

— Você gosta de David Pratt?
— Nós não estávamos falando em David Pratt. Estávamos falando em perdoar e o que você achou da sentença.
— Eu sei — concordei, me sentindo péssima. Será que eu devia contar para ela, pensei. Contar o que realmente penso? Desde o primário, sempre fomos quase cópias uma da outra. Ela merecia saber.

— Clare, você vai ficar muito chocada se eu disser o que realmente penso.

— Nada que você diga pode me chocar.

— O que acho mesmo é que ele devia morrer ou, melhor ainda, deviam matar a esposa na frente dele para sentir o que senti, agora que ele pode entender o que sente.

Clare soprou devagar entredentes "shhhhhhhhh", e percebi que estava fazendo um exercício de canto para se acalmar.

— Ronnie, é errado e, ao mesmo tempo, completamente normal que você sinta isso. O fato é que ele lastima o que fez. Ele se arrependeu.

— E daí? Não me interessa. Não quero que ele fique aqui no mundo com Rafe. Não quero que fique no mundo comigo.

— Quer que ele vá para o paraíso com Ruth e Rebecca? Porque, se ele realmente se arrependeu do fundo do coração, vai para lá. Isso seria uma libertação, uma saída. Ou você quer que ele fique tentando entender o que fez, fale sobre isso e pense nisso todos os dias, cada vez que fechar os olhos? O que você acha pior?

— Nunca pensei nisso dessa forma — eu disse.

— Bom, parece que é você quem o tem à sua mercê.

— Nunca pensei nele tendo de refletir sobre isso para sempre — eu disse.

— Deve ser um tormento — disse Clare, calmamente. — Quanto a eu gostar de David, bom, gosto de todos os filhos dos Pratt.

— Acho que não posso ter uma conversa... de amiga agora, depois do que falamos.

— Acho que não poderíamos ter uma conversa de amiga se não tivéssemos dito o que dissemos. — Aquilo era bem de Clare. Mesmo quando discordava, ela sempre entendia.

Finalmente, com toda a delicadeza, perguntei:

— Bom, você *gosta* dele?

— Ronnie, a gente é muito jovem para isso.

— Eu gosto... gosto de Miko.

— Está *doida*? — ela perguntou e por aqueles poucos instantes fomos duas adolescentes morrendo de rir. Foi bom à beça. — Ele... não dá nem para pensar! Ele toma café. E não tem nada a ver com as coisas da igreja. Já deve ter feito sexo dez vezes!

— Isso você não sabe! E não é pecado tomar café para quem não é membro dos SUD. Ele só toma aquele da moda, misturado com muito leite. Deve ter menos de trinta gramas de café. A mãe dele tem uma máquina de fazer café.

— Continua sendo pecado. É como dizer que fumando só um cigarro você peca menos — Clare disse.

— Não é *pecado*, é um jeito de viver. Não é que se possa ignorar. Mas não vai impedir da pessoa ir para o céu! *Joseph Smith* disse que, no Julgamento Final, muita gente não vai para o céu, inclusive alguns mórmons! De todo jeito, Miko vai desistir de tudo por minha causa. Vai tomar café descafeinado. Vai se converter à nossa religião, fazer uma missão e depois subir até o alto da torre, esperar eu soltar meus cabelos e prender uma fita vermelho-vivo do amor nele, me carregar no colo, casar comigo, vamos treinar basquete juntos e ser médicos.

— Ah, não acho que Miko Sissinelli vá ser médico!

— Por que não? O pai dele é. Ele vai para a faculdade!

— Ronnie, ele é um fanfarrão.

— Seu irmão Dennis também.

— Meu irmão só tem 12 anos. Acha que passar pasta de dente no cabelo é muito engraçado.

— Ele continua bom na escola. Ele a chamou de Coro do Tabernáculo Mórbido, bem no meio do concerto de Natal — contei. — Mas continua sendo um garoto inteligente. Mesmo um garoto bobo é um garoto normal. — Todo Natal, nós íamos com os Emory ao templo grande para ouvir o coro e levar as crianças pequenas para as festas de Papai Noel, menos no primeiro Natal depois dos assassinatos, quando Rafe tinha só três semanas. Pode-se ouvir o coro em discos, mas ninguém imagina o que é ao vivo. É celestial. No Natal que eu estava na Califórnia, Clare cantou com eles "Noite Feliz" como solista porque era bolsista no coro.

Ela então perguntou:

— Você consegue imaginar alguém casando com *Dennis* algum dia?

— Não consigo imaginar ninguém casando com ninguém. Eu só quero... sair daqui. Não para ficar longe de você, mas de tudo, inclusive...

— Do barracão.

— Não só disso, mas principalmente. Não sei se algum dia vou conseguir me livrar disso. Para mim, Becky, Ruthie e aquele dia existem, digamos, para sempre. Como um joelho ruim. Parei de pensar que um dia vou "superar" isso, e aqui as pessoas vão sempre me ver como "diferente". Estamos sempre perto demais uns dos outros; não estou me referindo a você. É tudo muito pequeno. Nada realmente importa. Quero mudar para Nova York e ser atriz.

— E médica.

— Isso mesmo. E também dublê e detetive!

— Eu realmente vou mudar para Nova York e ser atriz — disse Clare. Dez anos depois, eu lembraria daquela cena no riacho, daquelas duas meninas de maiô e moletom, magrinhas, barrigudinhas, de sutiãs mínimos e malhas, ao receber pelo correio as entradas para assistir Clare interpretando Beth no musical *Little Women*, na Broadway. Ela não me contou que ia fazer o papel, quis que fosse surpresa para mim. Eu jamais agüentaria esconder uma notícia tão importante.

— Eu posso, posso conseguir uma bolsa para a Juilliard School. Se estudar bastante.

— Você não precisa de... quer dizer, você é ótima... mas não precisa de um professor de voz para entrar num lugar desses?

— Tenho economizado o que ganho cuidando de crianças. A menos que você seja uma criança prodígio, a voz só começa a se desenvolver a partir, digamos... da puberdade. Economizei dois mil dólares, Ronnie.

— Não!

— Foi! Ganhei uns sessenta dólares por dia tomando conta do Yorkshire dos Sissinelli. E o verão inteiro fico até o meio-dia com os filhos menores dos Finn e com meu irmão caçula, enquanto minha mãe e a deles vão à aula de relaxamento. Fazem questão de me pagar.

— E você vai usar esse dinheiro...

— Para pagar as aulas. Descobri uma moça que tem um estúdio em casa. Ela cantou no Met *em* Nova York. Posso ir de ônibus até a casa dela. Cobra 25 dólares a meia hora. Se eu tiver uma aula quinzenal, posso praticar sempre, porque ela grava as aulas em fita.

— Você planejou tudo isso.

— Desde os 11 anos. Tem uma enorme templo dos SUD do outro lado do Lincoln Center.

— Isso é que é ficar de olho. — Eu estava citando uma aula sobre determinação que o irmão Timothy nos deu, quando nos visitou. — Eu admiro isso, estou só de olho, quer dizer, no que quero. Mas não sou tão inteligente para conseguir uma bolsa completa para a faculdade, quanto mais para a faculdade de medicina. Vou ter de fazer um empréstimo que só conseguirei quitar aos 40 anos. Meu pais podem dar uma ajuda na faculdade, mas pequena.

— Talvez *você* devesse se casar com Davir Pratt, o filho do médico — Clare brincou.

— Se você mudar para Nova York e eu for para algum lugar tipo Havaí, nós nunca mais nos veremos.

— Nós vamos ter avião particular! — disse Clare.
— Ah, esqueci, claro que vamos — falei, quase rindo.
— E vamos mandar e-mail todos os dias — ela disse.
— Isso não vai demorar muito — lembrei.
— E você vai ser a primeira a ir embora — disse Clare.
Não sei por que ela achou isso. Mas acabou acontecendo mesmo.

Capítulo Dez

A melhor coisa que aconteceu na primavera seguinte, quando eu estava com 15 anos, foi o casamento de minha prima, que tinha o mesmo nome de mamãe, mas sempre a chamamos de Ceci.

Um mês antes do casamento, Ceci veio nos visitar com a mãe, tia Juliet, e o noivo, Patrick-o-professor. Ele era bonito, já tinha retornado de sua missão e dava aulas na Universidade de Nova York. Meu pai disse logo: "Ceci tirou a sorte grande" e mamãe olhou feio para ele. Embora eu não entendesse o que aquilo queria dizer, sabia que supostamente Ceci tinha feito uma bela jogada. Todo mundo sabia que um missionário de volta de sua missão era o melhor marido possível, pelo menos era o que diziam as garotas mais velhas, como Alora Tierney. Ela detestava escola e queimou as pestanas para ter notas que lhe permitissem uma bolsa na Universidade Brigham Young, apenas para "fisgar seu peixão" lá, como se diz. Meu pai ficou furioso, disse que a Universidade Brigham era um "açougue" e que, se o Pai Celestial não queria que as mulheres entendessem de economia, por que as encarregou de cuidar da casa? E se fosse para as mulheres não entenderem de filosofia, por que foram elas as primeiras mestras da palavra divina? E se não era para elas praticarem psicologia, por que o Senhor quis que fossem mães?

Patrick veio almoçar conosco. Ele se hospedou na casa de tio Pierce, enquanto tia Juliet e Ceci ficaram conosco. Estava todo mundo agitado e animado. Ceci tinha 20 anos e o "caro professor" (como meu pai passou imediatamente a chamá-lo, quando estava somente comigo e minha mãe) tinha 33. Era bem dominador e tinha opinião formada acerca de tudo, principalmente sobre a "indecência" das mulheres, a "cultura material" e o que esperava que Ceci fosse para ele, desde cozinheira de forno e fogão até contadora. Disse de cara que "entrevistou" minha prima com muito cuidado (como se ela estivesse se candidatando a um emprego). Mas, como ele era bonito e "bem-sucedido", minhas primas e outras garotas da comunidade concordaram em ouvir o que dizia. Eu tinha a impressão de que ele usava terno de papelão: em outras palavras, era um cara muito bonito, a menos que visto de perto com bastante luz. Minha mãe perguntou delicadamente que disciplina ele ensinava.

Coitado, era literatura americana.

E ninguém vence meu pai em matéria de literatura americana.

Papai fez logo a primeira pergunta: Patrick achava que os alunos deveriam ler tudo, inclusive Poe, com sua imaginação sombria, e Hawthorne, com sua "ênfase mórbida no pecado"? Ou será que os textos de estudo deviam se restringir aos livros que divulgavam a doutrina e aos de poesia, como os de Emily Dickinson e Theodore Dreiser? Foi como assistir a alguém bater de cara num ventilador. Patrick achava que Hawthorne, Poe e, digamos, F. Scott Fitzgerald não deviam ser lidos por alunos impressionáveis.

— Você com certeza acredita que os alunos não têm uma fé muito sólida para saber discernir, não? — perguntou papai, com jeito. — Ou será que teme que sua fé não seja firme o bastante para orientá-los?

— Nem sempre a fé dos alunos está no mesmo nível do envolvimento deles, irmão Swan — respondeu Patrick. — De todo jeito, discorrer sobre as trevas é um risco que não vale a pena, pois há muita literatura boa para mostrarmos às mentes jovens.

— Risco? — contestou papai. — Mas ser membro dos SUD não é se arriscar todos os dias? Nossa própria religião não se baseia no risco, nas escolhas ousadas para rejeitar o lugar-comum e abraçar a verdade, mesmo se o mundo inteiro estiver errado? Será que os alunos não deviam aprender a ver o ponto de vista dos outros, num ambiente que incentiva a questionar e discernir corretamente, para não ser dominado pelos outros mais tarde na vida?

Sinceramente, fiquei com pena do sujeito quando papai o convidou para uma caminhada, pois papai ficou socando a palma da mão enquanto os dois estavam no meio do jardim da frente, e o noivo de Ceci parecia com vontade de criar asas e voar.

Mas nós, as mulheres, sentimo-nos satisfeitas de ficarmos sós. Ceci estava com seu vestido de noiva, usado pela vovó Bonham e depois por tia Juliet. Todas as minhas primas tinham de experimentar o vestido. Era uma *coisa*, lindo, de cetim marfim com centena de botões forrados nas costas, cada um com seu pequeno fecho de seda. E o vestido era delicado como se de uma boneca grande. Ceci também era. Já eu nem consegui passar o vestido pelos joelhos, e nem sou tão grande. Clare conseguiu vestir, mas não dava para abotoar. Eu não gostava muito (aliás, continuo não gostando) de ser proibido se casar com um vestido feito para você. É preciso usar roupas especiais do templo, não muito diferentes das que se vestem no batizado, só que, em vez do macacão, usa-se saia. O vestido de noiva é colocado depois, para tirar fotos e para a cerimônia de troca de alianças, que costuma ser num jardim bonito ou do lado de fora da igreja, ou mesmo na escada do templo. Num casamento mórmon, a maioria dos familiares nem comparece, porque o sacerdote que faz a cerimônia é o próprio marido, e é um momento muito sagrado e particular. Dura cerca de três horas, motivo suficiente para eu não ir, a menos que o casamento fosse meu.

As visitas também tiveram um efeito muito bom para minha mãe.

Foi a primeira vez que ela viu a irmã desde o enterro. Mamãe era muito chegada à minha tia Juliet e quase todas as semanas elas se escreviam, cartas mesmo, não e-mails. Seriam mais chegadas se o marido dela, tio Arthur, deixasse a família viajar. Ele tinha medo de avião e não queria vir de carro de Chicago, onde moravam desde que Ceci era da minha idade. Acho que meu tio não se importava de minha tia vir sozinha; primeiro porque, se ela morresse num desastre de avião, ainda sobraria ele para cuidar de todos os filhos menores, inclusive da irmã de Ceci, que se chamava Ophelia. Nós a chamávamos de Lili. Eu achava que dar à filha o nome de personagens de Shakespeare como Juliet e Ophelia era a mesma coisa que chamá-la de "suicida". Nunca entendi uma atitude dessas.

Minha tia foi a primeira pessoa que conheci chamada Juliet.

Naquela noite, quando ela e mamãe estavam lá embaixo conversando, escrevi para Clare.

V. acha ele legal?, perguntei.

Ceci tem sorte, respondeu Clare. *Quem faz serviço social gosta de cerimônias mais do que as outras pessoas. Isso não se discute. E quem fez serviço social como ele passou pelo fogo. Viu como a nossa fé é considerada?*

Em Milwaukee, completei.

Você quer dizer que em Milwaukee as pessoas não precisam aprender a verdade?, perguntou Clare.

Talvez, mas lá não é a mesma coisa que Ruanda. Ele age como se fosse um herói, escrevi.

PA, escreveu Clare, querendo dizer "pais aqui", ou seja, que os pais dela tinham entrado no quarto.

Eu estava incomodando.

Mas a forma como a maioria das garotas dava em cima dos garotos ainda era meio constrangedora. Os pais das outras meninas não se importavam; os meus, sim. Essa era outra coisa esquisita sobre nós, ou melhor, sobre meus pais. Claro que nós estávamos animados por Ceci.

O casamento ia ser em Salt Lake, naquele templo *enorme* e a família de Patrick era rica. Deram de presente a Ceci um colar de pérolas e iam fazer um jantar com cardápio encomendado em restaurante e fotógrafo profissional (Patrick disse que seriam apenas fotos em preto-e-branco e torceu o nariz), tudo bem elegante para um mórmon. Em geral, uma recepção de casamento mórmon não costumava ser tão grande quanto a de outras religiões, mesmo assim era boa. Às vezes, era no porão da igreja, com produtos Jell-O, queijo e biscoitos água e sal; às vezes, num hotel. Dependia da família. Todos nós estávamos ansiosos pelo casamento de Ceci, em parte porque seria interessante e daria uma desculpa para todos fazerem ou comprarem roupas novas.

No que diz respeito a Patrick, quanto mais ele ficava em nossa casa e na igreja, mais eu entendia o que meu pai pensava. Patrick falava tudo certo, nos chamava de "primos" e tal, mas não parecia estar muito apaixonado por Ceci. Parecia que era *ela* que tinha ganho na loteria. Uma noite, reclamei isso com minha mãe e ela apenas disse:

— Case-se com um homem parecido com seu próprio pai. A maioria das garotas casam, inclusive Ceci. — E olhou para mim com as sobrancelhas levantadas.

Mesmo assim, a festa foi bem divertida. Ceci adorava o nosso bebê (era evidente que ela ia logo ter um) e brincava muito com ele. Rafe estava na fase mais linda, fazendo coisas como acompanhar o vôo de um pássaro com tal encantamento que acabava ficando tonto e caindo no chão. Pela primeira vez, fiquei exibindo meu irmãozinho para todo mundo saber o que eu sabia: que gostava dele tanto quanto gostei das minhas irmãzinhas. Nem foi problema termos de levar tia Juliet para visitar as sepulturas, onde eu nunca tinha ido. Quando chegamos lá, fiquei emocionada de ver que as lápides onde meus pais ficariam estavam separadas, com Becky e Ruthie no meio deles e que mamãe tinha esculpido pequenas mãos de pedra ligando os dois túmulos. Qualquer pessoa podia se arrepiar, mas para mim foi muito consolador. Não gostei de ver todo mundo lá, até o arrogante Patrick, pois sabia que depois eles iriam embora e nós voltaríamos a ser como antes.

Poucos dias depois e alguns meses após meus 15 anos (quando ganhei de meus pais *mais um* casaco), meu pai acordou cedo e me levou ao estábulo. Ele ficou ao lado da velha cocheira de Ruby com um sorriso enlevado. Ele jamais guardava nada lá.

Devia ter planejado tudo.

Eu batizei a égua de Jade.

Era uma percheron bege-claro de três anos, que já aceitava ser arreada, de temperamento calmo como uma ovelha, com um olho castanho e outro verde. Meu pai brincou comigo:

— Ela me lembrou você, que parece estar sempre pensando em duas coisas ao mesmo tempo.

Tive vontade de montá-la na hora, mas a jovem de Cedar City que a adestrou disse que a égua nunca havia sido montada por uma pessoa que não conhecesse. Mesmo assim eu queria experimentar. A adestradora segurou o cabresto e soprei no focinho de Jade, falei no ouvido dela, esfreguei as costas como elas lambem seus filhotes (os cavalos detestam quando alguém bate no pescoço deles, não sei por que todo mundo faz isso). Depois, apoiei na lateral da baia e montei-a. Ela se mexeu, mas permitiu que eu a montasse lá na baia. A moça ficou bem surpresa. Dava para confiar em Jade e nós nos entendemos na hora. Claro que esse aniversário não foi igual aos anteriores. Era incrível como aquele presente foi acertado. Entrei correndo em casa para pegar Rafe e levá-lo para fazer carinho no pescoço de Jade.

Jade trouxe uma nova vida para mim. Não era como a minha querida Ruby, tão confortável (e atenta) quanto montar numa mesinha de centro. Eu nunca colocava rédeas nela, só uma corda em volta do pescoço que eu virava de leve quando queria ir para a direita ou a esquerda e que era mais para Becky e Ruthie segurarem. Por mais tranqüila que Jade fosse, tinha idéias próprias e passei horas, da primavera ao verão, ensinando-lhe o básico da equitação, fazendo-a aceitar as rédeas e treinando-a para ficar quieta ao ser lavada e alimentada. Jade não era exatamente resistente, mas ficou meio confusa com tanta coisa nova. E, quando se confundia, parava e fazia birra ou balançava para todos os lados, o que eu acharia engraçado, se às vezes não me derrubasse de seus 17 palmos de altura. Jade nunca refugou nem deu coice, mas era tão arisca que acabei colocando rédeas nela até que se acalmasse. Não demorou muito.

Acho que naquele verão eu montei Jade todos os dias. Eu tinha as melhores coxas para equitação das redondezas. Quando cavalgava à noite, era constante que me lembrasse das meninas na minha frente, montando Ruby comigo para irmos ao riacho, na parte que ficava depois do local que fazíamos de piscina. Uma noite, Becky me disse que quando crescesse queria um telescópio para ver cada estrela "em pessoa". Nós deitávamos em Ruby como se ela fosse um sofá e eu mostrava o cinturão de Orion e as sete estrelas da Grande Concha que fazem parte da constelação de Ursa Maior. Becky dizia que aquilo não era uma concha, pois as conchas são redondas e aquela era quadrada. E tinha uma estrelinha dentro dela. Ruthie e eu nunca conseguimos ver. "É porque vocês têm olhos redondos e eu tenho olhos aguçados", Becky me disse uma vez.

Levei Jade para dentro d'água e tentei não pensar nas minhas irmãs, ou se elas estavam me vendo e se as estrelas menores eram os olhos *delas*. Jade gostava da água, embora muitos cavalos fiquem assustados. Pensei em algum dia levá-la num canto onde nós duas pudéssemos nadar.

Em junho, antes do calor ficar sufocante, montei Jade e subi a colina para ir à casa dos Sissinelli. Vi um carro parado na frente e, embora não soubesse se eles estavam na cidade, resolvi passar lá de todo jeito. Estava morrendo de vontade de mostrar Jade para Serena. Se só o Dr. Sissinelli estivesse em casa, pois ele ia e vinha no verão para acompanhar um paciente ou participar de seminários, ele me entregaria a chave para começar a limpar a casa para a estação. Terminei de dar banho em Jade e de secá-la, trancei meu cabelo para ficar com uma aparência melhor, mas não me preocupei em me lavar. Estava com a velha camisa de flanela de papai amarrada com um nó na frente e o jeans que ficara tão apertado que mal fechava e tão curto que parecia de cintura baixa.

Eu não contava com o fato de nunca ter feito com Jade um caminho tão cheio de pedras como a subida da colina; ela não achou a menor graça. Deve ter estranhado o som das pedras nos cascos. Não me assustei, mas ela rodou comigo duas vezes e, na segunda, a pata escorregou. Ela então ficou toda agitada e transpirou tanto que as rédeas ficaram escorregando. Poderia levá-la de volta para casa, mas então ela aprenderia a fazer esse truque, de modo que a forcei a continuar devagar. Não estávamos em perigo, mas ela estava me irritando. Até que parei, enfiei os pés nela e ela foi correndo até a varanda dos Sissinelli. Eu estava montada em pêlo e agarrei a crina dela, além de segurar bem as rédeas. Quando chegamos ao gramado, Jade estacou nas quatro patas como se tivesse batido num muro, voei por cima da cabeça dela e caí no chão. Só machuquei o traseiro e cortei a palma da mão num pedaço de cascalho, mas fiquei bastante constrangida. Não apareceu ninguém, o que me deixou muito agradecida. A casa devia estar vazia. Para conferir, levantei-me e bati à porta, tirando com as mãos a poeira de onde meu jeans tinha rasgado. Fui descendo a escada e olhando para trás, para vigiar Jade, que podava tranqüilamente as flores dos Sissinelli e me encarava com o olho verde de longas pestanas, quando a porta de repente se abriu e Miko apareceu. Estava descalço, comendo um sanduíche do tamanho da minha cabeça. Fez sinal para eu entrar. Não pensei em nada. O som estava tão alto (era Vivaldi, "As quatro estações") que, se ele tivesse falado alguma coisa, eu não teria ouvido. Continuou comendo o sanduíche. Quando terminou aquele trecho da música, ele perguntou:

— Não são ótimos esses alto-falantes? — Não estava contando vantagem, só apreciando.

— Ouço música neles o tempo todo. Lembra de mim? Sou a garota da limpeza.

— Aposto que não pensava que gosto de clássicos.

— É, achava que você só ouvia discos antigos de Van Halen, sem parar. O que faz aqui?

— Precisava pegar umas coisas e gosto de ficar aqui sozinho. Me ajuda a pensar.

— Pensar, *você*? Bom, isso é novidade — brinquei.

— Cada dia é uma roda-vida, Ronnie. Nunca sei o que vai acontecer. — Ele se inclinou e, com o dedo, marcou a ponta do meu nariz com maionese. — Com que idade você está, Ronnie? — perguntou. — Vejamos, Serena tem quase 16, portanto você tem 15... 15 anos.

— Tenho quase 16. — Mentira, claro.

— Gostaria que já *tivesse* 16.

— Por quê? — perguntei, embora soubesse a resposta por causa do jeito dele olhar. Para uma garota mórmon, todo rapaz é um marido em potencial, mas isso era fora de questão comigo e Miko, já que ele era católico, mundano e quase quatro anos mais velho. Mesmo assim, eu queria saber.

Ele bebeu um copo d'água inteiro e respondeu:

— Porque você é linda e não é uma tola.

De repente me dei conta de que estávamos totalmente sozinhos naquele casarão e minha fisionomia deve ter demonstrado isso, pois ele acrescentou:

— Não se preocupe, santinha. Não vou convidar você para sair nem nada. Sou muito velho para você e sei que não faz isso. — Parou e depois disse: — Ela também é linda.

— Quem? — perguntei.

— A sua égua. Como se chama?

— Jade. Ela tem um olho verde.

— Você tem dois.

— Um é de vidro — brinquei. — Ganhei Jade de aniversário. Queria mostrar para Serena, ela vem para cá?

— Não, já começou no trabalho que arrumou neste verão. Salva-vidas. Esse emprego é uma tradição na família. Você não vai lá? Ela disse que ia.

— Vou em agosto, se ela ainda quiser — Eu estava animada para ir a Cape Cod. Serena havia contado que tinha barcos que faziam passeios a dez quilômetros da costa e que ela havia montado em baleias com filhotes.

— Você está com cheiro de cavalo — disse Miko. — Levou um belo tombo, eu vi lá de cima. Machucou? — Mostrei a mão suja. — Senhorita Swan, deu uma bela ralada, vamos dar um jeito nisso, sou quase médico. — Ele pegou minha mão e continuou: — Na minha abalizada opinião, acho que você vai sobreviver. Mas é melhor lavar. Já tomou vacina contra tétano?

— Hum — respondi.

— Não custa perguntar.

— Pode perguntar o que quiser — falei. E o clima entre nós mudou.

— Bom, posso te dar um beijo?

— Pode perguntar o que quiser — repeti e ele me beijou.

Não tentou me agarrar nem nada, e, embora eu tivesse a impressão de que aquilo devia ser errado, beijei-o também, com os braços em volta do pescoço dele. Foi um beijo de verdade e não me senti pecadora. Pareceu simples, seguro e tão natural quanto o sol brilhar lá fora. Não beijei muitos garotos na vida e, naquela época, não tinha beijado nenhum. Achava que Miko já devia ter feito isso com muitas garotas, mas tive certeza de que comigo foi totalmente diferente, como se eu fosse um dos preciosos e raros jarros e taças de cristal caríssimos que ficavam na cornija da lareira. O primeiro beijo é o primeiro, afinal de contas, e fez com que eu chegasse a duas conclusões. A primeira, que minha vida seguiria em frente, que havia uma possibilidade de eu sentir outra coisa que não fosse só luto e determinação. A outra, foi que eu de alguma maneira gostava de Miko desde os 10 anos de idade e, de certa forma, ia gostar dele pelo resto da vida. Isso foi triste. Mas pelo menos eu *senti*.

Depois, nos afastamos, no silêncio que dançava nas pequenas partículas de sol entrando pelas imensas janelas de catedral e Miko disse:

— Deixa eu lavar a sua mão. — Lavou mesmo, na pia da cozinha e, apesar de ser um gesto comum de amigo, pareceu diferente. Pareceu insuportável. Naqueles últimos dois anos e meio, eu havia chorado sem motivo dez vezes ao dia, minha emoção estava à flor da pele, e pensei que fosse começar a chorar, se ficasse lá muito tempo. Era melhor voltar para casa rápido e avisei que ia embora assim que ele terminasse de limpar minha mão. Ele pôs um band-aid com tanta gentileza que pensei que eu fosse desmaiar.

Nos anos seguintes, devo tê-lo visto umas vinte vezes, mas nunca comentamos sobre aquele dia, sobre ele fazer estribo com a mão para eu montar em Jade e acenar para mim sem nenhum dos dois dizer uma palavra. Não falamos no assunto até eu voltar de San Diego, antes de entrar na faculdade, depois que tudo aconteceu. Na época, Miko estava bastante envolvido com uma garota da Universidade do Colorado, mas ainda me considerava uma amiga, como o resto da família também, e estava muito preocupado comigo.

Ainda penso naquele beijo como o único momento de pura felicidade na minha vida entre o dia em que minhas irmãs morreram e o dia do meu casamento.

Guardei-o comigo.

Não contei para Clare nem mesmo para Serena. Era como uma pedra da sorte que eu guardava no bolso e ficou tão lustrosa de raspar na roupa que ninguém diria que era uma pedra comum. Ou como o colar trançado com os macios cabelos de minhas irmãs que, parecia outra coisa que ninguém sabia o que era, embora eu sempre soubesse, e que era meu, uma coisa que nem o tempo e nem mesmo a eternidade jamais alteraria.

Capítulo Onze

Foi difícil voltar para casa depois de visitar os Sissinelli em Cape Cod.

Não por causa de Miko, que nem estava lá.

Ele tinha ido ao Canadá para fazer canoagem com os colegas de colégio.

Ele devia saber que não seria uma boa idéia ficarmos perto e me senti um pouco aliviada quando Serena e a Sra. Sissinelli me pegaram no aeroporto e disseram que ele não estava. Aliviada e totalmente desapontada. Mesmo assim, eu era sensível o bastante para saber que Miko, com toda certeza, devia ser de Saturno para ser... bom, minha paixão. A maior parte das meninas que vai para o colégio com garotos que não são mórmons (mesmo em Utah há alguns que não são) tem vontade de sair com um que não seja da igreja. Acho que, se você sai com alguém que não participa da sua vida dominical, mas da sua vida de segunda, terça, quarta, quinta, sexta e sábado, pode querer experimentar outra coisa e ver se dá. As pessoas são diferentes, penso eu.

De todo jeito, gostei de Miko não estar lá, porque já estava sendo difícil tirá-lo da minha cabeça. Todas as manhãs eu rezava para esquecer aquele dia de junho na casa dele e a cada manhã a lembrança ficava mais nítida.

O mais difícil na volta para casa foi que visitar os Sissinelli, mesmo por apenas duas semanas, me deixou muito mal-acostumada. E também não foi tão difícil esquecer da minha vida e do que ela significava.

Em Cape Cod (na verdade, no instante em que saí de Provo), eu era apenas Ronnie Swan, uma garota de cabelos cacheados do Velho Oeste que andava a cavalo e nunca foi à escola na vida (para todas as amigas de Serena, era isso que significava ter aulas em casa.)

Foi *divertido*.

Foi divertido não ser a "pobre irmã Veronica", ou "aquela menina cujas irmãs foram assassinadas", ou "a filha mais velha de London Swan" ou "a coitada da filha de Cressida". Eu me livrei das mãozinhas de pedra sobre os túmulos de minhas irmãs que me ligavam à morte delas tanto quanto ligavam as duas em seus túmulos. E não me senti culpada. Durante anos, estive de luto, um luto tão visível como se eu tivesse nascido nos tempos vitorianos e usasse saia comprida e touca pretas. Mais ainda, eu fui *observada* no meu luto como uma personagem de Dickens, até saí em fotos de jornais e revistas que fizeram "reportagens de um ano" sobre as mortes e a sentença de Scott Early, exatamente assim. Então, pelo menos, eu esperava estar preparada para sair à luz do dia e ver como os outros viviam. Não que me incomodasse eu ser o que era e sempre seria. Eu não queria ser outra pessoa para sempre, nem mesmo por muito tempo. Meus pais sabiam disso. Sabiam que eu não ia mudar mais do que um missionário muda, não para sempre. Eu ia fazer aquela viagem e fazer com que ela fosse parte de mim, como os missionários faziam, mas não ia me transformar em parte dela.

Na noite antes da minha viagem, meu pai citou outra vez um poeta que falava sobre sair de casa para voltar e ver a casa com outros olhos.

— Não há nada de errado nisso, Ronnie. É saudável — garantiu.

Ele compreendeu, embora eu nunca tivesse contado, como a liberdade que eu sentia no nosso campo e nas nossas colinas tinha sido destruída por

Scott Early. Houve época em que aquele pequeno mapa de nossa casa e do meu quarto, da nossa igreja e da loja de Jackie e Barney era tudo o que eu precisava, mas agora aquilo parecia quebrado e estragado. Eu queria ver quem eu era longe dos limites do nosso mundo particular no sopé das montanhas, ver se podia voltar a pertencer um pouco ao lugar de onde vinha, com aquelas pessoas que me acompanharam a vida inteira.

Os Sissinelli faziam parte daquele mundo, mas não *pertenciam* a ele. E a passagem de avião que me mandaram foi uma passagem para a descoberta. No começo, meus pais educadamente não aceitaram que eles pagassem, mas os Sissinelli insistiram que eu fiz muito mais do que tinha de fazer ao cuidar da casa deles (era verdade, quanto à lustração de tudo, que fiz por puro prazer). Então, era uma espécie de recompensa pelo meu serviço. Disseram que era uma alegria para eles me darem aquele presente, principalmente depois do que aconteceu; era um presente de aniversário adiantado. Meus pai finalmente aceitaram, gentilmente.

Assim, andei de avião pela primeira vez. As viagens que fizemos antes foram de carro para ver a vovó na Flórida (a última foi muito engraçada, já que Ruthie tinha uns 3 anos e a cada vinte minutos tínhamos de parar para que ela fizesse xixi no penico) ou para visitar minhas tias e tios em Salt Lake ou Mesa. Eu sabia como o vôo seria longo, quase de uma costa a outra do país, então levei a biografia de Charles Lindbergh e um romance para ler. Mas não abri nenhum dos dois.

Fiquei tão distraída com os passageiros, com o filme, a caixa com lanche e até com os amendoins, que a viagem pareceu levar minutos. O pequeno avião de oito lugares que me levou de Boston ao aeroporto Barnstable dava medo nas pessoas, mas achei incrível como ele voava tão baixo. Dava para ver tudo, todos os laguinhos e cursos d' água, veleiros que pareciam asas no mar voando longe dos portos. Adorei sentir o ar por baixo do avião mesmo quando ele arremessou, subiu e baixou. Achei que aquele vôo era o mais perto que eu entenderia do que é ser uma águia.

Quando chegamos à casa deles, que era tão linda quanto a de Utah, embora menor, os Sissinelli mostraram meu quarto: o colchão da cama era do tamanho da Grande Salt Lake e com mais travesseiros do que tínhamos na nossa casa inteira. Caí na cama e dormi durante dez horas.

Não sonhei. Não acordei molhada de suor. Acordei com o canto de passarinhos e um céu pintado com pequenas nuvens brancas esparsas. Virei para o lado e dormi mais meia hora. Era como estar num spa.

Na manhã seguinte, fui com Serena ao trabalho dela, onde ensinava crianças pequenas a nadar cachorrinho e boiar nas "lagoas", como eles chamam os lagos. Naquele ambiente, Serena era outra pessoa para mim. Era tão bonita, gentil e delicada. Todas as crianças pareciam confiar nela, até as que tinham medo d'água. Correram para encontrá-la, quando ela apareceu de maiô vermelho e camiseta regata com os dizeres salva-vidas, os cabelos negros e lisos enrolados atrás. Eu a imaginava usando um biquíni que quase não deixasse nada por conta da imaginação. Mas a verdade é que os Sissinelli eram pais bem rigorosos e aquilo que Serena fez em Utah foi mais para impressionar a gente e porque ela era muito jovem e estava com o que chamou de "tradicional rebeldia do oitavo ano". Em Cape Cod, ela usava biquíni, mas bem recatado (não para mim, para ela). Enquanto ela dava a aula, nadei até a outra margem da lagoa e voltei. Meus ombros pareciam que iam soltar das articulações. Era bem diferente de brincar na água do nosso riacho; ainda bem que eu tinha boa musculatura.

Naquela noite, comi lagosta pela primeira vez (esqueci que tinha alergia a ostras, mas não aconteceu nada) e cheguei à conclusão de que aquela comida devia ser uma espécie de bênção especial. Quando terminei, minha barriga literalmente estufou. Levei os cheques de viagem comprados com minhas economias, mas os Sissinelli pagaram tudo como se dinheiro fosse uma coisa com a qual eles não se preocupavam.

Contaram-me por que moravam lá uma parte do ano.

A Sra. Sissinelli (que pediu para eu chamá-la pelo primeiro nome, Gemma) tinha nascido em Boston, onde conheceu o marido. Quando menino, ele passava o verão trabalhando no rancho de um tio no Arizona. Eles noivaram assim que tiveram condições.

— Os imóveis lá são tão caros que é preciso ser uma espécie de estrela de cinema para comprar uma casa à beira do lago — disse a Sra. Sissinelli. — E quando as crianças eram pequenas, não queria que ficassem com vontade de ir à praia!

Naquela noite, quando entramos no restaurante, vimos um astro de cinema, Dennis Quaid, com o filho. Até Serena ficou impressionada.

— Acha que ele fez plástica no rosto, pai? — ela perguntou ao Dr. Sissinelli.

— Com certeza — garantiu ele.

— Como sabe? — perguntei.

— Ele tem uma linha branca na pálpebra, que aparece quando olha para baixo — explicou o Dr. Sissinelli. — É uma espécie de pista de que alguém fez plástica na testa. Essa cirurgia é um pouco mais comum em homens cuja atividade profissional exige que pareçam mais jovens. Mas você se surpreenderia com a quantidade de profissionais do sexo masculino que faz plástica.

— Você faz? — perguntei.

— Não, Ronnie, essa aqui é a minha velha cara normal — respondeu ele, rindo.

— Não foi o que quis dizer. Perguntei se também faz anestesia para cirurgias plásticas.

— Sim, mas por um motivo especial.

— Por quê?

— Porque se as pessoas resolvem correr um risco tão grande de tomar anestesia geral por um motivo relativamente, digamos, bobo, precisam receber todo o cuidado. Pode-se morrer do mesmo jeito por causa de uma plástica como por uma cirurgia de apêndice ou a remoção de um tumor, e seria um golpe horrível para uma família perder um parente ou um jovem assim.

Nunca tinha pensado naquilo.

— Você não faria se não fosse por um motivo humanitário? — perguntei.

— Só para ganhar dinheiro?

— Não, não foi isso que eu quis dizer! — reagi, enrubescendo.

— Sei que não foi — ele disse e a Sra. Sissinelli deu um tapinha na mão dele. — Na verdade, ensino aos cirurgiões-plásticos a importância da anestesia no controle da dor e da perda de sangue em cirurgias de grande porte, como lipoaspiração e lifting. É o que faço em Boston, no verão. Assim, eu basicamente tenho dois empregos.

— Um médico não pode ser só cirurgião-plástico. As pessoas em Utah não fazem plástica — garanti.

— Você ia se assustar, se soubesse, Ronnie — disse o Dr. Sissinelli, passando o guardanapo nos lábios. — Mas claro que trabalho em todo tipo de cirurgia, seja planejada ou de emergência.

Mais tarde, fomos todos sentar no cais da casa: a maresia, mesmo numa lagoa de água salgada, era como um banho quente que não molhava.

— Incrível, o ar é tão... macio — eu disse.

— Você não está acostumada com a umidade, Ronnie — disse Serena, rindo. — Se não usar um hidratante, vai acabar parecendo um vaqueiro.

— Uso creme para mãos depois que trabalho na estrebaria — contei.

Naquela noite, fiquei sabendo o que era lavar o rosto com creme esfoliante de grãos de cereais e passar hidratante. Serena tinha razão, a pele ficava iluminada e limpa, como se eu tivesse passado o blush da minha maquilagem francesa. Serena ficou muito impressionada com minha maquilagem parisiense. Eu me senti uma pessoa sofisticada. Gostei da maciez do meu rosto e do cheiro de amêndoa doce do hidratante e da loção solar de Serena. Mas quando olhei no fundo do pote (que era do tamanho de uma caneca de leite), vi que custava 14 dólares. Achei que valia a pena economizar para comprar aquilo. Não era a mesma coisa que uma sombra brilhante para os olhos. Serena também me apresentou aos sutiãs esportivos, que facilitavam muito a corrida, e me deu um dos seus dez pares de tênis de corrida. Eu estava usando o meu de basquete.

Na primeira sexta-feira, vi o mar.

Serena me levou de carro ao National Seashore. Levamos bicicletas e lanche para um piquenique. As dunas pareciam ondas enormes do mais claro açúcar e davam num lugar que eu conhecia de fotos, mas que jamais imaginei que fosse tão vasto e que se movesse num azul luminoso. Tinha alguma coisa na sua imensidão, na sua calma e no seu... só posso chamar de rosto, que mudava conforme a luz e a hora do dia, ondulando e inchando, trazendo conchas e levando-as de volta com sua mão descuidada. Serena estava acostumada a ver o mar e queria pedalar até o farol, disse que ele iluminava sete quilômetros mar adentro. Mas eu não consegui sair do lugar. Larguei a bicicleta e fiquei sentada na areia durante tanto tempo, que Serena disse que me pegava na volta e saiu na bicicleta. O sol queimava minha nuca e meus braços de um jeito que à noite me deixaria arrependida; esqueci de comer o lanche até sentir que as ondas estavam dentro de mim, levantavam, balançavam e quebravam no ritmo da minha respiração. Teria ficado lá a noite inteira, ouvindo aquele ronco e aquele assobio.

— Eu não agüentaria isso sempre — confessei a Serena, quando ela voltou. — É demais. Acho que não faria qualquer outra coisa.

— Talvez você viva à beira-mar quando ficar adulta. Esse Atlântico Norte é assustador, é frio e bravo. Lá para baixo — ela fez um gesto — há centenas de navios naufragados que se chocaram nas rochas. O canal, do outro lado, é mais quente. Podemos nadar lá. Já viu o Pacífico?

Às vezes ele também é assustador, acho. Mas a Califórnia é diferente. O clima e as pessoas são mais suaves. E mais doidas.

— Nunca tinha visto o mar.

— Não posso imaginar alguém que nunca tenha visto o mar.

— Não consigo acreditar que estou vendo.

Uma manhã, quando todos estavam dormindo, entrei no quarto de Miko. A cama tinha uma pilha de roupas limpas em cima e, numa pirâmide de prateleiras, havia troféus de natação que ele ganhou quando era pequeno. A porta do armário estava aberta, reconheci uma de suas velhas jaquetas de couro e enfiei a mão no bolso. Dentro só tinha uma flor seca, um cravo vermelho. Abri a gaveta de cima da escrivaninha. Tinha moedas, um monte de dardos, algumas bolas de beisebol, um vidro de colônia, uma faca escocesa e pedaços de coisas como fones de ouvido, caixas de som e alguns CDs sem estojo. Na parte de cima, onde um homem mais velho teria abotoaduras, anéis e coisas do tipo, Miko tinha um envelope com fotos. Despejei-as na minha mão. Sabia que aquilo era como ler o diário dele, mas queria ver uma foto dele com a namorada, caso tivesse. Quase todas as fotos eram dos amigos esquiando, espirrando neve como se fosse pó ou posando com enormes sorrisos vermelhos de homem; uma das fotos era daquele cara louro que eu vi muito na casa deles: estava sentado junto a uma lareira com uma linda garota no colo, que o olhava encantada.

Mas a penúltima foto na pilha era... eu, montada em Jade, vista de lado e do alto.

Quase não a percebi porque estava de frente para as outras, fora da ordem. Tive de concluir que foi tirada da janela do quarto dele naquele dia de junho, porque eu estava usando o jeans de pernas cortadas e Jade estava de sela, subindo a trilha para o cume. Eu estava sentada com as rédeas no colo, tentando prender meu cabelo na nuca. Pela luz, devia ser final de tarde. As moitas eram borrões cinzentos e verdes com uma risca forte amarela aqui e ali. Se não fosse eu que estivesse na foto, acharia linda como uma ilustração de calendário. Não tinha idéia do que fazer com aquela foto. Uma parte de mim queria ficar com ela, como se fosse a prova de alguma coisa. Mas agora era de Miko e eu jamais saberia por que ele havia tirado, se poderia ter sido só para terminar o filme. Mesmo assim, senti borboletas em meu estômago quando, por um segundo, pensei em Miko focando a máquina numa garota de despenteados cabelos ruivos, as pernas nuas e leitosas sob as botas de vaqueiro, montada firme na égua cor de mel. Guardei a foto de novo no envelope do jeito que ele tinha colocado.

Não digo que não pensei nisso outra vez, principalmente quando Miko ligou e me fizeram falar com ele. Perguntou o que eu estava achando de Cape e respondi como uma menininha boba: "Vi o mar pela primeira vez." Ouvi-o rindo como se ri de uma criança, e devolvi o fone para Serena.

Mas havia maravilhas suficientes para ocupar minha cabeça. Num barco de observação de baleias, vi uma deslizar e olhei a grande caverna rubra de sua boca, a menos de dez metros de mim, enquanto Serena contava que aquele animal enorme se alimentava de camarões menores do que minha unha e mastigava com uma enorme rede de tecidos trançados que tinha em lugar dos dentes. O pai de Serena nos acordou às quatro da manhã para ir pescar, vi um tubarão maior do que a lancha do Dr. Sissinelli e quase caí no mar tentando fotografá-lo. Vi caranguejos aparecerem e entrarem em tocas na areia e vi focas de olhos suaves e cabeças parecidas com as humanas me olharem do mesmo jeito que eu as olhava. Havia quilômetros de pântanos de oxicocos e grama que tinha cheiro de vinagre e limão. Vi mais carros BMW do que pensava que pudesse existir em algum lugar que não fosse a Alemanha e mais comida nas geladeiras dos Sissinelli do que jamais tinha visto, exceto nas prateleiras das nossas "provisões anuais" de lentilhas e manteiga de amendoim. Lembro de tentar explicar por que fazíamos provisão a Serena e suas amigas, que eram tão simpáticas quanto ela, apesar de algumas terem ficado pasmas. Levei uma tarde inteira dando justificativas em volta de uma fogueira na praia. Disse que não fazíamos provisão por paranóia, como as pessoas que usavam armas e não pagavam impostos. E, talvez lembrando do pioneiro ideal, disse também que era preciso reservar mantimentos para o inverno e para sobreviver a algum desastre.

— Por que você simplesmente não vai num supermercado próximo, tipo Stop and Shop? — perguntou uma garota chamada Jessie. Eu mal conseguia olhar para ela, pois usava um biquíni que só cobria o bico dos seios.

— Se tudo fosse destruído, não haveria supermercado algum. Nem eletricidade, por isso temos um forno a lenha, outro a carvão e lampiões a azeite, além de um forno comum que também funciona a gás — contei. — Faz parte da tradição. Quem poupa tem, acho que o ditado diz assim. Faz parte de nossos mandamentos.

— Os seus Dez Mandamentos?

— Não, temos os nossos mandamentos — respondi, quase rindo. — São... leis sociais, exigências que fazem parte dos nossos convênios, não é na verdade uma escritura, mas um pouco baseada nela e aplicada à vida prática.

— Você acredita em tudo isso? — perguntou um garoto chamado Cameron. Sabia que ele era namorado de Serena, embora os dois não saíssem juntos. Ele segurou a mão dela quando sentaram numa toalha na praia e as sombras fizeram o rosto dele ficar mais nítido, sua boca tão delicada quanto a de uma garota.

— Eu não questiono — confessei. — Quer dizer, não somos robôs. Você pode ser mórmon sem ter muitas limitações. Meu pai é assim. Da forma que encaro a religião, qualquer igreja ia parecer tão sem nexo para nós quanto a nossa é para você. E ela se baseia, em parte, em coisas que ocorreram há mais de um século, que foram passadas pelos primeiros profetas fundadores da igreja. É uma religião bem nova. Uma parte dela faz sentido à luz do dia; a outra, não faz. Há quem diga que não somos nem cristãos, pois acreditamos que Deus, Jesus e o Espírito Santo são pessoas que se transformaram em deuses, como os santos católicos se tornaram santos depois da morte. Cresci acreditando nisso porque é um modo de vida. Quanto mais se vive, mais se sente a influência da igreja e mais fácil fica. É como um escudo: protege. Por exemplo, não precisamos resolver se vamos fumar ou não, pois é proibido. É um estilo de vida bem saudável.

— Menos no que se refere a doces — lembrou Serena.

— Com essa você me pegou! — eu disse. — Os mórmons não seriam mórmons sem suas sobremesas. A palavra em inglês *dessert* vem de *deseret*, que quer dizer bolo socado. — Serena deu um soquinho no meu braço.

Eles me olharam esquisito, mas você se acostuma quando fica entre pessoas que não são dos SUD. Geralmente, as outras crianças ficavam apenas curiosas. A maioria não freqüentava nenhuma igreja, embora os Sissinelli fossem à Nossa Senhora dos Navegantes. Os amigos de Serena pareciam estranhar um garota que tinha a vida inteira planejada, bom, não planejada, mas quase idêntica à de outra garota mórmon de qualquer parte dos Estados Unidos, até as aulas que tínhamos em nossas Noites Familiares eram iguais. Só um garoto, aquele cara surfista, de quem Serena não gostava muito (gostou quando ela era menor) disse:

— Dá a impressão de que você não tem nenhuma liberdade.

— Mas tenho. Existe o livre-arbítrio, e o bom é que, quando você fica adulto, escolhe. Não é obrigado a ser mórmon porque foi criado assim. Como os judeus que não praticam o judaísmo, mas continuam sendo judeus. Quem é mórmon mas não pratica, às vezes, é chamado de Zé Mórmon....

— Como os católicos que só vão à igreja no Natal — disse Serena.

— De certa forma, é isso mesmo — concordei.

No geral, aprendi que as pessoas da Nova Inglaterra têm um certo orgulho de serem tolerantes com tudo, desde que esse tudo não prejudique a ninguém: tolerantes em relação ao homossexualismo, por exemplo (quase caí para trás quando vi homens de 1,80m em Princetown usando roupas iguais às da Cher). As pessoas me aceitaram, convidaram Serena e eu para nadarmos na piscina de suas casas e um garoto chamado Lucas até ficou meio interessado por mim. Não foi recíproco, embora eu gostasse da atenção dele. Usei a desculpa que eu era mais nova que Serena, muito jovem para namorar, mas ele era um garoto legal.

As duas semanas passaram num minuto.

Antes de eu ir embora, Serena e a mãe me deram uma caixa cheia de loções e cremes que Serena usava, numa quantidade que parecia que ia durar até eu crescer.

— Não precisam fazer isso — eu disse, pasma com a generosidade delas. Os Sissinelli nunca pareciam estar querendo impressionar, eles ofereciam como se fosse muito normal, um tipo engraçado de dízimo.

— Você tem um rosto e uma pele lindos, Ronnie — disse a Sra. Sissinelli. — O clima daqui pode lhe castigar. E existe câncer de pele, se você não se protege do sol.

Fiquei tão emocionada (parecia Natal) que as abracei.

— Essas foram as melhores férias que já tive.

— Você merece — disse Serena com um tom de tristeza na voz, como o som do violoncelo na orquestra. — Do que você vai lembrar mais? Desses dias, quer dizer. Não significa que não queremos que volte.

— Sem dúvida, vou lembrar da primeira vez que vi o mar — respondi. — Sem dúvida. E de tantas outras coisas. Fisgar um peixe de sete quilos. Os piqueniques. Ficar mais na água do que uma foca. Tantas... coisas.

Na hora de ir, todos me abraçaram e Serena perguntou:

— Não pode ficar mais um pouco?

Mas eu já estava sentindo falta de casa, não de Utah, mas de Rafe e de meu pai. Abracei-os de novo, eram como uma família para mim.

— Acho que esse é o lugar mais distante de casa que irei na vida — falei.

— A vida é longa — disse o pai de Serena. — Soube que você quer estudar medicina. Há muitas faculdades boas aqui. E há comunidades mórmons em Boston. Utah é sua casa, mas não precisa ser o único lugar onde pode morar.

Claro que eu sabia disso, mas nunca aceitei completamente. Eu podia morar em outro lugar e continuar sendo eu. Sair de casa para fazer faculdade sempre foi uma possibilidade, era como uma casa sendo arrumada ao longo dos anos para que um dia eu me mudasse para ela. Mas eu achava que ia para a Universidade Brigham Young como todos os mórmons. Naquele momento, entretanto, reconsiderei: não era obrigada a ir. Poderia estudar bastante, ter boas notas e talvez conseguir uma bolsa para outro lugar, um lugar que não fosse o mesmo onde Becky e Ruthie tinham morrido. Um lugar onde eu pudesse ser a Ronnie que eu era lá e a Ronnie que eu era aqui. Poderia trabalhar até juntar dinheiro para pagar um ano de faculdade, ou conseguir um bolsa e ir embora pelo menos por algum tempo. Podia ser uma cura. Podia ser aceitável. Não queria dizer que eu não era uma boa garota mórmon. Queria dizer que eu era diferente da minha mãe, mas não no mau sentido.

No avião de volta, pensei nisso, avaliando ambos os lados. Pensei como explicar para meus pais sem magoá-los. Não tinha pressa, eu tinha anos para pensar, avaliar, mudar de idéia e pensar de novo.

Mas era animador e assustador, embora tranqüilizador.

Meus pais ficaram tranqüilos e felizes de me verem saudável e bronzeada, e Rafe ficou tão animado que correu por baixo do cordão de segurança e pulou no meu colo. Acho que eles esperavam que eu falasse sem parar até chegar em casa contando o que tinha feito, mas fiquei calada.

Queria montar em Jade, ver Clare e minhas outras amigas. Adorava minha família, mas parecia que estava mergulhando de novo no luto, no lado triste da vida que era como uma tarja preta num papel de carta.

Quando cheguei em casa, vi um envelope fechado na mesa da entrada e senti um aperto na garganta ao ler o nome do remetente. Era alguém de sobrenome "Early".

— A carta não é dele — minha mãe disse logo. — É dos pais dele. Também não consegui abrir — disse ela, olhando o simples envelope cinza como se fosse um escorpião. — Mas acho que devia. Não tenho de achar que querem alguma coisa de nós, Ronnnie. É só porque, como pais, sentem a mesma dor que nós, de um jeito diferente. Eles devem ter se esforçado, imagine se um filho seu fizesse uma coisa assim.

— Eu queimaria essa carta — falei, levando minhas roupas para a máquina de lavar.

— Não seria justo — disse minha mãe. — Vou rezar para conseguir sabedoria para ler esta carta. E, quando conseguir, sei que haverá uma resposta.

E houve, mas foi uma resposta tão distante do que eu esperava que, pela primeira vez na vida, achei que meus pais estavam doidos.

Capítulo Doze

Como os trabalhos do primeiro ano já tinham terminado, passei os dias antes do Natal me preparando para os exames da faculdade. Revi com minha mãe o que tinha aprendido de mais importante em álgebra I e II, geometria e cálculos, além de biologia, química e física. Com meu pai, revi o vocabulários e a diferença das palavras: *O guaxinim está para o urso polar assim como o muçulmano está para o radical islâmico. O carpinteiro está para o arquiteto assim como o coreógrafo está para....* Dá para imaginar como é. Estudei num livro ilustrado as palavras que ninguém usa normalmente na vida real como *asceta, amalgamado, amortizar*. Passamos pelo herói e o anti-herói, o protagonista e o antagonista, a relação individual e o dever com a sociedade, o conhecimento individual e o abuso de poder, a relação pessoal com a natureza e a alienação da sociedade expressa na busca de harmonia com a natureza, o caminho de cada pessoa para o interior como representado no romance *Aventuras de Tom Sawyer*. Fiquei cheia do indivíduo.

Estava com tanta informação que parecia um bolo de cenoura e especiarias, uma delícia que, em outra hora e de outra forma, seria deliciosa de se comer.

Depois que soube a data das provas, fui para o colégio onde meu pai dava aulas em dois dias diferentes e mastiguei seis lápis.

Ficamos esperando minhas notas. Meu pai disse:

— Você vai se sair muito bem, Ronnie.

Falei:

— Pai, a prova tinha palavras como "deletério", que jamais vi na vida. Devia ter estudado latim. Não podia nem encontrar uma raiz para me localizar, só "delete". Parecia uma guarnição de prato num cardápio de delicatéssen.

— Mas a raiz dessa palavra é "delet" mesmo. Deletério significa causar um efeito prejudicial, tirar algo, como em "deletar" — incentivou meu pai.

Como eu era menor de idade, minhas notas foram enviadas para meus pais e tive de esperar, em comichões, meu pai chegar em casa para abrir o envelope. Nas duas vezes, vi pela cara dele que podia comemorar.

— Fiz 1.500 pontos nas provas-padrão e 34 nas outras.

— Muito bem — cumprimentou meu pai, apenas. Mas ele estava sorrindo.

Minha mãe disse:

— Ah, Ronnie, minha querida. Minha filha inteligente e linda.

Rafe entrou na conversa:

— Isso, Ronnie, isso! — e nós rimos dele. Mamãe insistiu em ligar para vovó.

Vovó disse:

— Veronica, isso não me surpreende, você é uma sobrevivente.

Desde o verão, eu estava com a idéia de sair de casa e achei que aquela era uma boa hora para falar no assunto.

— Andei pensando — falei para os meus pais — que talvez pudesse não ir para a Universidade Brigham Young. Podia... com essas notas, podia me candidatar a outros lugares.

Minha mãe me olhou meio assustada.

— Longe daqui? — perguntou.

— Talvez, gostei muito do mar.

— Ninguém entra na faculdade para ficar olhando o mar — ponderou meu pai. — Por outro lado, não há nada de errado em pensar em outras universidades. Não ia sugerir Berkeley, mas tem Yale...

— Yale? — minha mãe repetiu, num grito agudo e curto.

— Vou conseguir uma bolsa — falei para ela. — E como sou jovem, ainda posso trabalhar um ano inteiro antes de começar a faculdade. Posso economizar.

— Você não vai conseguir economizar a matrícula para uma universidade cara só tomando conta de crianças e limpando a casa dos Sissinelli — avisou mamãe.

— Pensei em treinar como paramédica e trabalhar nisso dos 18 aos 19 anos — falei.

— Você já andava pensando nisso.

— Vale a pena, papai. Nas cidades, os paramédicos chegam a ganhar mais de vinte mil dólares por ano; com o salário, mais as minhas economias, talvez eu demore um pouco mais que a maioria das pessoas...

— Você acha que tem vocação para médica? Ou é só uma idéia atraente? — mamãe perguntou.

— Desde criança eu quero ser médica. Desde que Becky queimou a mão.

— Não é fácil ter uma profissão tão exigente e, ao mesmo tempo, cuidar de filhos — considerou mamãe.

— Mas as pessoas conseguem. Posso não ter tantos filhos, a menos que meu marido fique em casa ou troquemos de obrigações...

— Uau — fez meu pai. — Você tem de pensar bem nisso. Se a mãe for o ganha-pão da casa, será que o marido não vai se sentir humilhado?

Olhei bem nos olhos de meu pai.

— Não, se ele for igual a você.

Ele me devolveu o olhar.

— Sabe de uma coisa, você tem razão.

Meses depois, assim que o tempo esquentou, fiz 16 anos e minha mãe teve uma idéia que me surpreendeu.

Um baile.

Para mim.

Como se fosse o equivalente Pine Mountain a um baile de debutante.

Foi um gesto carinhoso e lindo. Só que não era do estilo dela. Nem de ninguém, principalmente nosso. Sei que ela queria fazer por mim... tanta coisa, por causa de tudo o que houve no passado, pelos casacos comprados na Sears, pelo silêncio quando saí da infância e fiz 13 anos. Provavelmente, também, como um prêmio por eu ser boa aluna, dar ao mesmo tempo um presente pelo diploma e um "ótimo emprego", por todas as vezes em que cozinhei e as fraldas que troquei, por limpar a casa e passar as camisas de papai, pelas horas que fiquei na internet pesquisando o que devia estar aprendendo no meu segundo ano e em parte do meu ano de caloura, pelo que aprendi sozinha, pelas provas que apliquei a mim mesma, conferindo depois as respostas. Era como se, aos poucos, mamãe acordasse de um coma ou de um longo sono: começou respondendo às perguntas dando piscadelas, depois aprendeu a sentar-se, depois a andar. Era estranho tê-la por perto, cantarolando baixinho, fazendo biscoitos e tortas. Nos dias em que ela estava bem e entrava na cozinha toda arrumada e de cabelo penteado, eu pulava de susto.

Houve pequenos indícios da recuperação. Mamãe arrumou projetos e colocou-os em prática, não só aquelas toucas que suas mãos tricotavam automaticamente. Fez lençóis para os bebês que estavam para nascer na família e uma colcha de retalhos de casal para uma das minhas primas do lado de papai, cujo marido morrera anos antes num acidente e que ia se casar de novo. Mamãe foi trabalhar na Ajuda Feminina e ia até o centro da cidade distribuir comida para os necessitados. Às vezes, ela ainda parava no meio de uma frase e olhava para o barracão, mas, pelo menos, depois não ficava distraída e saía da sala para se enfiar embaixo das colchas. Ela começava a chorar. O choro parecia um consolo. Chorava e olhava os desenhos de Ruthie e Becky que fez para o enterro, que meu pai tinha envernizado e colocado numa moldura. Quando meu pai chegava, ela dava um beijo nele. Ele parecia mais aliviado e diminuiu as andanças noturnas. Às vezes, eu o ouvia chorando na cozinha e dando aqueles grandes soluços que os homens dão. Mas ouvia também mamãe aparecer e dizer: "Lon..." e levá-lo para o quarto deles.

Aos poucos, eles foram voltando ao normal e acho que eu também. Decidi que meu luto ia se transformar em boas lembranças e isso teria acontecido, se as coisas tivessem continuado como estavam.

O baile parecia mais uma prova de que estávamos dando a volta por cima.

Eu não soube como reagir à surpresa.

Nossa vida nos últimos anos tinha sido calma e muito fechada, de propósito.

Só no Dia do Pioneiro daquele último verão, pela primeira vez desde que minhas irmãs morreram, fui acampar perto do riacho com minhas amigas e primas. Nos dois anos anteriores, me mantive distante, e minhas primas Bridget e Bree respeitaram meu espaço. Só saí com Clare, e assim mesmo pouco, para fazer compras de Natal, em Provo, para ir às aulas, à escola dominical e à Reunião de Moças, caso o assunto a ser discutido me interessasse. Trabalhei na Guiding Gait, a estrebaria de reabilitação para onde doei Ruby. Ela lembrou de mim e quando me viu, veio em minha direção, trotando pesada e barulhenta e relinchando como uma potranca até eu subir na baia. Então, descansou sua cabeçorra em meu ombro. Era sempre duro deixá-la, mas eu tinha Jade.

A única coisa ruim sobre o baile foi que só consegui me aprontar depois da primeira surpresa, quando umas cinqüentas pessoas me fotografaram de boca aberta como um peixe fora d'água e folhas espetadas no cabelo. Eu estava cuidando de Jade. Para que a surpresa fosse completa, minha mãe tinha dito que, quando eu terminasse de tratar de Jade, devia ir com ela até a igreja pegar um estabilizador de micro que alguém tinha deixado lá por engano. Ela disse que não sabia de que tamanho era o embrulho.

Cheguei ao primeiro degrau da escada da igreja e de repente apareceram todas aquelas pessoas vindas de uma tenda nos fundos e berrando: "Surpresa!"

Quase desmaiei.

Aí, fiz Jade dar meia-volta rápido para casa e ganhei o recorde de velocidade local em tomar banho e vestir uma saia comprida e a blusa de algodão solta Pima que comprara em Cape Cod. Lavei o rosto, passei um hidratante, sombra e blush, brilho nos lábios com pincel, depois balancei o cabelo para baixo e enrolei cada mecha com os dedos. Fizeram fotos minhas também, bem bonita. Mas nas primeiras fotos da minha única festa de aniversário eu estava com a camiseta do time das Lady Dragons toda suja por dar banho na minha égua. Com o tempo, passei a gostar ainda mais dessas fotos.

Sem que eu soubesse, mamãe pediu ajuda de Clare e convidou todos os garotos e garotas que eu conhecia, inclusive os primos da minha idade, alguns vieram lá do Arizona. Serena também veio, mas Miko estava na Europa, de férias da faculdade e, em nome dos dois, ela me deu um suéter verde-musgo Donna Karan (de cashmere autêntico, que tenho até hoje). Dancei com todo mundo. Abri tantos presentes que parecia um chá de bebê. Meus pais me deram um iPod. Clare foi a um shopping em

St. George e gravou um CD cantando todas as músicas de que eu gostava, de "Respect" até o meu hino religioso preferido, "Ó meu pai", sem falar em "Além do arco-íris", "Todo mundo chora" e "Il mio tesoro". Meus primos fizeram uma vaquinha e me deram uma máquina de costura portátil, que pesava uns três quilos e fazia de tudo. Ganhei conjuntos de CDs, jeans Gap e dois cachecóis de angorá tricotados à mão pela irmã Barken. Meu avô Swan, completamente fora do seu comportamento discreto, mandou a coisa mais linda de todas, o vestido de noiva de minha avó. Não era como o de Ceci, porque essa avó tinha mais corpo do que a outra. Ela morrera num acidente de carro havia dez anos, quando, como vovô escreveu, parecia que estava tão bem que ia viver para sempre. Minha avó sempre quis que uma das netas usasse o vestido, e vovô achou que era eu quem tinha de usá-lo. Em vez de cetim, o vestido era de uma antiga seda sombreada, com mangas bufantes compridas que prendiam nos punhos e uma cauda que fazia uma curva, vovô disse que era para parecer uma roupa de equitação, pois vovô tinha no sangue o gosto por cavalos, exatamente como eu.

Todo mundo parecia querer que aquele fosse o aniversário mais feliz da minha vida.

E foi mesmo.

Teve até um DJ que tocou de tudo, de Motown e Abba ao agudo hip-hop e clássicos do techno; teve também a famosa cerveja de raiz de ervas do meu pai e um bolo do tamanho de um girassol com confeitos de bolinhas douradas em cima. Já era mais de meia-noite quando os últimos convidados entraram nos carros que tinham escondido pelo caminho e foram embora.

— Por que fez isso? — perguntei para minha mãe, na manhã seguinte, depois da igreja.

Era domingo, então tínhamos de esperar para limpar a tenda que estava emprestada até o dia seguinte para respeitar o sabá. Por mim, não tinha problema, gostava do sabá porque, depois da reunião, podia me esticar por ali e ler, desde que fosse algum livro decente. E, nos últimos meses, tinha sido um tempo em que eu ficava sozinha com minha mãe, enquanto papai levava Rafe para pequenas caminhadas. Quando nos sentamos juntas, ela explicou:

— Você merecia um agrado, uma comemoração só sua. Você nunca fraquejou. Nunca usou a tragédia como desculpa para sair da linha.

— Só por isso? Só porque fiz o que devia fazer?

— Acho que foi uma graça obtida sob pressão.

— Obrigada, mamãe — eu disse.

Mas a festa não foi só por isso. Era mesmo um prêmio, como meus pais disseram. Mas eles tinham um motivo que chamariam, se fossem outro tipo de gente, de um motivo além.

Eles tinham dois.

Não quero dar a impressão de que eles queriam diminuir meu espanto com uma chantagem. Mas sei que esperavam não me magoar.

Na segunda-feira, mamãe me deixou dormir e, quando foi me acordar, sentou comigo à mesa para um chá de camomila. Fiz torrada e Rafe pegava um pedaço toda vez que passava correndo por mim. Ele estava com o rosto cheio de glacê e pingos de açúcar mascavo. Minha mãe contou:

— Ele pegou as sobras do bolo. Não sei como. Nenhuma criança consegue abrir um tupperware antes de 4 anos. Ainda vou enfrentar uma fase dura com ele.

Ela então segurou na minha mão. E disse:

— Ronnie, em setembro, seu pai e eu vamos fazer Bodas de Prata. Estou com quase 45 anos. Você é quase uma jovem mulher. Por isso eu queria que você soubesse antes dos outros: vamos ter um bebê.

Em quarenta horas, era a segunda vez que eu quase caía de susto:

— Você já passou da fase em que o bebê pode...

Minha mãe disse:

— Já. É um menino. Vai nascer logo, bom, a data prevista é 17 de novembro.

Fiquei pasma.

— Você queria?

Minha mãe riu.

Ela *riu*, e antes de gostar disso, fiquei completamente desgostosa.

— Não, não planejamos nada. Pensei que eu estivesse entrando na menopausa. Nem sei se as datas estão certas. — Aquilo era informação demais, então mudei de assunto.

— Mas isso não vai fazer você lembrar? — perguntei com a voz meio metálica.

— Vai, o que é duro. Mas acho que Ruthie e Becky têm uma participação nisso, sinceramente. Elas quiseram mandar Rafe e, agora, essa nova alma para nós lá do paraíso onde estão, já que sabem o que nós não podemos saber.

— Como você sabe que é menino? Porque você não está... sabe...

— Parecendo grávida. É que tenho usado roupas largas. E fiz um exame genético de amniocentese. — Eu sabia que ela não faria um aborto por nada no mundo.

— Você queria saber se era menino para se preparar.

— Acho que sim. Fica mais fácil. Eu gostaria de uma menina, uma menininha como todas as minhas, mas queria estar preparada para o que ia sentir.

— Que bom que você está feliz, mamãe.

— Você não está?

— Claro que sim. É que de repente me senti desleal com elas. Com Ruthie e Becky. Ficando feliz. Tendo uma festa. Seguindo em frente com nossas vidas.

— Acha que elas gostariam que ficássemos lastimando para sempre?

— Não. Mas, ontem de manhã, antes de saber da festa, fui ao cemitério com Jade levar flores. E tive a impressão de que eu tinha de saber alguma coisa que não sabia. Acho que era isso.

Mamãe se levantou e colocou suco no copo para Rafe. Ela nunca recuperou o peso que perdeu após a morte de minhas irmãs então, mesmo com uma ou duas mechas grisalhas nos cabelos negros, parecia mais jovem do que era. Ainda carregava Rafe para todo o canto nas costas numa cadeirinha e ele era um menino grande. Agora ia ter de parar com aquilo. Mas ela não perdia Rafe de vista. Não havia possibilidade de ele ir à estrebaria comigo, como Ruthie e Becky faziam. Nunca deixou que eu o montasse em Jade. Fiquei preocupada que ela o transformasse num menino mimado, mantendo-o sempre na barra da saia. Achei que outro bebê ajudaria. Eu ainda não estava acreditando direito.

Então minha mãe disse:

— Acho que não era isso que elas queriam que você soubesse.

— O que era então? — perguntei.

— Pensei cem vezes em contar para você desde que resolvemos, Ronnie. Mesmo assim, ainda não sei se vou achar as palavras certas.

— Conte. Vamos mudar daqui? — perguntei, esperando que ela dissesse sim.

— Não. Vamos... perdoá-lo.

Não havia dúvida a quem ela se referia. Fiquei perplexa, minhas mãos caíram no colo. Por algum motivo, pensei no meu iPod, no suéter e como tudo aquilo ficou sem sentido, virou cinza com uma só frase. Pensei nas semanas em Cape Cod e em todos os formulários que mandei para as faculdades, tudo papel sem sentido. Mas ainda tinha de saber o que ela queria dizer, então perguntei:

— Perdoar como?

— Não quer saber primeiro por que perdoar?

— Se quiser me contar. Para ser totalmente sincera, mamãe, não me interessa.

— Pouco antes de sabermos do novo bebê, seu pai ficou insone, tentando ler, atormentado, sentando e levantando. Fiquei observando, sabia que ele tinha algo a dizer, mas estava com medo. Geralmente, não vale a pena tentar arrancar uma coisa do seu pai. Mas resolvi tentar. Pedi para ele dizer o que era. Ele sentou-se na cama e confessou: "Cressie, temos de perdoá-lo. Se não fizermos isso, jamais conseguiremos nos livrar." E, de repente, tudo aquilo fez sentido para mim. As cartas dos pais dele são tão cheias de contrição e espanto. Não compreendem o que aconteceu, assim como nós. Não quero que você pense que sugeriram isso. Não, nós é que resolvemos.

Não consegui falar. Todos os velhos sentimentos se inflamaram dentro de mim como lenha seca que pega fogo em segundos. Scott Early já tinha escapado da prisão. Agora, nós íamos garantir que ele se sentisse melhor com a situação.

Aquelas pequenas sepulturas. Jade ficou pastando na grama enquanto eu colocava sobre os túmulos um vidro de compota vazio com gerânios selvagens que agora já deviam ter murchado, pois o clima estava tão seco. Conversei com Ruthie e Becky, apertando na mão o colar trançado com o cabelo delas na fina corrente de prata, contei da minha vontade de ser médica para cuidar de crianças e como elas haviam me ajudado a tomar aquela decisão. Contei também da baleia enorme no mar, com seus suaves olhos cor de musgo. Garanti que elas estariam no meu coração por toda a minha vida até eu finalmente me deitar ao lado delas para aguardar a manhã do despertar, como dizia a velha canção do Evangelho. Como é que alguém podia olhar para aquelas pequenas lápides e querer perdoar o homem responsável por elas existirem?

— Mamãe, não acha que isso é uma traição com Ruthie e Becky? — perguntei, engolindo um nó de raiva e lágrimas que não me permiti soltar. — A família não pode cuidar dele? Você está tão feliz com o bebê que quer perdoar todo mundo de tudo?

Você ficou doida? era o que eu queria perguntar na verdade.

— Lutei com essas mesmas perguntas depois que resolvemos, Ronnie, e continuo lutando — disse mamãe. Ela dobrou a colcha calmamente e alisou-a no colo. — Mas não posso ser mãe de Rafe, desse bebê e de você com essa.... essa crosta de ódio no coração. Espero que você compreenda depois que rezar e pense que estamos fazendo isso por nós, não por ele. Ele é... uma boa pessoa, Ronnie. Nos últimos meses, ele tem saído... — Segurei na mesa e minha mãe acrescentou logo: — não sai sozinho, sai com outros pacientes e tem autorização para visitas, usa uma pulseira de controle e fica com a família e a esposa...

— Não quero ouvir — repeti.

— Já falei, Ronnie, fazemos isso por nós — ela implorou.

Por mim, não, pensei, não mesmo. Não por mim, que segurei-as no colo enquanto elas passavam de lindas criaturas a bonequinhas duras e frias.

— Espero que o Pai possa ajudar você a ver isso, Ronnie — disse minha mãe. — Não posso ver seu coração agora. — Sorte sua, pensei, porque é um carvão e você está no centro dele. — Sabemos que é a decisão certa para nós e falamos com o mediador no hospital. Ele está cuidando das coisas. Vai haver uma fase de preparação para Scott e para nós. Não somos as primeiras pessoas a fazer isso. De maneira alguma. Está se tornando uma forma de substituir a vingança pela reconciliação. À medida que as coisas forem ocorrendo...

— Pode me considerar fora disso — falei simplesmente.

— Ronnie, decidimos isso por nossa família — disse mamãe com um toque do aço Bonham na voz.

— Obrigada pela festa, mãe, pelo iPod, por Jade e por todo o seu amor. Obrigada por Rafe. Agradeço a você e ao nosso Pai Celestial por

Ruthie e Becky. Minhas irmãs, suas filhas. E pelos erros de Scott Early. Acho que ele os superou. Eu, não. Por favor, mamãe, não toque mais nesse assunto comigo.

Fui me afastando e ouvi o silencioso soluço que mostrava que ela estava chorando. Chore, pensei. Pode chorar. Não olhei para trás.

Capítulo Treze

— Você devia vir conosco, Ronnie. De todos, você é quem precisa ser libertada — disse mamãe para mim.

Não respondi. Continuei bordando o lenço para o aniversário de Clare. Hobbies. De repente, eu tinha quatrocentos hobbies. Jade brilhava como o nome dela. Fiz brincos. Esculpi. Criei broches com botões antigos que peguei na caixa dos vestidos das bonecas de Becky. Meus presentes de Natal estavam quase prontos.

— Veronica Bonham — disse mamãe.

Não era legal ignorá-la. Aprendemos nas Noites Familiares da semana anterior que era errado os jovens ditarem para o restante do mundo as regras de tudo (o que vestir, o que dizer e como dizer) e a nossa cultura. Meu pai disse que as pessoas antes queriam ficar adultas e agora querem permanecer jovens. Eu podia não ouvir minha mãe, mas não como uma criança na tevê. Não podia dizer o que pensava, que seria: "Essa história me enche."

Mamãe não sabia que fiquei de boca fechada por isso.

— Ronnie? Responda — mandou, ríspida.

— Você não perguntou nada.

— Muito bem, mocinha. Por que não quer fazer algo que é tão importante para seus pais? Só porque não vai ficar à vontade? Por acaso acha que *nós* vamos? Acha que vai ser parecido com um piquenique? Vai ser o dia mais difícil das nossas vidas.

— Sinceramente, desculpe, mas não posso ir. Seria uma mentira. Violaria meus princípios, a forma como os entendo. Você não me educou para mentir, mesmo que fosse para agradá-la. E, ainda por cima, estou com medo.

— Haverá um policial armado na sala o tempo todo.

— Não é medo dele — falei, balançando a cabeça. Minha mãe era muito sensata, mas às vezes parecia cega. — Tenho medo de vê-lo. Tenho medo das lembranças. Já bastam os pesadelos. Tinham parado, mas agora voltaram. Vocês não estavam lá no local do assassinato. Na hora, vocês não ficaram lá sozinhos com elas.

— Querida, isso me magoa. Acha que queremos que sofra? Muito pelo contrário. Não acha que temos medo das mesmas coisas? — perguntou minha mãe. — Mas achamos que é a única forma de nos livrarmos de sentimentos assim. De tirá-los da nossa cabeça.

— Mãe, cada pessoa vê as coisas de um jeito — falei, sentindo meu couro cabeludo se contrair. — Dizem que as pessoas não sonham colorido, mas eu sonho. — Resolvi, pela primeira vez, contar para ela. — Como no pesadelo colorido da noite passada. Tudo aconteceu como naquele dia, só que eu conseguia salvar Becky e Ruthie. Scott Early vem andando pelo gramado e treme de frio. Jogo para ele aquele casaco velho que usamos quando limpamos a estrebaria. Depois, aponto o revólver de papai para ele e, embora nos outros pesadelos eu tenha atirado, dessa vez só seguro a arma até o xerife chegar. As meninas ficam gritando, estão com muito medo, e dizem "quem é ele, Ronnie?", "estou com medo, Ronnie", "agora acabou, Ronnie", mas tudo bem, porque elas estão bem. Ele se desculpa, fico aliviada... então acordo. E elas estão mortas. Mas você vai dizer a Scott Early que não tem problema. — Minha mãe sentou-se com Rafe no colo e disse:

— Procurei me informar na internet sobre a síndrome de estresse pós-traumático que ocorre quando a pessoa fica tão ansiosa que não consegue dormir, com medo de sonhos recorrentes... é isso o que você tem. Fico pensando que, se enfrento minhas lembranças, eu as venço e não preciso tomar comprimidos, fazer terapia, nada. Pensei que o tempo curasse a dor, mas não. Lastimar ajudou, mas não curou. E essa decisão cortou tudo que fiz para tentar mudar. Vou ficar, digamos, mexida para sempre. Não é culpa sua. Você tem de fazer o que pode para viver com isso. A culpa é dele.

"E se acontecer o que seu pai acha? — mamãe perguntou. — Ele era quem tinha menos possibilidade de perdoar, Ronnie. E ele pensou, pensou, rezou e teve a resposta: podemos amenizar alguns desses sentimentos, se o perdoarmos. Estamos tentando acabar com a influência dele na nossa vida. Não queria que isso parecesse um discurso.

— Não posso perdoá-lo.

— Ronnie, você pode.

— Agora, não. Talvez depois que eu morrer.

— Ele está se comportando direito.

— Pode ter certeza! Não me interessa como ele era ou como ele está, mãe! Não me importo que esteja agindo direito. Essa é a diferença entre nós duas! Não me importo que ele possa viver bem com remédios e nós não possamos. Não há remédio que nos traga Becky e Ruthie de volta. Ou eu. Aquela parte minha que foi embora junto com elas, mãe! Mas você não percebeu! Você passou dois anos dormindo!

Acho que nós nos assustamos com o rumo que a conversa estava tomando.

Não xinguei minha mãe, mas estava gritando com ela. Não era como ler um livro com cenas de sexo ou palavrões, como *O apanhador no campo de centeio*, em que o menino é na verdade ótimo, mas xinga o tempo todo porque se acha insignificante e, então, usa palavras feias para esconder o que sente. Eu era como ele, só que todas as crianças tinham caído do precipício com o assassino que vinha pelo campo de centeio. Eu era boba de pensar que podia ultrapassar a infernal bondade de meus pais e a praga que Scott Early rogou para mim.

De todo jeito, minha mãe se levantou devagar, segurando a barriga, mas não parecia estar querendo compaixão.

Ela não se zangou comigo pelo que eu disse.

E me deixou sozinha até o dia da reconciliação.

Naquela manhã, ela subiu a escada devagar até o meu quarto, onde eu me escondia desde cedo. Sentou-se na cama. Comecei a arrumar meus lápis em fila na mesa-de-cabeceira, exatamente um ao lado do outro como soldados. Queria encontrar um sentido em meio ao caos. Fila por fila. Eu tinha acordado dando um gritinho antes do amanhecer e fingi que aquela era uma manhã comum. Mas passei o tempo todo pensando: vou dar o iogurte e os Cheerios de Rafe, depois meus pais vão ficar numa sala ao lado de Scott Early. Vou arrumar minha cama, depois meus pais vão oferecer perdão a Scott Early. Meu time, Lady Dragons, com as jogadoras mais velhas, Alison, Mackenzie e Dana, está em Salt Lake nas quartas-de-final do estado e eu teria ido com elas, se conseguisse fazer minha cabeça pensar; meus pais vão encontrar o assassino de minhas irmãs e mostrar como podem ser maravilhosos com ele.

Mamãe colocou a mão sobre a minha para eu parar de arrumar os lápis. Disse:

— Vejo o seu lado, Ronnie. Mas a vida não é justa. Não quero dizer "ah, querida, isso é tão injusto". Não é como perder o emprego quando você trabalhou direito. Ele teve um ataque. Pode ser que, se eu fosse da sua idade, veria nossos motivos do mesmo jeito que você. Achei que precisava obrigá-la a fazer isso. Mas não vou, não vou obrigá-la. — Mamãe pegou Rafe, que entrou correndo no quarto, sorrindo aquele risinho de duende maluco. O cabelo preto dele era arrepiado, o que eu achava hilário. Era como se ele fosse um pequeno moicano. Mamãe ainda o tratava como bebê, mas não se poderia culpá-la por isso. Toda noite ninava-o para dormir.

Rafe disse:

— Uh, dragão!

— Uh, dinossauro — exclamei.

— Ronnie Dragão não chora — ele disse.

— Não sou dragão, Rafessauro.

Mas eu era um dragão e não por tristeza. Por ódio. Por estar completamente esgotada. Por estar totalmente frustrada.

— Por que me chamo Veronica? — perguntei, para mudar de assunto.

— Porque conheci uma menina, acho que no primário, que se chamava Ronnie. Eu achava o nome lindo — disse mamãe.

— Mas Veronica?

— Bom, em hebraico, que dizer "a verdadeira face" e quando vi você, pensei que, apesar de ser um bebê, já era você. Tínhamos um livro com nomes de bebês. Por isso também o bispo deu o girassol como sua flor, ela parece ter um rosto.

— Estou pensando em mudar legalmente meu nome para Ronnie.

— Está bem. — Pensei que fosse haver uma discussão sobre o tema, mas ela nem piscou. — O nome é seu. Vamos falar sobre o que ocorre aqui e agora.

— Por que não me chamou de Titânia ou algum nome tirado de Shakespeare?

— Acho que o apelido não seria bonito.

— Podia ser Tanya.

— Você sabe como são as crianças, Ronnie.

— Você não sabe, senão me deixava sozinha. Por favor, mãe, me deixa só — resmunguei.

— Está bem. Titânia — ela disse, ganhando tempo. — Pensei nisso uma vez, quando achávamos que o bebê nasceria no meio do verão. Mas você nasceu no inverno. Pensamos em outros nomes...

— Já contou dos outros nomes que pensou em me dar?

— Devo ter contado... Viola. Miranda...

— Acho que por isso eu lembrei, são personagens de Shakespeare — falei, começando a relaxar.

— Mas esse nome, Titânia, parecia um metal pesado na Tabela Periódica dos Elementos. Não parecia o nome de uma linda criança. Nós escolhemos Rebecca em parte por causa de uma personagem de *Ivanhoé*, embora Sir Walter Scott tenha sido meio fanático. E Ruth, Ruth... eu sempre quis uma filhinha chamada Ruth. Mas falando sobre a mediação, por favor, Ronnie. Reze por isso. Ainda há tempo. Só temos de sair daqui depois do almoço. Se quiser que rezemos com você, nós rezamos. Aliás, seria a melhor coisa.

— Vocês iam rezar de todo jeito. Nunca saem sem rezar por mim. Rezei por isso, mamãe. Lembra do que você disse depois que Becky e Ruthie morreram, que as preces batiam de volta em você como bolas de borracha num muro? É como me senti às vezes, quando tive a impressão de receber o Espírito Santo ao precisar muito de ajuda apenas para viver, mas não sinto isso agora. Não encontro paz nessa história de mediação, mãe.

— Talvez você esteja forçando sua mente, em vez de liberá-la. Talvez haja outra forma de receber o Espírito Santo.

— Talvez eu esteja forçando mas, se fosse bom para mim, eu saberia.

— Às vezes, a coisa certa é a mais difícil. Que mal lhe faria?

— Mãe, eu teria nojo. Ainda bem que não está me obrigando a fazer isso, porque eu não iria nem arrastada. — Eu estava berrando outra vez.

Meu pai estava se arrumando no quarto deles e falou de lá:

— Ronnie, olha o respeito.

— Eu respeito — respondi — o que *vocês* querem fazer. Até entendo por quê... Não, não é verdade. Quero entender, porém, sinceramente, não entendo. Mas não tento *impedi-los*. Gostaria de impedir, mas não vou.

— Na primeira vez que pensamos em fazer isso, dissemos a você que acreditamos que uma pessoa boa pode cometer um erro sem querer — considerou papai.

— Você acha que Scott Early é uma pessoa boa?

— Acho que existe bondade nele. Agora que sei como viveu antes.

— Não! — falei para os dois, mais agressiva do que pretendia, porque Rafe apareceu de repente, de olhos e boca abertos, os pezinhos nos pequenos tênis Weeboks. Nunca esteve mais parecido com Ruthie do que naquela hora. — Se existe bondade nele, também existia em Hitler! E em Pol Pot.

— Não é a mesma coisa. Esses eram loucos. Queriam destruir, dizimar raças inteiras, Veronica! — ralhou meu pai.

— Você quer dizer que uma pessoa não vale tanto quanto um milhão de pessoas. Pois, se vale, então *ele* é louco.

— Não, ele agiu como louco — disse meu pai. — Estava doente, não só o corpo, mas a cabeça, o espírito. Achava que obedecia ordens de alguém e sabia que não era de Deus, porque ele é crente, então ficou muito apavorado. Esse alguém na cabeça dele mandou-o fazer aquela coisa horrível e agora ele sabe...

— Já ouvi isso. Ouvi tanto que não agüento mais. Apenas tira a responsabilidade pelo que ele fez. Pode-se fazer o que quiser, se uma doença obriga. Certo, ele estava doente e agora está bom. Então, agora que sabe e compreende o que fez, deveria ser julgado de novo, condenado e executado como uma pessoa dita sadia, por ter feito o que fez. Era o que aconteceria comigo, se eu tivesse feito isso.

— Ronnie! Não diga uma coisa dessas! — gritou minha mãe.

— Traria suas irmãs de volta? Matá-lo? — meu pai estava quase aos berros. — Você sabe que não. E Scott Early não está "curado", Ronnie. Ele vai ter essa doença sempre. Tem que tomar remédio pelo resto da vida, senão...

— Senão vai matar mais alguém? Você acha que ele não quer? Assim que sair... quem garante que ele vai ser um gentil, simpático e feliz Scott?

— Kelly garante. Os médicos dele também — disse minha mãe.

— Kelly! Você fala como se ela fosse sua amiga.

— De certa forma é. De certa forma, ela compreende isso mais do que ninguém, mais do que meus irmãos ou irmã, ou tia Jill e tia Gerry, mais do que meus amigos. Ela compreende e sente com todo o coração. É uma boa pessoa, Ronnie. É muito responsável e sabe o que ela...

— Você diz isso com base em algumas cartas?

— E em encontros com Kelly. É uma jovem decidida.

— Onde se encontrou com ela?

— Ela veio aqui. Quando você estava em Massachusetts...

— Há tanto tempo assim? Vocês deixaram ela entrar na *nossa* casa? Por isso ficaram tão felizes de deixar eu visitar Serena e ficarem sem faxineira grátis por duas semanas.

— Peça desculpas à sua mãe por dizer isso, Ronnie — mandou meu pai, do andar de baixo.

— Desculpe — eu disse. — Mas lastimo demais que tenham deixado essa pessoa entrar na minha casa.

— Ela não fez isso — disse papai, entrando no meu quarto.

— Olhem, não consigo acreditar nisso. Estou numa casa onde a mulher de Scott Early esteve? Vocês mostraram para ela o chão onde elas sangraram? Mostraram os túmulos? — Eu estava quase tão histérica quanto na noite em que as emissoras de tevê se aglomeraram em nosso jardim. — Como puderam fazer isso? E não me contar? Como puderam olhar para alguém que consegue gostar de Scott Early? Que consegue tocar em Scott Early?

Mamãe suspirou.

— *Porque* ela o ama. Jesus conseguia amar doentes que outras pessoas não tinham coragem de tocar. Ela consegue amá-lo apesar do que ele fez, pois sabe que o juiz disse a verdade, que ele não tinha capacidade de...

— Isso é só uma desculpa!

— Você ainda acha isso! — Mamãe estava chocada. — Não adiantou tudo o que você ouviu há três anos para ver que essa doença é real...

— Sim! Ainda acho que ele devia estar preso e que outros presos deviam ter matado ele! — Na época, eu sabia muito mais do que gostaria sobre o que os presos acham de assassinos de crianças.

— Ronnie — disse minha mãe, triste. — Isso vai contra tudo o que eu pensava de você. Você é tão sensível, sabe que a esquizofrenia está no gene da pessoa. Não é uma escolha. Não é uma coisa que você passa a ter porque seus... seus pais abusaram sexualmente de você ou porque não lhe ensinaram o que é certo e errado. Os pais de Scott Early o criaram, de certa forma, como nós criamos você.

— Como se você soubesse.

— Temos as cartas deles. O pai dele era dentista. O irmão trabalha com o pai. Os pais podiam ser nossos pais, vovô Swan e vovó Bonham. O que acha que os pais dele sentem, sabendo o que filho fez?

— Não diga isso! Por favor, mãe, não diga. Pare, senão vou sair daqui.

— Você tem de saber — continuou ela. — Ele era bom aluno, ia à igreja e não se metia em confusão. E ficou doente. Não se escolhe. Você ia detestá-lo se ele fizesse isso porque estava com leucemia? Ou com um tumor cerebral?

— Não é por aí! Você está dizendo o que Clare disse! — Eu sabia qual era o problema, mas não conseguia achar as palavras. — Podem encontrá-lo! Deixem Rafe aqui e podem ir lá perdoá-lo!

— Já que você não quer ir conosco, pensamos em levar Rafe, você está tão nervosa — disse mamãe.

— Está com medo de deixar Rafe comigo? — Minha voz ficou inexpressiva. — Está com medo pelos mesmos motivos que...

— Ronnie, pelo amor de Deus, não diga isso! Pensei que você quisesse ficar só, ou com Clare, se quisesse pensar sobre nossa ida à prisão de Stone Gate...

— Certo, então leve Rafe. Ele parece com Ruthie. Deixem que Scott Early veja meu irmão.

— Ronnie! — disse meu pai, ríspido.

— Podem ir. Eu preferia ir para o inferno! — gritei e me joguei na cama, puxando o edredom por cima.

Fez-se um silêncio, como se alguém ali tivesse mostrado uma arma. Depois de um longo tempo, minha mãe disse:

— Deixe-a, London. Tem o direito de ter seus sentimentos. O Pai vai ajudá-la. Há coisas que os humanos não podem fazer. — A voz dela tinha o peso de um continente.

Quando vi que tinham ido embora, passei um e-mail para Clare.

Vc tá aí?
Pais saíram?
Foram ver ele.
Vc não foi.
Nem se me enforcassem.
Eu tb não iria.
Quer companhia?
Pode ser.
Está naquela de ficar sozinha?
Estou. Talvez depois.

Na verdade, acabei dormindo. A discussão com meus pais tinha me arrasado.

Quando acordei, estava escuro e ouvi os dois falando na cozinha. Desci porque estava morrendo de fome: peguei umas *tortillas*, passei requeijão e coloquei-as na torradeira. Depois, sentei à mesa. Sabia que eles só falariam comigo se eu falasse primeiro.

— Então, como foi? — perguntei, com um enorme suspiro.

O rosto de minha mãe estava rosado e jovem, emoldurado pelos cabelos cacheados.

— Foi ótimo! Foi mesmo, Ronnie. Foi terrivelmente triste, mas de um jeito bom.

Contaram como era a sala onde se encontraram. Não era uma sala de visitas normal, era mais como uma sala de estar, com sofá e poltronas macias. Um guarda trouxe Scott Early, que estava algemado, e depois o mediador trouxe copos d'água e brincou que devia ter trazido café e tal. A primeira coisa que Scott Early fez foi entregar aos meus pais um cópia de seu diário, que tinha feito na biblioteca do presídio, com os escritos dele naqueles anos. Começava pela luta contra o que tinha feito e ia até bem depois, quando era capaz de analisar a doença com os conhecimentos que tinha de química cerebral. Prosseguiu escrevendo sobre sua responsabilidade. Disse que o diário explicava mais do que ele poderia, que não conseguia expressar direito seus sentimentos em palavras, ao contrário da esposa.

— E aí? — perguntei.

— Foi nossa vez de falar — disse meu pai. — Falamos de nossa família e sobre aquele dia e o ano seguinte. Ele ouviu e ficou com o rosto tão consternado e... horrível, Ronnie. Era como se estivesse sendo chicoteado. Toda vez que parávamos, ele pedia "por favor, continuem, preciso ouvir isso".

— Ele concordou com essa mediação por nossa causa, não por ele — disse minha mãe. — Disse que jamais se conformaria com o que fez. Para ele, o problema não era esse. E que queria passar o tempo que ainda tinha aqui no mundo tentando consertar o que nos fez. E que ele havia feito uma coisa que era contra o mundo todo.

— Que lindo — eu disse, pegando mais *tortillas*.

Minha mãe disse:

— Ele contou que, quando os remédios começaram a fazer efeito, ele teve sonhos. Todos sobre aquele dia. Nos sonhos, ele usava apenas uma cueca rasgada e andava pelo gramado, mas, em vez de atacar suas irmãs, dizia para não brincarem com a foice, que era perigoso. Depois, segurava cada uma e jogava para cima, elas riam. Você aparecia e perguntava o que ele estava fazendo, dizia que ele era um estranho e que largasse as meninas. Mas você sorria. Ele pedia um copo d'água, você dava e ele dizia que era a melhor água que ele já tinha tomado. Estava com tanta sede que a garganta parecia com areia, mas, depois de beber, ele sentiu força. Você jogou para ele umas calças velhas. Ele não estava com frio. Agradeceu e foi embora.

— Ele está simplesmente se colocando numa história estilo "Bíblia" para se sentir melhor. "Eu tinha sede e você me deu de beber. Eu estava nu e você me vestiu" — citei.

— Como na frase "o que fizeres ao menos importante dos meus irmãos, é a mim que fazes". Claro que um assassino é o menos importante dos seus irmãos, Ronnie. É o mesmo sonho que você teve, concorde. Com exceção do revólver — disse minha mãe.

Eu tive de pensar, porque na verdade ela estava certa. Quisesse eu ou não.

— Foi só isso? — perguntei.

Não, não foi. O mediador pediu que meus pais falassem na raiva que sentiam e nas lembranças que tinham de Ruth e Rebecca. Perguntou ao meu pai o que teria feito se tivesse chegado em casa enquanto Scott Early ainda estava lá. Meu pai disse que teria atirado nele, não para matá-lo, mas para impedir que fizesse alguma coisa. A reunião teve muito mais.

O mediador perguntou a Scott Early o que o remorso significava para ele. Perguntou aos meus pais o que o arrependimento significava para eles. Concordaram que significava se transformar em uma nova pessoa e, se essa nova pessoa voltasse a pecar, então o arrependimento perderia o efeito.

Depois disso, Kelly, a mulher dele, entrou. Minha mãe abraçou-a porque, como disse, o rosto dela demonstrava toda a agonia que sentia. Ela contou a meus pais todas as mensagens de ódio que recebia e que, no começo, queria largar Scott Early e correr o mais rápido e para mais longe que pudesse, mas que os votos do matrimônio dizem na saúde e na doença e não se referiam apenas à saúde física. Eles se conheceram aos 16 anos. Ela conheceu Scott Early quase a vida inteira. Ansiava por cada dia de visita no presídio. Mas antes da primeira, teve medo de não conseguir abraçá-lo, apoiá-lo e ficar com ele. Teve medo de olhar para as mãos dele e pensar no que ele havia feito. Kelly disse que só podia ter sido outra pessoa que fez aquilo, por isso os esquizofrênicos já foram definidos uma vez como tendo dupla personalidade. Ela esperava conseguir ser realmente amorosa com Scott Early. Desde aquela primeira visita, ela só sabia que seria sempre delicada. Foi treinada para ser assim, mesmo com doentes mentais. Não sabia se aquilo daria certo numa situação em que o doente mental era marido dela.

Minha boca encheu de saliva só de pensar em tanto amor e atenção dedicados a Scott Early, como quando a gente sente náusea e se esforça para não vomitar.

No final, o mediador perguntou se meus pais queriam trocar algum gesto com Scott Early. Eles estavam com medo. Era o momento em que tinham de colocar a fé deles contra o crime dele. Mas, finalmente, meu pai segurou no braço de Scott Early e minha mãe pegou na mão dele. E eles disseram: *Nós perdoamos você em nome de Becky e Ruthie*. Ele chorou, Kelly também. Disse que não merecia aquela gentileza. Perguntou se podia lhes escrever, e eles concordaram.

— Foi um dos momentos mais incríveis de nossa vida — meu pai disse. — Porque nós tínhamos aquela intenção. Nos sentimos livres. Como se tivesse sido retirado o enorme peso do ódio que eu carregava nas costas todas aquelas noites em que andava sem parar. Não a dor, mas o ódio. Nós vimos nele a pessoa que havia sido antes. — Os dois contaram que os médicos estavam pensando em libertar Scott Early no final daquele ano, mais ou menos, mas que era nosso direito legal saber sempre onde ele estava e, em todo lugar onde ele morar, seus vizinhos seriam notificados do que ele havia feito.

Eu estava pensando em que ótimo seria receber cartões de Natal do assassino de minhas irmãs. Mas disse a meus pais que estava contente por eles. Dei um beijo de boa-noite.

Quando voltei lá para cima e estava ouvindo música baixinho e tentando dormir de novo, tive um lampejo.

Eles não o haviam perdoado por mim. Eu estava livre, mas de outra forma. Viriam meses de idéias e planos que concebi e deixei de lado. Mas acho que foi então que decidi.

Capítulo Catorze

Acho que todas as religiões começaram com uma pessoa que gostava de alguém que morreu.

Até o Pai Celestial deve ter sofrido muito por Jesus, Seu único filho. Deve sofrer até hoje. Por mais que tente, nunca entendi bem como um pai pode sacrificar o próprio *filho* para salvar os pecadores. Se o Pai tinha tomado a grave decisão de expiar os pecados do mundo, por que não se ofereceu em sacrifício Ele mesmo? Qualquer outro pai ou mãe teria feito isso. Deve haver uma resposta. Mas até hoje não encontrei uma que faça sentido para a escolha de deixar Jesus morrer em dor e desgraça e ter de assistir a tudo. Isso deve ser um sacrilégio. Mas sei como foi terrível ver uma coisa mais rápida e mais misericordiosa acontecer com duas pessoas que eu amava. Por isso, se eu pudesse escolher agora, sinceramente, não escolheria aquele destino para minhas irmãs me salvarem, nem para salvarem o mundo. Sei que ainda há gente que morre por um ideal ou permite que os filhos vão para a guerra. Sei que o fundador da nossa igreja, Joseph Smith, sofreu horrores quando menino, fez quatro operações sem anestesia na perna aleijada. Quando se casou, ele e a mulher perderam um bebê depois do outro por difteria, tifo ou uma daquelas doenças antigas que não existem mais. Todo mundo anseia ir para o céu e esse tipo de derrota no mundo dá esperança de alcançar a vida eterna. Talvez não seja uma derrota. Talvez seja preciso ser divino para entender. Mas, como por enquanto sou mortal, só sei de uma coisa: quando alguém que você ama demais morre de repente, sobra pouco de você para morrer ao chegar sua hora.

Tenho certeza disso apesar de todo o bem que Deus me concedeu, considerando minha firme teimosia. Minha mãe diria que eu ignorava os maravilhosos planos que Deus tinha para mim, embora ela continuasse gostando de mim. Porém, não sei se o que fiz era parte desses planos a mim destinados, da mesma forma que o que meus pais fizeram era parte do plano para eles.

Olho para o passado e vejo que a morte de Becky e Ruthie foi realmente como o eclipse que assisti aos 6 anos. Durante algum tempo, ficou tudo escuro. Então, o sol voltou e ele continuava o mesmo, mas nós não. Nós tínhamos vivido no escuro ao meio-dia e sabíamos que não se podia contar nem com o sol. A morte delas foi mais do que a soma de todas as nossas vidas até então. Todas as vítimas de crimes acham que suas vidas ficam divididas em duas partes. "Antes" é sempre um dia de verão. Eu desanimo quando estou com dor de garganta e tenho muito trabalho para fazer, ou com dor nas costas quando digo "um, dois, três, levantar" e as outras duas pessoas que estão segurando o lençol ficam olhando pela janela, ou quando minha vida parece exigir mais amor ou mais trabalho do que posso dar nas 24 horas do dia. Caio para trás e *é* um dia frio de inverno, com muito vento. Hoje, a vida parece mais ensolarada para mim do que quando eu achava que era apenas uma parte comum de uma infância sem muito drama. A memória é enganadora. Mesmo assim.

De repente estou outra vez aqui, com Becky e Ruthie seguindo pela trilha montadas em Ruby na minha frente, depois nós três pulamos no riacho. Becky tenta pegar um peixinho.

Suponho que o pior naquele último ano em casa foi minha certeza de que ninguém, a não ser eu, parecia reconhecer que o eclipse tinha mudado tudo. Não só porque minha mãe estava usando jeans de grávida, dançando ao som de Marvin Gaye enquanto cozinhava, fazendo cócegas em Rafe e arrumando a casa (coisas que eu queria ver havia anos), mas porque meus pais estavam muito consolados por terem perdoado Scott Early. As coisas jamais poderiam ser *iguais* ao que foram, claro, mas aquele ato de gloriosa fé ou gloriosa idiotice, acabou com a possibilidade de jamais sermos a família que tínhamos sido, a menos que outro fato mudasse totalmente a nossa vida.

E assim dei os primeiros passos no plano para minha completa reconciliação. Não para uma retaliação. Eu não pensava nisso.

Tive aulas de direção com um velho que entregava queijo na loja de Jackie e Barney. Ele tinha sido professor de educação física e, embora não enxergasse muito bem, ainda tinha alguns alunos particulares. Serena também me ajudou a aprender. Quando ela não estava na escola de teatro ou eu não estava na igreja, esvaziando e empilhando grandes caixas de cereal e pasta de dentes, andávamos de carro pelas estradas íngremes como duas malucas de um seriado de tevê dos anos 1970. Serena tinha um pequeno Honda CR-V que ganhou de aniversário dos pais quando fez 17 anos, mas tinha mais talento para fazer a unha dos pés do que para retornar numa estrada sem retorno à esquerda. Pelo menos, ela conseguia dirigir e sobreviver. Eu sabia costurar e adestrar um cavalo para dar marcha a ré, mas nao conseguia dirigir aquele carro de tração nas quatro rodas sem colocar *nossas* vidas em risco. Acabávamos atoladas em pequenas valas e ficávamos (duas garotas de 60 quilos cada), empurrando um carro de duas toneladas.

— Escute, Ronnie — dizia Serena, quando estávamos de novo no carro, com o cinto de segurança e suando como se tivéssemos corrido dois quilômetros. — Na hora de fazer a curva, lembre que gira, gira, gira a direção. E não arranque como se você fosse contornar um iceberg com o *Titanic*.

A situação melhorava quando entrávamos na estrada para Cedar City. Descobri que eu tinha talento para dirigir. Conseguia fazer baliza como um sargento do exército. As manobras eram facilitadas pelo fato do carro de Serena ser quase do tamanho dos carrinhos de Rafe.

Já que na época eu mal falava com meus pais, a não ser para educadamente perguntar se precisavam de alguma coisa ou para responder a uma pergunta, não podia pedir ajuda a papai. No auge do nosso mutismo, ele chegou a usar nossas aulas práticas de direção para tentar me convencer de sua opinião sobre Scott Early. Considerando a capacidade que ele tinha de vender gelo a esquimó, até era possível que me convencesse. E se conseguisse, eu ficaria ainda mais irritada com ele, o que por sua vez seria muito triste. Eu *amava* meus pais igualmente, mas *gostava* mais do meu pai. Não mudava nada o fato de ter sido ele quem inventou o encontro de mediação no presídio de Stone Gate.

Um dia, quando íamos buscar ração para Jade, eu estava dirigindo a picape e meu pai disse:

— Pelo jeito que você troca de marcha e olha no retrovisor, está dirigindo muito bem...

— Estou mesmo, pai, estou pronta para a prova de habilitação.

— Sempre achei que eu ia ensinar minha filha mais velha a dirigir — disse ele, ressentido.

— A gente mal se vê, como você sabe — eu disse.

— Foi escolha sua.

— Sim, foi.

— Você acha que está dirigindo bem?

Usei uma das frases dele:

— O suficiente para trabalhar para o governo.

— Então vou marcar sua prova, embora não seja assim que nós fazemos as coisas... — ele disse.

— Nós, os mórmons ou nós, você e eu?

— Nós — ele disse.

— Não existe mais um jeito de nós fazermos as coisas, papai, e lastimo tanto quanto você.

Ele então me contou.

Scott Early estava prestes a ser libertado. As visitas domiciliares deram bom resultado (muito bom resultado, pensei com raiva, pois a mulher já estava grávida) e iam mudar para alguma cidade lá no litoral. Ele continuaria cursando biblioteconomia (que tinha começado no hospital), até se diplomar.

— Scott nunca mais teve um incidente.

Um incidente, pensei, e pisei um pouco no acelerador.

— Devagar. Se você for multada agora, nunca mais vai conseguir carteira de motorista — lembrou meu pai.

Pensei no outro oceano. Aquele de águas mornas, que Serena tinha comentado comigo. Papai começou a contar onde Scott Early estava morando, já que a lei exigia que sempre soubéssemos onde ele estava, mas pedi que não contasse mais nada. Com toda a sinceridade, eu estava me concentrando em lembrar as placas para motoristas e pedestres na estrada e como parar no cruzamento de duas vias. Com o tempo, eu aprenderia. Pensei no oceano e em sua eterna e suplicante calma.

Foi meu pai que acabou me levando de carro para fazer a prova em Cedar City.

Suspirou ao assinar os papéis atestando que eu tinha praticado direção.

O funcionário que acompanharia minha prova era gêmeo do velhinho que entregava queijo na loja de Jackie e Barney. Passei de primeira.

O problema seguinte era conseguir um carro.

Economizei dinheiro do trabalho, de presentes de aniversários e de Natal que dava para pagar dois semestres numa escola técnica. Resolvi que ia ser paramédica e trabalhar em empresas particulares de ambulância ou no Corpo de Bombeiros. Os catálogos de cursos que pedi de Boston, Arizona e Chicago descreviam o trabalho como estressante, com muitas horas de duração (mas com horário flexível) e exigiam capacidade para enfrentar situações de vida ou morte. Supunha-se que aquilo era para desanimar o interessado, mas achei que estresse e muitas horas de trabalho eram o meu habitat natural. E ninguém sabia mais do que eu em que estado ficavam os feridos. Pelo menos nesse emprego eu teria uma chance de reverter a situação.

Em cidades, podiam-se ganhar por ano 25 mil dólares ou mais nesse trabalho. Portanto, eu conseguiria economizar logo para a faculdade, se alugasse um quarto ou morasse na Associação Cristã de Moças. Em algumas faculdades, como na Universidade da Califórnia em Los Angeles, deixavam os paramédicos trabalharem em serviços de emergência do campus enquanto estudavam microbiologia ou saúde pública, antes de entrarem para medicina!!! Existe coisa melhor?

Uma noite, antes de ir dormir, perguntei a papai se Jade pertencia a mim ou à família.

— É sua, Ronnie. E você a adestrou muito bem.

— Pai, vou vender Jade — falei, com os olhos marejados.

Ele não conseguiu se conter e berrou:

— Não! Você adora essa égua!! Ela trouxe você... de volta!

— Eu sei. Eu a adoro. Mas vou embora, como você sabe, ganhar dinheiro para pagar a faculdade e depois fazer a faculdade. Ninguém aqui vai montá-la depois que eu for. Eu a adestrei muito bem. Pode ser montada por qualquer pessoa, até por uma criança. Ela agüenta tudo. E eu preciso de um carro. Com a chegada do bebê e com Rafe, sei que você não tem esse dinheiro, embora eu saiba que me daria, se pudesse. Preciso de um carro seguro, pai. E Jade merece um dono que fique com ela todos os dias.

Mamãe entrou no quarto, movendo-se pesadamente. Parecia maior do que em todas as outras vezes que havia engravidado. Fiquei pensando se o bebê iria mesmo nascer na data que eles calculavam. Estava perto de chegar o bebê e o... aniversário.

— O que está havendo? — ela perguntou, pegando um prato e enchendo de biscoitos de melaço.

— Ronnie tomou uma decisão — meu pai disse.

Mamãe ficou magoada, vi nos olhos dela, embora a boca dissesse simplesmente que a decisão era minha.

— Ronnie, nós temos uma reserva para ajudar você a pagar a faculdade... se você esperar até depois de fazer sua missão — disse mamãe.

— Mas você não esperava ter um bebê.

— Não.

— Eu posso fazer isso, sei que posso.

— Você sempre foi... decidida — ela disse.

— Não vou ignorar minha missão...

— Sei que não. E para moças, bom, não é tão importante que a missão seja muito demorada ou o que você faça. Talvez haja um jeito de descobrirmos se o que você faz nesse trabalho...

— Cressie, vamos atravessar a ponte quando chegarmos a ela, não antes — avisou papai.

Como gesto de boa vontade e porque precisava ficar perto de meu pai, pedi para ele rezar comigo para eu encontrar um bom dono para Jade.

Esperava que levasse mais de uma semana para o dono aparecer. Mas é isso que acontece, quando você reza.

Uma mãe que morava em St. George respondeu ao meu anúncio. A filha tinha 13 anos e fazia aulas de equitação desde os 8. Elas vieram duas vezes ver Jade, que se comportou como uma estrela de cinema. Pagaram oitocentos dólares. Dava para comprar um carro e ainda sobrava um pouco.

Na última noite em que a querida Jade seria minha, Clare e eu a montamos em pêlo e fomos até a nossa cabana de salgueiro. O tempo tinha retirado a lama que colocamos com tanto cuidado nas paredes da cabana e os galhos haviam secado e se soltado, fazendo buracos nas paredes. Esperávamos que a piscina estivesse cheia, mas não.

— Nós trazíamos nossas bonecas aqui — disse Clare — e nosso chá proibido.

— Ah, éramos más, não? Parecia que o chá era cocaína. Todas aquelas noites que dormimos numa barraca. Lembra quando ouvimos um coiote farejando lá fora?

— Acho que era um puma — disse Clare quando Jade pisou de leve no riacho. — Ainda acho que o coiote queria comer a gente.

— Se quisesse mesmo, teria comido — falei.

— Fui aceita no Conservatório de Boston. Bolsa completa — Clare contou.

— Ah, irmã! — gritei, com uma alegria sincera. — Vai ver o oceano Atlântico! Vai aprender a ser... tudo. Ah, Clare. Você vai adiar o Conservatório para depois de sua missão?

— Não, tenho bastante tempo para fazer a minha missão. Depois do primeiro ano, posso tirar um ano de licença e ir. Acho melhor dar... esse passo agora, enquanto tenho coragem.

— Não sabia que você tinha feito teste de canto.

— Não fiz. Mandei um DVD que gravamos em Cedar City. Custou 200 dólares, Ronnie! Mandei-o para três faculdades mais a Brigham Young; Boston me ofereceu a melhor bolsa. Qualquer pessoa gostaria de ir para lá, a não ser por... deixar você... e os meninos, a casa...

— Isso é crescer, Clare — falei, não me sentindo mais corajosa do que ela.

— Dói — ela disse e, então, nos abraçamos quase chorando, sabendo que alguns anos depois o forte de salgueiro ia desmoronar numa noite de muito vento ou seria reconstruído pelos irmãos dela ou pelos filhos dos Tierney.

O forte não era mais nosso.

Tive muita vontade de contar tudo para ela naquela hora, e desejei que meu destino não fosse tão sombrio e complexo. Gostaria de dizer que precisava encarar Scott Early sozinha, que eu tinha de ir e fazer do meu jeito. Queria que Clare perdoasse a enorme mentira que contei para meus pais, um pecado de omissão, deixando que meus pais soubessem e, ao mesmo tempo, não soubessem. Como fiquei mal de pensar se eles sentiam medo por minha causa ou por causa dele. Queria muito contar tudo a Clare, perguntar o que eu devia dizer a Scott Early e à mulher dele, como fazer com que eles vissem que a minha dor, tão diferente do perdão de meus pais, merecia atenção, como eu ainda queria castigá-lo. Queria perguntar a Clare, pura como ela era, se o que eu achava que devia fazer era apenas uma ilusão que Satanás mandou para me atrair, ou se era como o verso que encontrei abrindo ao acaso a minha Bíblia: Isaías, versículo 30, que eu tinha quase decorado: "E os teus ouvidos ouvirão a palavra Dele advertindo-te por detrás de ti: 'Este é o caminho, segui por ele.'" À luz do dia que terminava, Clare estava parecida com a Alice de Lewis Carroll, os densos cabelos louros e lisos caindo para a frente, segurando uma florzinha roxa e, num instante, como uma criatura mágica e inocente, sumiria na toca do Coelho Branco.

— Gostaria que fôssemos irmãs. Não no sentido divino — ela disse.

— Eu também — confessei. — Sabe que Becky hoje teria quase a mesma idade que eu tinha naquela época?

— Para mim, ela vai ser sempre pequena, com o traseiro pequeno como uma xícara e os jeans caindo — Clare disse.

Então, exatamente como antes (exatamente como antes), ouvimos meu pai chamar. Sabíamos que o bebê estava chegando. Mas nós nos encaramos e não respondemos, dali a pouco ouvimos a caminhonete ser ligada e passar pelo caminho de cascalho. Horas mais tarde, depois que rezamos juntas e ficamos um longo tempo em silêncio até o olho verde de Jade brilhar no escuro como um olho de gato, Clare e eu voltamos para minha casa de braços dados, como fazem as garotas européias, embora na época eu não soubesse que elas andavam assim. Na porta da minha casa, fizemos o nosso toque especial de mãos, enquanto eu seguia ao lado de Jade: batemos os punhos fechados, depois as palmas abertas e nos abraçamos.

— APS — disse Clare.
— Sempre — confirmei. — Amigas Para Sempre.
Era mais de meia-noite.

Havia um recado na nossa secretária eletrônica. Rafe estava na casa dos Tierney porque meus pais não conseguiram me achar, mas ele devia estar dormindo àquela hora, por isso eu só precisava pegá-lo de manhã. Eu tinha um robusto irmãozinho, Jonathan Thoreau Swan, o qual chamaríamos de Thor quando crescesse, porque era tão grande e forte quanto um pequeno príncipe nórdico de cabelos ruivos. Pesava quatro quilos e pouco.

Enquanto meus pais estavam na maternidade, achei a caixa de botões de minha mãe e peguei as cartas enviadas pelos pais de Scott Early, pela mulher e por ele. Eram mais de uma dúzia. Coloquei-as na mesa da cozinha, garantindo que ficassem fora do alcance de Rafe.

Ele dormiu e pedi para o Espírito Santo me guiar quando abri um site de busca na internet com uma lista de boas escolas técnicas com curso de paramédicos. Se a que eu encontrasse não fosse na Califórnia, significava que eu não devia ir para lá e sentiria um alívio. A página abriu, fechei os olhos e coloquei o dedo na tela. O nome da cidade era La Jolla, que se pronunciava La "Oia".

Olhei o endereço do remetente na carta de Kelly Englehart, mulher de Scott Early. Era em San Diego. Escrevi o nome das duas cidades numa busca de mapas. La Jolla ficava a 40 quilômetros de San Diego. Encostei a cabeça na mesa e chorei.

Capítulo Quinze

— Vamos começar pelo lado emocional do trabalho que vocês escolheram, ou *acham* que escolheram — anunciou a professora.

Uma mulher mais ou menos da idade da minha mãe disse que tinha sido professora de ciências durante vinte anos e depois decidiu ser paramédica. Todos nós olhamos aquela pequena pessoa decidida e compacta como se o que precisávamos saber pudesse entrar por nossas vistas. A turma tinha mais de trinta pessoas e não parecíamos gente comum de faculdade. Eu era a mais jovem, mas havia alguns alunos mais velhos do que a professora. Muitos trabalhavam em tempo integral e só podiam fazer o curso intensivo à noite. Íamos começar as aulas práticas nas ruas depois de apenas um semestre de turmas superlotadas. Os alunos do turno do dia da Escola Técnica La Jolla faziam outros cursos também e, após dois anos, recebiam seus diplomas e um certificado de paramédico. Nós só teríamos o certificado. As aulas eram diárias, de cinco da tarde às oito da noite. Aquela professora era uma dos três que tínhamos, era bombeira e trabalhava no turno da manhã. Ela nos disse:

— Como paramédicos iniciantes, vocês enfrentarão situações que certamente vão assustá-los, diferentes de tudo o que já presenciaram. Quantos aqui já viram uma pessoa morrer?

Um rapaz oriental levantou a mão. Olhei o nome dele na minha lista: Kevin Chan. O nome estava logo após o meu, acho que as carteiras eram arrumadas por ordem alfabética. No dia anterior, tínhamos recebido uma lista com o nome de todos os alunos, telefones e e-mails; disseram para decorarmos como parte do contato essencial em nosso trabalho. Alguns iam acabar formando grupos. Pediram que estudássemos juntos e identificássemos qualidades e hábitos uns dos outros, até nos entendermos instintivamente. Primeiro, tiraram uma foto nossa, todos sorrindo e levantando os punhos. Cada um recebeu uma cópia e um dos nossos exercícios foi, uma semana depois, pegar a foto e, em cinco minutos, escrever o nome de cada colega no verso. Um dia, isso poderia nos ajudar a salvar uma vida (talvez até a nossa).

— A primeira pessoa que vi morrer foi minha avó, que teve pneumonia aos 89 anos — começou a contar Kevin Chan. — Estávamos todos ao lado dela. Ela suspirou fundo e simplesmente se foi. Calma. Paz.

— E como você se sentiu? — perguntou a professora.

— Naturalmente, fiquei muito triste por perdê-la. Nunca fiz nada sem ela. Mas pude perceber que ela não estava sofrendo, pois teve uma vida longa e todos nós, seus descendentes, sobrevivemos a ela. Por algum motivo, isso me ajudou a querer tentar salvar pessoas, prolongar a vida e encarar a morte, achei que poderia ser paramédico um dia. Fazia mais sentido para mim do que dar aulas de inglês, que é ótimo, mas ser paramédico parecia juntar um pouco mais minha vida esportiva (jogo hóquei) com minha cabeça. Parece que eu disse "minha cabaça", não?

Rimos, mas a professora cortou a risada com uma pergunta:

— E se sua avó tivesse levado um tiro na coxa e a bala saísse pelo abdome? E se ela estivesse com muita dor e você e sua equipe tivessem segundos para tirar a maca e preparar tudo o que iam precisar para estancar o sangue, e o hospital para onde estivessem indo informasse pelo rádio da ambulância que não havia vagas, que procurassem outro lugar e você tivesse de ligar para o médico chefe do seu setor e conseguir uma unidade avançada de apoio, e sua avó continuasse sangrando antes de você chegar ao hospital? E se não fosse a sua avó de 89 anos, mas um menino de 13 ou uma menina de 7 que foi brincar com o revólver do pai?

— Eu... ficaria apavorado — disse Kevin.

— Bom, é a resposta adequada para a situação. Essa é a emoção do desafio de intervir numa emergência de vida-e-morte — disse a professora. Ela sentou-se e encostou o quadril no canto da mesa pela primeira vez desde que a aula tinha começado, há uma hora e meia. — Se vocês não adoram descargas de adrenalina, não deveriam estar aqui. Na maioria das vezes, os paramédicos salvam vidas. Às vezes, é impossível. A partir de agora, vocês vão ser apresentados à morte. Ela vai ser conhecida de vocês. A família e os amigos dos que morrem serão conhecidos seus. O sofrimento deles vai cortar o coração de vocês. Vocês vão sentir raiva, ter momentos de desesperança e até de se sentirem inúteis. É normal, a menos que isso perdure. Após um "chamado difícil", vocês não vão conseguir esquecê-lo sozinhos. Não devem tentar. Todos os envolvidos, da polícia aos bombeiros, paramédicos, vocês e o chefe da equipe, vão ser reunidos alguns dias depois, se possível no dia seguinte, numa sala com profissionais que farão vocês falarem sobre aquelas emoções de dor e medo. Senão, o que aconteceria?

Sem pensar, respondi:

— Você lembraria aquela cena todas as noites da sua vida.

— Exatamente... como você se chama? Veronica — ela disse. — Você reviveria a cena e ficaria se perguntando sem parar "será que fiz a coisa certa? Fiz o que fui treinada para fazer? Será que fiz o suficiente?". E seu coração bateria pesado e você poderia ter a impressão de não conseguir respirar. Por isso o Encontro para Estresse de Ocorrência Crítica, nome oficial da reunião, é fundamental. Depois que você contar o que e como aconteceu e por que não foi culpa sua, vai conseguir levar uma vida normal numa profissão que expõe vocês ao lado da vida que não consideramos "normal".

"Vocês terão de aprender que essa atividade provoca altos índices de estresse. E terão de aprender como se livrar desse estresse com conversas, exercícios, reza, ou o que vocês preferirem. Vão ficar estressados não só por serem obrigados a trabalhar no Natal, não só por serem obrigados a sair da cama no meio da noite, ou porque vão ficar sem dormir por mais horas do que qualquer pessoa que conhecem. Terão estresse porque pegarão no colo uma criança que pode parar de respirar em segundos, se você não retirar o que está obstruindo suas vias respiratórias. Porque a pessoa que você está observando escondido na esquina, está armada e pode vir na sua direção e você pode vê-la ser levada pela polícia e então tem que tentar consertar o que a polícia precisou fazer para salvar a sua vida e a de todos os que estavam na rua. Porque você pode chegar a um acidente e a vítima ser um menino que você conheceu no secundário, que entrou na estrada num ponto cego, foi atingido por um caminhão de cimento e virou uma massa disforme. Vocês vão ver milhares de acidentes de carro no primeiro ano de trabalho. Verão, talvez, dezenas de mortes. O estresse virá pelo que virem, tocarem, cheirarem e sentirem. Não há como negar esses sentimentos, pois os que negam acabam tomando remédios ou bebendo para esquecê-los. Vocês têm de encará-los de frente, mas receberão ajuda em todas as fases do trabalho. Se não têm certeza que podem exercer essa atividade e continuar indo dançar com os amigos no fim de semana seguinte, então é melhor serem contadores.

Nós rimos outra vez, porém foi mais para aliviar a tensão.

— Vocês vieram aqui porque querem ajudar os outros — ela continuou. — Mas a primeira coisa que precisam saber é que, para ajudar o outro, primeiro precisam cuidar de si mesmos. — O rosto dela suavizou ao dizer: — Às vezes, é preciso que dominem o instinto de entrar de cabeça na situação. Quando você chega ao local de um acidente doméstico, ou onde está ocorrendo um, mesmo que tenha pessoas feridas, pare. Não interfira. Os policiais farão isso. Pensem nas pessoas que vocês jamais poderão salvar porque algum marido maluco arrebentou a cabeça de vocês com um bastão de beisebol. Primeiro, em qualquer situação, tenham sempre em mente a sua própria segurança e bem-estar. Avaliar a situação vai se tornar natural, e vocês vão sentir o perigo, se ele existir. Mas quem quiser ser herói numa situação ameaçadora pode acabar sendo a pessoa levada para a Emergência. — Ela então falou em nossos outros professores, deu o nome e histórico profissional deles e o que iriam nos ensinar.

Sabia que aquelas informações eram essenciais, mas fiquei divagando um instante, pensando no que as pessoas da sala achariam se soubessem da primeira vez que vi a morte. Na metade do segundo dia de aula, eu já estava exausta, soterrada pelo conteúdo dos meus livros. Dei uma olhada num texto grande e o fechei depois de ver que teria de decorar o nome de cada um dos 28 ossos do pé, do calcâneo aos cinco metatarsos, passando pelo cubóide e o astrágalo, sem falar nuns outros duzentos, além de mil outras coisas sobre o funcionamento do corpo humano e como fazer com que se recupere, caso esteja com algum problema. Tive de entrar direto naquilo tudo depois de dois dias dirigindo, passar uma noite insone num motel barato e um dia procurando um lugar para ficar, olhando uma dúzia de conjugados pelos quais não podia pagar.

Finalmente, encontrei um lugar que podia

O último endereço que assinalei nos anúncios era uma casa alta, em estilo vitoriano, cor lavanda, perto da praia. Era diferente de todas as casas da rua. A varanda tinha um grande cesto de salgueiro cheio de mantas, além de várias cadeiras de balanço. Flores subiam pelos balaustres da varanda. Eu só queria parar ali, sentar na escada e ficar ouvindo as ondas. Mas toquei a campainha. A senhora que atendeu a porta era linda, se é possível dizer isso de uma mulher que devia ter, quando a conheci, 75 anos. Tinha cabelos bem grisalhos que faziam uma onda densa e perfeita, presa atrás com um pente de tartaruga. O rosto era suave e tão rosado quanto uma de suas malvas-rosa.

— Meu nome é Alice Desmond — ela se apresentou com um sotaque que não identifiquei na hora e que depois saberia que era australiano. — Precisa de alguma coisa?

— A senhora tem um quarto para alugar — eu disse.

— Sim. Já saiu no jornal, não é?

— Bom, preciso de um. Minha faculdade é perto daqui. Estendi a mão para cumprimentar: — Meu nome é Ronnie. Veronica Swan.

— Olá! Parece jovem demais para estar na faculdade.

Fingi achar graça.

— Todo mundo diz isso. Sou mais velha do que pareço.

— Cuido bem dos meus quartos e dos meus hóspedes.

— Bom — eu disse, e suspirei cansada. — Eu também. Cuido muito bem de tudo o que faço.

— Então, entre — ela convidou.

O quarto ficava no alto da casa, após dois lances de escada. Era totalmente branco, exceto por um espesso edredom de retalhos quadrados com aplicações de conchas e faróis. Tinha prateleiras brancas e, de um lado, uma única concha ou estrela-do-mar perto do teto. As paredes eram brancas e tinham molduras sem imagens, algumas com só um ramo de aveia do mar num canto. Gostei, lembrava algo que minha mãe faria. Era tudo tão despojado e tranqüilo. As cortinas transparentes tinham suportes de metal branco e do peitoril de uma janela, eu via um canto do azul indistinto do porto. Tinha uma pequena bancada de madeira com uma minigeladeira e um pequeno fogão. O quarto tinha também um banheiro azulejado e uma grande banheira de pés em garra, e quase chorei quando vi a pilha de toalhas felpudas.

— É exatamente o que eu estava procurando. Obrigada por me mostrar. Mas não tenho condição de pagar.

— Como sabe?

— Bom, já estive nuns 11 lugares, então sei o preço médio. Agradeço sua gentileza por me mostrar.

— Bom, você parede arrasada. Vou ao menos lhe dar uma xícara de chá. Estava preparando.

Eu depois aprenderia que aquela era a primeira reação da Sra. Desmond a qualquer coisa que a intrigasse; com o tempo, eu passaria a achar confortador. Ela despejou água fervendo num bule de porcelana acoplado a uma bandejinha oval com ervas aromáticas. Com cuidado, dobrou um guardanapo de linho azul sobre um prato e serviu seis biscoitos de limão gelado em cima.

— Gosta de biscoito? — ela perguntou.

— Ah, muito — respondi.

— Aceita açúcar?

— Eu... não posso tomar chá. Gostaria de uma bebida quente, mas não posso.

— É alérgica?

— Não. Não posso tomar cafeína, sou mórmon.

— Sei. — Ela suspirou e pegou uma lata no armário. — Pode tomar Ovamaltine? Você é do grupo dos polígamos ou dos que fazem colchas de retalhos?

— Sim, em relação ao Ovomaltime. Posso tomar e aceitaria um pouco...

— Mas Ovomaltine é parecido com chocolate, contém cafeína.

— Nós... nós podemos tomar Ovomaltine.

Sem pensar em como eu depois ficaria sem graça, comi todo os biscoitos enquanto ela esquentava a água. A Sra. Desmond sorriu e serviu mais seis biscoitos.

— Bom, os mórmons — ela continuou, preparando o chá com cuidado, despejando a infusão numa xícara com leite e cubos de açúcar. Olhei com a mesma fascinação de um cachorro vendo sua ração ser retirada da lata. Estava tão cansada e os movimentos da Sra. Desmond eram tão precisos e, ao mesmo tempo, medidos, pareciam um baile em câmara lenta. Acho que eu era capaz de dormir na mesa, e ela sabia.

Finalmente, voltei a mim e disse:

— Acho que a senhora está se referindo à comunidade Amish, famosa pelas colchas de retalhos que fazem. Os mórmons modernos são monógamos. A poligamia existiu por pouco tempo e muito tempo atrás. Alguns polígamos eram pioneiros que casavam só no papel, porque as solteiras não podiam herdar propriedades e, se o homem com quem elas viviam morresse, ninguém poderia cuidar delas e dos filhos. Hoje, quem é polígamo está desobedecendo a lei. São meio doidos, também. Não conheço ninguém que os apóie. Meu pai é professor e minha mãe fica em casa com meus dois irmãos pequenos. Um tem quase 4 anos e o outro, meses.

— E mais você.

— É.

— Você é bem mais velha do que eles...

— Tive duas irmãs menores que morreram.

— Ah, minha nossa — exclamou a Sra. Desmond.

— Obrigada pelos biscoitos. Eu estava com muita fome — eu disse.

— Então, você não bebe chá. Por acaso tem um cachorro grande que solta muito pêlo? Você fuma?

— Ah, não!

— Costuma trazer homens para casa?

— Não, a menos que meu pai venha me visitar — respondi. — Nós... somos bem conservadores em relação a isso.

— Bom, o aluguel daquele quarto é... 85 dólares por mês. Se você jantar comigo, custa mais cinco por semana e, claro, você pode cozinhar coisas pequenas no seu quarto. Tem uma máquina de lavar no primeiro andar e...

— Oitenta e cinco dólares mensais? — eu não podia acreditar no que estava ouvindo. E eu sabia que ela estava abaixando o preço, podia conseguir alugar por muito mais. — Tem certeza?

— Bom, claro que tenho — disse a Sra. Desmond.

— Posso pagar! E tenho referências... — informei.

— Meus olhos e ouvidos me dizem tudo o que preciso. Nunca me enganaram.

— Eu posso ser qualquer pessoa.

— Mas não é, é?

Depois, a Sra. Desmond diria aos jornais que *Veronica era uma moça educada em todo o sentido da palavra, e tenho certeza absoluta de que continua sendo. Não era como as outras da geração dela.*

Mudei para lá naquela noite. Ela me mostrou um lugar atrás da casa para eu estacionar meu pequeno Civic.

Dois dias depois, na sala de aula, eu estava pensando com que gratidão mergulharia em meu monte de travesseiros branco-neve, quando o mesmo rapaz chinês cuja avó tinha morrido me cutucou de leve. Perguntou, baixo:

— Você não acha que é informação demais ou só eu que acho?

— Para mim, sem problema — respondi por escrito no meu bloco de anotações. — Acho que já conhecia um pouco desse assunto.

O professor disse:

— A aula terminou. Vocês estão com cara de que já não agüentam mais por essa tarde.

Comecei a juntar minhas apostilas, que tinha comprado naquela mesma manhã, as diversas listas, folhetos e formulários e a pôr tudo na mochila. Levei o dia todo para pegar a carteira de estudante e pagar a primeira parcela do curso. O que me deixou quase sem um tostão.

— Queria perguntar uma coisa: você mora por aqui? — disse Kevin Chan. — Quer estudar comigo? Acho que os outros alunos se conhecem, mas estou terminando inglês na Universidade Davis da Califórnia... e acho que não vou continuar. Não há médicos na minha família. Meu pai tem um restaurante. — Fiquei atenta para ver se ele estava tentando flertar comigo, mas parecia só estar querendo arrumar alguém para ajudá-lo no emaranhado dos sistemas orgânicos.

— Claro que quero estudar. E que tipo de restaurante é? — perguntei, sorrindo.

— Chinês, o que podia ser? Há mais restaurantes chineses na Califórnia do que na China inteira! — Kevin garantiu.

— Nunca experimentei comida chinesa — contei.

— Não é possível, todo mundo conhece. Arroz frito, *chop suey*, essas coisas?

— Nunca provei.

— Você é *kosher* ou alguma coisa assim?

— Não — falei enquanto andávamos ao anoitecer da Califórnia. O dia parecia passar de uma dourada perfeição para outra idêntica. — Sou de Utah e moro numa pequena cidade... nem chega a ser uma cidade. Tenho certeza de que há restaurantes chineses lá em algum lugar nas cidades, mas nós nunca fomos. Os únicos restaurantes que conheço são de lagosta e mexicano.

Kevin riu.

— Isso é bem diferente. Mas você tem de ir ao Sétima Felicidade.

— O que é isso?

— É o nosso restaurante. Minha mãe supervisiona tudo na frente, meu pai fica nos fundos, enquanto minhas avós e minha tia cozinham. Minhas irmãs atendem as mesas e meus irmãos menores limpam. Quando conseguimos que limpem.

— Por que se chama Sétima Felicidade?

— Acho que porque são apenas seis — ele brincou.

— Seis felicidades? — perguntei.

— Sim, mas não me pergunte quais são, porque sei tanto quanto falar chinês.

— Não fala chinês?

— Você é o quê?

— Mórmon.

— Ah. Bom, eu sou metodista. Mas não estava me referindo à religião, mas à origem. Você é irlandesa?

— Sou inglesa e dinamarquesa. Não sei por que tenho cabelo ruivo.

— Fala dinamarquês?

— Entendi o que você quer dizer. Mas, como você tem um restaurante e chama sua avó de avó, achei que era *chinês* chinês — expliquei.

— Problema de contexto. Meu bisavô era chinês chinês, mas eu sou americano comum. Devo saber cinco frases em chinês, principalmente *obrigado*. Como é seu nome?

— Ronnie. Na aula, Veronica.

— Quando chegou à cidade?

— Há dois dias. Não tive tempo nem de comprar leite!

— Então por que não vem jantar esta noite? Tenho mesmo de ir lá e trabalhar... — Ele notou a minha indecisão. — Certo, desculpe, você é nova aqui e não sabe que na Califórnia, assim que conhecemos uma pessoa nós a tratamos como se a conhecêssemos da vida inteira. É um negócio Cal Sul. — Ele percebeu minha surpresa.

— Califórnia do Sul, Cal Sul, entendeu? Quero dizer, pelo que você conhece a meu respeito, eu podia ser um assassino que usa um machado. — Recuei e ele levantou as mãos. — Ronnie, só estava tentando ser simpático. Tenho uma namorada firme que estuda cinema na UCLA e estou acostumado a ser o faz-tudo das amigas das minhas irmãs. Nada mais. Certo?

— Certo — respondi, respirando entredentes como fazia quando alguma coisa me assustava. Peguei minha sacola de livros e pensei: como fui ter medo desse garoto? Deve ter a mesma idade de Miko.

— Vejo você na aula — disse Kevin, pegando as chaves do carro.

— Combinado — respondi. Ele desceu a escada aos pulos. Quando os repórteres perguntaram depois, ele lembraria que praticamente a primeira coisa que me disse foi que podia ser um assassino que usa um machado. *Claro que ela se assustou*, ele diria. Enquanto o observava ir para o estacionamento, não sei por que, o chamei:

— Espera. Olha, não sei se o seu restaurante é caro, mas posso pagar um jantar. Eu tenho bolachinhas Ritz e manteiga de amendoim na minha casa, que não chega a ser uma casa, só um quarto cheio de malas e caixas, e não como nada desde o café-da-amanhã, só um ovo quente que a proprietária fez. Ela é ótima, mas não quero pedir para jantar na segunda noite em que estou morando lá. Sem falar que ela já deve ter jantado há horas. Então, se você quiser que eu o acompanhe...

— Não estava esperando que você pagasse o jantar! — disse Kevin, rindo. — O pior que pode acontecer é você lavar os pratos!

— Sou campeã nisso! Lavei pratos e garfos para a igreja inteira!

— Nossa, Ronnie, eu estava brincando outra vez. Venha, conheça meus pais e irmãos e pode levar comida chinesa para casa que vai durar até a próxima semana.

O Sétima Felicidade ficava a apenas vinte minutos de carro da faculdade. Kevin estacionou o carro nos fundos e passamos pela porta de tela, onde um velhinho sentado na escada fumava um cigarro, resmungava e apontava coisas.

— Este é tio Torrance, irmão mais velho de meu pai — apresentou Kevin. — Tio Torrance, essa é minha amiga do curso, Veronica. — O velho acenou e continuou resmungando. — Ele bebe. Deixamos que pense que trabalha aqui, mas só faz beber, sentar aqui na escada dos fundos e conversar com a esposa que o largou há uns quarenta anos. Ele se chama Torrance, meu tio policial é Barstow e meu pai é Carson, por causa de Carson City, na Califórnia.

— Que engraçado!

— É... uma coisa maluca. Os nomes foram idéia da minha avó.

— Achei graça porque minha avó fez a mesma coisa — falei, contente. — Pensávamos que fosse invenção dela! Meu pai se chama London! E o irmão é Bryce Canyon. Devemos ser as duas únicas pessoas nos Estados Unidos cujas avós tinham exatamente a mesma maluquice!

Kevin balançou a cabeça.

— Eu sabia que devia convidar você. Deve ser a linha vermelha.

— O que é linha vermelha? — perguntei.

— É uma lenda chinesa. Se duas pessoas estão destinadas a se encontrarem na vida, elas nascem ligadas por uma linha vermelha invisível. Não importa onde tenham nascido ou a que distância vivam, um dia vão se encontrar, porque já estão ligadas.

Ele abriu para mim a porta da pequena cozinha muito limpa onde todos falavam aos berros e batiam a tampa de grandes panelas e tinas. Havia cerca de seis pessoas de jaleco branco e rede na cabeça, mexendo num enorme fogão e num outro de cozimento a vapor. Nos aparadores, brilhavam prateleiras e peneiras com legumes cortados que uma mulher fatiava rapidamente com uma faca reluzente. Acima, havia patos depenados, presos pelo pescoço num barbante. Quando entramos, a mulher que cortava legumes aprumou a pequena touca branca e gritou com um dos homens no fogão a vapor, usando o facão para pontuar o que dizia.

— O que houve? — perguntei a Kevin, me encolhendo.

— Nada! É assim que minha família conversa. Ninguém fala baixo, se pode gritar. Essa é tia Rose. Está zangada com o marido porque ele aposta em cavalos. Mãe! — Kevin berrou para uma mulher alta e bonita que parecia uma manequim de sandálias e vestido de verão. Ela tirou o avental pela cabeça e veio na nossa direção, sorrindo. — Mãe, está é Ronnie, colega de classe. Ela nunca comeu comida chinesa!

— Bom, Ronnie, meu nome é Jenny Chan e estou muito surpresa com isso, mas só vou perdoar se você experimentar a nossa comida — ela disse. — Também vai ser paramédica? Ficamos preocupados por Kevin ter escolhido fazer isso. Pensamos que era melhor ele dar aulas de literatura. Achamos que esse outro trabalho pode ser perigoso. — A tia Rose batia com a faca na bancada de madeira, de vez em quando parava e balançava a faca no ar. Desviei o olhar da mãe para a tia.

— Acho que ele vai conseguir — eu disse.

Kevin e a mãe reviraram os olhos.

— Também acho! — disse a Sra. Chan e gritou: — Rosie, essa faca é boa. Deixe para lutar com ela quando for para casa! — Relutante, a mulher mais velha voltou para sua enorme pilha de legumes cortados, a faca como um borrão prateado e brilhante. Achei incrível ela ainda ter dedos.

Naquela noite, aprendi que a comida chinesa é uma das bênçãos de Deus. Sentei no bar ao lado da janela da cozinha e comi camarão com molho de lagosta, camarão graúdo, arroz com gengibre e frango Kun Pao, que no Sétima Felicidade tinha tanta pimenta que bebi três refrigerantes. Marie, a irmã de Kevin, era da minha idade e a outra irmã, Kitty, um ano mais velha. Elas ligaram o rádio e dançaram no corredor que ia da cozinha para o salão do restaurante enquanto aguardavam os pedidos ficarem prontos. Scott, o irmãzinho de Kevin, levava os pratos servidos, e tinha só 13 anos. O outro irmão, Conner, de 9, enrolava facas e garfos nos guardanapos e prendia com uma pequena fita decorativa. Isso, quando não ficava colorindo os jogos americanos com lápis de cera e brincando de Connect Four comigo.

A mãe de Kevin era muito simpática. Perguntou tudo sobre a minha família, disse que eu era muito corajosa por ir sozinha para um lugar tão longe de casa, que ficaria muito assustada se Kevin fosse estudar em outro estado, que havia pintado os pratos do restaurante e que se irritava com tio Torrance toda vez que ele deixava cair e quebrava uma pilha, "embora fique com muita pena dele, claro". O pai de Kevin também era simpático, alto e educado como Kevin, mas distraído e sempre apressado. Deu para ver por quê. No tempo que passei lá, duzentas pessoas devem ter passado pela cortina de contas da entrada do Sétima Felicidade, desde o tipo de família loura e bronzeada que passei a associar com La Jolla (em que os pais eram tão parecidos que podiam ser gêmeos), passando por garotas e garotos de cabelos compridos, sorrisos enlevados, camisetas cortadas em tiras e sandálias, e mesmo grandes famílias judias que iam jantar depois da sinagoga.

— Pensei que os judeus não comessem porco — cochichei para Kevin, quando ele conseguiu parar de atender o telefone um instante. Assim que colocou no gancho, tocou de novo.

— Só comem porco chinês — ele explicou. — Depois eu aprenderia que quase tudo o que Kevin dizia era brincadeira.

Na terceira noite que dormi na Califórnia, ainda conseguia ouvir aquelas tampas de panela batendo, mas a essa altura eu tinha mais coisas na cabeça do que meu feliz estômago. Kevin me levou até meu carro e seguiu atrás no carro dele até ter certeza de que eu estava na rua certa. A Sra. Desmond estava sentada na varanda quando cheguei. Passava das dez horas.

— Chegou tarde — ela disse, calma.

— Um colega ótimo me levou para jantar no restaurante da família dele — expliquei. — Em geral, não saio com estranhos, mas confiei nele.

— As pessoas aqui são muito confiáveis. E, em geral, simpáticas. Isso lembra a minha terra — ela disse.

— Deve lembrar — falei, sentando na escada.

— Está se acostumando com a cidade, Ronnie? — ela perguntou.

— Ainda é cedo para dizer. Há muita coisa para assimilar. As aulas. O mar. A comida chinesa. Quando liguei para casa, minha mãe disse que eu parecia uma sonâmbula. E estou um pouco. Eu devia dormir 12 horas, Sra. Desmond. Mas como? Com um dia como esse? Nunca vi um dia assim. A umidade do ar parece... uma loção na pele.

— Quer uma xícara de chá? E um biscoito? Parece um pouco cansada — disse a Sra. Desmond.

— Acho que não consigo comer mais nada — falei, mostrando minhas caixinhas de sobras com os dragões vermelhos dos lados. — Gostaria de um chá de ervas. Eu... meu pai diria que estou superexcitada, como meu irmãozinho fica no Natal. É tudo tão diferente. Os sons e a multidão de pessoas. Nunca estive numa cidade tão grande — contei. — Nunca morei, quero dizer. Estive em Cape Cod e Salt Lake City, mas só de visita, ou para passar o dia...

— Chá de camomila — disse a Sra. Desmond. — Vai ajudar você a dormir. — Levei um choque. Lembrei que, quando era pequena, minha mãe nos dava chá de camomila com leite fervido. A Sra. Desmond deve ter notado que algo na minha expressão mudou. — Está com saudade de casa, Ronnie? — Concordei com a cabeça. — Quer um xale nos ombros? Tenho vários. Quando escurece, ponho mais um. Gosto de ver o mar mudar de cor quando some a luz do dia.

A Sra. Desmond pegou uma manta tricotada que estava num grande cesto na varanda e me deu, estiquei-a nos meus joelhos. Ela foi fazer o chá e, quando voltou, eu tinha adormecido. Acordei assustada e sacudi as mãos, que estavam dormentes.

— Suba aqui na varanda e pegue uma cadeira — ela convidou.

— Estou acostumada a sentar no chão, meu pai diz que não nasci para viver dentro de casa.

— Então sente numa dessas mantas e encoste na minha cadeira — sugeriu a Sra. Desmond, gentil. — Tive muitas filhas, por isso não gosto de ver uma menina cansada estirada no chão de uma varanda suja.

Ficamos olhando os casais passarem de mãos dadas, deviam estar indo para o cais, pensei. A Califórnia parecia ficar acordada a noite inteira. As pessoas eram, na maioria, incrivelmente bonitas, pareciam gazelas ou alguma outra criatura exótica das planícies, andavam com uma graça que achei que devia ser inerente ao *Hominidus californius*. Tinham pernas e pescoços mais longos.

— Todo mundo aqui é assim? — perguntei.

— Dá a impressão que sim — concordou a Sra. Desmond. Depois perguntou: — Ronnie, por que mesmo você veio para cá?

Os músculos do meu pescoço se contraíram.

— Vou arrumar um emprego em... em San Diego, mas ainda não consegui. Faço a Escola Técnica La Jolla para ser paramédica. Como lhe disse. Vim para estudar.

— Por que escolheu esse trabalho? — perguntou a Sra. Desmond.

— Eu... bem, quero ser médica um dia e esse é um bom caminho — respondi.

— É uma ocupação muito dura — ela disse.

— Não, se você ajuda a salvar uma vida.

— Quando meu marido morreu, os paramédicos vieram, mas era tarde. Ele teve um ataque fulminante do coração.

— Que coisa tão triste.

— Nem tanto — ela sorriu. — Acho que foi *triste*. De uma forma geral. Vim para cá com o sujeito errado, digamos assim, embora eu soubesse disso há quarenta anos, desde que casei. Minhas filhas ainda moram em Brisbane. Algum dia, quando eu tiver energia bastante para juntar tudo e vender esta casa, volto para lá. Acho que eu estava apaixonada quando me casei. Ele era piloto americano. Eu era, como se diz, uma criada antiga, uma governanta, veja você! Tivemos três lindas meninas, mas depois que ele se aposentou e resolveu voltar para cá, ficamos só eu e ele... Ah, isso foi há 15 anos. Ele morreu três anos depois da mudança. Vou para Brisbane no Natal e no verão, quando lá é inverno, claro. Por isso arrumo inquilinos, não porque precise de uma renda. Assim, alguém cuida da casa enquanto eu viajo.

— Quem morava aqui antes?

— Uma jovem, quer dizer, não tão jovem quanto você. Era enfermeira e tinha saído de um casamento que não foi bom para ela. Uma moça ótima. Filipina. Acabou se casando de novo. Morou aqui durante três anos. Ancaya — disse a Sra. Desmond. — Era boa companhia. Ótima parceira no baralho. Você sabe jogar?

— Xadrez — respondi.

— Então jogaremos uma partida.

— Vou gostar. Jogava com meu pai.

A Sra. Desmond ficou calada por um tempo. Depois, disse:

— Você vai ver que digo o que penso, Ronnie. Nem todo mundo gosta disso. Acho que você, sim. O que eu quis dizer antes foi por que, na verdade, você veio para cá? Além de estudar.

— Por nada — murmurei.

— Achei que talvez você estivesse recomeçando. É por isso que as pessoas vêm para a Califórnia. Você falou nas suas irmãzinhas. Espero não estar me intrometendo, mas perder duas irmãs...

— Foi um acidente.

— De carro?

Suspirei.

— Elas foram assassinadas, Sra. Desmond.

— Em Utah, por um homem com um ancinho...

— Uma foice. Então, a senhora leu no jornal.

— Foi há bastante tempo, não? Lembro do fato. Você tem um nome diferente e eu leio de tudo, principalmente sobre violência. Não vá se chocar de eu dizer isso. Sou fascinada pela falta de humanidade em toda a sua infinita gama. Fico admirada com o que as pessoas conseguem fazer com as outras. Você não tem idade ainda para estar na faculdade.

— Terminei o secundário, tenho 17 anos, quase 18, Sra. Desmond. — Achei que ela ia se sentir melhor se eu dissesse que tinha quase 18, por isso disse. Depois ela descobriu a verdade, claro. — Por favor, não conte para ninguém. Só quero trabalhar e viver em paz.

— Entendo por que você precisava da distância entre você e o que aconteceu — ela disse, mas não como uma pessoa intrometida. — Sinto muito, Ronnie. Vai ver que escolheu esse trabalho por isso. Para salvar os outros, quando suas irmãs não puderam ser salvas.

— Obrigada, Sra. Desmond. Não sei. Deve ser um pouco por isso. Não me incomodo de a senhora saber. Mas acho que não consigo falar sobre isso. Posso entrar?

— Claro, Ronnie. Vou ficar um pouco vendo os barcos chegarem do mar, depois coloco a casa para dormir. — Ela falava assim, colocar a casa para dormir, quando apagava as luzes e trancava as portas. Levantou a mão num pequeno aceno e disse que recolheria as coisas do chá.

Ela não disse naquele momento (nem depois) que Scott Early morava em San Diego. Mas sabia.

Capítulo Dezesseis

No sábado, fui de carro a San Diego, pensando a toda hora em Serena, ao entrar no trânsito, fazer pequenos retornos, rodar a direção, rodar, rodar. Lá, comprei uma lista telefônica por um dólar. Depois, fui ao zoológico e sentei numa mesa, era o zôo mais lindo que já tinha visto. Tomei uma limonada e fiquei impressionada com uma performance incrível, apresentada por duas garotas (acho que bailarinas) de rosto pintado de verde e vestidas de malhas estampadas com folhas para que parecessem parreiras. Os braços e pernas tinham extensões de madeira cheias de folhas, então ficavam bem altas e andavam como girafas. Passavam pelo meio das crianças, que não sabiam se ficavam assustadas ou interessadas ao verem aqueles rostos tão pintados e lindamente estáticos, depois as garotas se enroscaram com graça nas árvores e ficaram paradas como se fossem mesmo parreiras. Assisti durante uma hora, pensando em quanto talento e treinamento deve ter sido necessário para fazer aquilo. Depois, entrei numa fila para ver os ursos pandas, pois um deles era o único filhote de um ano nos Estados Unidos. Ele era quase do tamanho da mãe, mas a importunava tanto (dependurava nas pernas dela, cutucava a orelha dela) que, lógico, só podia ser ele o filhote.

Finalmente, não consegui mais resistir e sentei novamente com a lista telefônica para procurar onde eles moravam.

Transpirei só de percorrer as páginas com os nomes iniciados por E. Mas lá estava o nome na Monitor Street, exatamente como no remetente do envelope. Pensei então em procurar a igreja que eles freqüentavam. Sabendo o que eu sabia sobre a família de Scott Early e que eram freqüentadores contumazes de igreja, já deviam ter se filiado a uma, como li que os alcoólatras fazem ao chegarem a uma cidade: imediatamente, procuram o AA local para ajudá-los a se adaptarem. Além disso, os vizinhos teriam sido notificados do que Scott Early tinha feito. Então, era natural que procurassem uma igreja onde as pessoas supostamente tentariam perdoar. Eles eram luteranos, então procurei uma igreja luterana perto da Monitor Street. Eu não tinha nem procurado um templo para mim, mas estava procurando o de Scott Early!

Desanimei logo. Havia umas cinqüenta igrejas luteranas em San Diego e umas cinco perto da Monitor Street. Como eu iria a quarenta igrejas num semestre? Ou na vida?

Decidi arriscar e, na manhã seguinte, fui ao serviço das dez na igreja luterana St. James, que ficava a apenas duas quadras de onde Scott Early morava com a mulher. Primeiro, passei devagar de carro na frente da casa deles (uma grande casa rosa de dois andares, com um apartamento por andar), de portas verdes. Ninguém saiu da casa enquanto eu olhava.

Eu nunca tinha estado numa igreja luterana, e aquela era imensa. Os hinários eram cheios de músicas que eu não conhecia, exceto "Rocha dos tempos" e os cânticos de Natal. Sentei num banco dos fundos e levantei quando todos se ergueram, mas foi estranho não ouvir as palavras de nosso livro ou a versão da Bíblia do rei James. A Bíblia parece errada sem ser lida com o tratamento em "vós". O suco e o pão que eles serviram na comunhão parecia confiável, então aceitei. Foi ao sair que eu o vi. Ele carregava um bebê pequeno num canguru e olhou bem na minha direção sem me ver. Era alto, de expressão franca, bonito, cabelos louros curtos, mal parecia aquela coisa pálida e esquelética que eu vira gritando e se contorcendo em meu quintal. Parecia um camponês, bronzeado e musculoso. Não esperava que ele me reconhecesse, já que deve ter tido tão pouco interesse em assistir aos noticiários quanto eu. E fazia tanto tempo. Mas minha língua amargou com o velho gosto metálico e fiquei com os cabelos molhados de suor. Não conseguia respirar. Tive vontade de me jogar embaixo da cadeira de assento estofado ao lado e me esconder. Então, eu a vi. Era linda. Kelly. Não a conhecia pessoalmente. Era pequena e loura, com os cabelos iguais aos de um menino holandês. Estava ao lado dele e o segurou pela mão. Várias senhoras tipo avós rodearam os dois, mostrando o bebê e fazendo sons gorgolejantes. Só dava para ver os cabelos claros do bebê, que pareciam o rabo de um coelho. Kelly também olhou direto para mim e pareceu ter dúvida se me conhecia. Deve ter me visto na tevê e no tribunal em alguma fase, mas na época eu tinha uns dez centímetros menos e era dez quilos mais magra. Mesmo assim, era eu mesma, mas achei que aquela situação era como ver o bispo da sua igreja no cinema. Não se reconhece a pessoa se ela está fora do ambiente habitual.

Como eu podia tê-los encontrado na primeira hora de busca?

Enquanto eu olhava, extasiada, Kelly se inclinou e prendeu um anúncio na cortiça perto da entrada da igreja. Estava num papel emoldurado de flores e dizia:

***JULIET PRECISA DE BABÁ**: durante o dia, quatro dias úteis e eventuais fins de semana para cuidar de uma linda menina de sete semanas. Mamãe tem de voltar ao trabalho, pois os alunos precisam dela, e papai estuda para ser bibliotecário. Bom salário para quem preencher as qualificações. Dez dias de férias. Exigem-se horário flexível e referências. Telefone 672-3333.*

Ela prendeu o anúncio com tachinhas. Fiquei rodeada de fiéis que cumprimentavam o pastor em seu vistoso traje acetinado.

Esperei até quase todo mundo ter ido embora. Então, tirei o anúncio, dobrei e guardei-o no bolso.

A caminho de casa, comprei um painel de cortiça e prendi o anúncio nele. Ao lado, coloquei minha foto de turma. E nas três noites seguintes, tentei tirar meu pensamento de um papel enquanto olhava o outro. Foi o telefone de Scott Early que acabei decorando.

Capítulo Dezessete

Nunca imaginei como meus cabelos eram importantes para mim até a noite de uma segunda-feira, quando fui ao cabeleireiro, depois da aula, mandei cortá-los e tingi-los de castanho. Tive de me controlar para não gritar a cada tesourada. Meu cabelo fazia parte de como eu me via, Ronnie Rapunzel, a menina de cachos, e, quando vi as mechas caindo, era como se estivessem arrancando a minha pele. Exceto pelos acertos que minha mãe fazia nas pontas, eles haviam ficado dez anos intocados por mãos humanas; eu cuidava deles como se fossem um raro bonsai ou algo parecido. Antes de eu ter um secador, eu punha a cabeça no aquecedor do meu quarto e passava quinze ou vinte minutos fazendo cachos com o dedo indicador. Quando terminei o secundário, meu cabelo chegava abaixo da minha cintura e eu usava-o preso num coque durante o esporte e coisas mais práticas, ou fazia tranças bem apertadas. Mesmo assim, sentia como as pessoas olhavam quando eu soltava-os para nadar. Era minha coroa de glória, como diz a Bíblia. Alguns anos atrás, eu ficava na frente do espelho só de calcinha e sutiã, com os cabelos puxados de lado e achava-os mais bonitos do que os de Lindsay Lohan, embora visse que meu traseiro era o dobro do dela.

A cabeleireira teve o cuidado de amarrar os cabelos e guardá-los para doar ao Cachos de Amor, uma organização que fazia perucas de cabelos naturais para crianças com câncer. Ver meus longos cachos ruivos na mão dela foi como ver um membro amputado (embora isso tenha sido antes de realmente *ver* um membro amputado). Não consegui olhar no espelho enquanto ela aplicava a tinta e enrolava artisticamente as mechas em papel laminado; tive vontade de fechar os olhos quando ela perguntou, animada:

— Então, que tal?

Abri um olho. Espiei.

Não sabia o que dizer. Na minha frente estava uma jovem de aparência muito agradável, mas que eu certamente não conhecia.

— Em geral, as freguesas querem fazer o inverso. Nunca conheci uma ruiva que quisesse virar morena. Só uma vez uma moça de cabelos louros naturais, quis ficar ruiva — disse a cabeleireira.

Ela entendia do assunto. Cortou os cabelos em volta do rosto, um pouco mais curtos na frente do que atrás. Já que meus cachos eram bem soltos, pelo menos não ia parecer que eu estava com uma peruca de palhaço. E era um estilo moderno, bem "não interiorano". Meus olhos ficaram subitamente enormes e meu queixo ficou pontudo como eu nunca tinha notado. A cor não parecia falsa e eu fiquei com a aparência de uma mulher adulta, cosmopolita. Não estava feia nem nada. Só não era mais a menina que morava lá embaixo na rua. Senti como se eu pudesse flutuar ao teto e, até então, tivesse carregado por anos um galão amarrado na testa.

— Está ótimo — balbuciei para a cabeleireira, que tinha uma mecha roxa nos cabelos pretos como graxa de sapato. — Vai ser fácil de cuidar e, sabe, preciso mantê-lo arrumado no trabalho, então vai ajudar... — Não conseguia esperar para enfiar os quarenta dólares na mão dela e sair.

— Aqui tem um metro de cabelos — ela me disse. — É o mais comprido que já doamos!

Uau, eu me senti maravilhosa. Mais uma cortesia inútil de Scott Early. Ele mesmo podia ter cortado.

Depois da aula, liguei para Kelly e me apresentei.

— Aqui quem fala é Rachel Byrd, com y. Vi seu anúncio. — Escolhi meu nome com cuidado. Rachel, que chora na Bíblia por seus filhos perdidos e Bird, que significa pássaro em inglês, porque Becky tinha escrito "O cisne é igual a um pássaro, só que maior". Não esqueceria isso, mesmo que estivesse atendendo uma emergência. Kelly perguntou se eu podia ir até lá naquela mesma hora e se eu tinha um currículo.

— Não tenho, no momento estou sem impressora. Meus pais vão me comprar uma de segunda mão. Sou paramédica, quer dizer, estou estudando para ser, mas posso dar cartas de referência. Muitas. Fui voluntária quando tinha apenas 12 anos e carregava bebês no colo, além de praticamente ter cuidado do meu irmãozinho, porque minha mãe adoeceu quando ele nasceu.

Fiquei o tempo todo em pânico, pensando: cartas de referência de quem? Será que Clare mandaria uma que não tivesse carimbo do correio de Utah? E o "Rachel Byrd"? Se ela fosse escrever, como faria? Enviaria para a mulher de Scott Early? Não, claro, podia mandar para mim. Eu podia dizer que ia usar em vários formulários de candidata a emprego. Podia também refazer a carta numa impressora da faculdade. Mas eu conhecia alguém que morasse fora de Utah? Minha tia Jill no Colorado? Minha tia Juliet de Chicago? Será que referência dada por parente valia? Será que ela desconfiaria de endereços do Oeste? Não. Ridículo. Ali era a Califórnia. A Califórnia ficava no Oeste. Mas eu tinha de achar um jeito de resolver o problema do nome. Apagá-lo, alguma coisa assim. Eu só tinha de ficar calma e ser a Rachel de cabelos castanho-claros.

Uma hora depois, estacionei na frente da grande casa rosa de dois andares.

Kelly e eu nos cumprimentamos. Ela imediatamente disse:

— Paramédica. Então deve saber o que é ressuscitação cardiopulmonar de bebês.

— Sei, todas as pessoas que ficavam com os bebês tinham de saber e também aprendi isso nas aulas de saúde, em casa. — Em poucas semanas, sabia que ia aprender outra vez, em nossas aulas sobre vias respiratórias. Eu tinha visto na relação de cursos.

— Como você é experiente — Kelly se admirou. Tinha uma voz macia, ansiosa mas segura, ainda que quase infantil. E apesar de ser uma mulher bonita, parecia bem mais velha do que no tribunal ou mesmo naquela manhã de domingo na igreja. Tinha olheiras maldisfarçadas por uma maquilagem borrada e estava magra demais, embora o rosto fosse cheio.

— É verdade, sei quase tudo sobre saúde de bebês, mesmo numa situação de crise. — Estávamos começando a aprender como o sistema orgânico do bebê era pequeno, a cabeça tão maior que o corpo, e que essa talvez fosse a parte mais traiçoeira de nosso trabalho: era preciso ser delicado mas firme com as pressões, empurrões e inserções para não causar mais mal do que bem à criança.

— Quer ver Juliet? — perguntou Kelly. — Gostaria que conhecesse meu marido, mas ele está na faculdade. Mudamos há apenas dois meses, antes de Juliet nascer.

Contei:

— Minha tia também se chama Juliet.

— É um lindo nome, não? Mas também é triste, não? Quando se pensa na Juliet de Shakespeare, que só tinha 14 anos. Não posso nem pensar. Foi Scott quem escolheu o nome. No começo, fui totalmente contra. Achei que dava azar, mas agora eu também gosto. Eis aí a minha menina! — Minha pele formigou como se não coubesse mais em mim. O comentário de Kelly era exatamente o que eu sempre achei do nome da minha tia.

Mas Juliet era um lindo bebê, talvez o mais lindo que eu já tinha visto. Suas pestanas eram compridas como a ponta das minhas unhas pintadas de rosa, a pele era suave como damasco e tinha tufos de cabelos entre o castanho e o louro, exatamente como Jade. Eu quase falei como ela parecia com minha irmãzinha Becky quando bebê.

Na verdade, eu mal lembrava de Becky quando bebê.

— Ela é maravilhosa — elogiei. Peguei aquela palavra da Sra. Desmond, que usava-a para tudo, de bolachinha de chocolate a TiVos do programa *The Price Is Right*.

— Linda, não? — Kelly confirmou. — Nunca imaginamos tê-la, meu marido estava... doente. Ficou muito doente e passou quase cinco anos no hospital.

Não chegou nem perto de cinco anos, pensei. Foram apenas quatro anos. Mais exatamente, três anos e 11 meses.

— Ele melhorou? — me senti obrigada a perguntar.

— Melhorou muito. Está ótimo. Ele não sabia o que havia de errado e ele... — Kelly se inclinou sobre o cesto de Juliet e afofou o pequeno travesseiro nas costas dela. Era como os travesseiros estabilizadores que estávamos aprendendo a usar na aula para impedir que a cabeça da pessoa se mexesse quando tinha um provável dano espinhal, só que aquele era pequeno. Ela então disse:

— Não sei como dizer, mas Scott teve uma doença mental. Não vá se assustar. Ele não é perigoso nem nada. Fez uma coisa... inacreditável, quando estava doente. Não se lembra, mas quando entendeu o que fez... passou meses querendo se suicidar. Não se preocupe. Você jamais diria que ele teve isso. É um pai ótimo. Adora Juliet. Estuda biblioteconomia. Formou-se em farmácia antes de adoecer. Foi... horrível. Ele magoou terrivelmente uma família.

Tive vontade de dar um soco nela.

Tive vontade de abraçá-la.

Magoou uma família? Senti aquele gosto na boca e um nó na garganta.

Mas, pensei, o que aquela coitada podia dizer para uma provável babá? Meu marido matou duas crianças? E ele está bem porque toma remédios e você não vai ter de vê-lo muito?

Se ela tivesse me contado a verdade sobre Scott Early, será que alguém que não fosse eu teria coragem de trabalhar naquele apartamento limpo e despojado, com buquês de flores frescas, poucos e simples enfeites e fotos escolhidas a dedo? Será que qualquer pessoa não sairia correndo? Kelly tinha ido para lá com um motivo, exatamente como eu, mas o dela era fugir de tudo o que fosse conhecido. Talvez, de certa forma, também fosse o mesmo motivo meu, pelo menos em parte. Eu tinha de garantir que meu... plano não-realizado poderia funcionar à luz do dia. Mas Kelly achava que estava terminando seu calvário. Achava que o perdão de meus pais e a mudança de cidade melhorariam tudo, fariam com que tudo sumisse.

Eu realmente não entendia por que ela estava lá. Se Kelly tivesse tido um filho de Scott Early e depois largado dele, eu a compreenderia. Ela teria conseguido o melhor do rapaz que um dia amou, mas não teria de viver com um homem mau. Eu já estava entendendo por que minha mãe considerava Kelly uma pessoa delicada e decente. Mas ela *não o tinha* deixado. Continuou com ele, como aquelas mulheres cujos maridos afastam-nas da fé dizendo que continuam a amá-las de qualquer jeito, ou como os que destruíam a família por causa de bebida, de fraude, jogo ou até heresia. Será que era luxúria? Será que era uma fidelidade mal direcionada, uma promessa que nem Nosso Senhor exigiria que alguém cumprisse?

Mas Kelly era uma salvadora.

Eu também era.

E algumas pessoas não mereciam ser salvas.

Aquele bebê, entretanto, merecia.

E esse seria o meu trabalho. Eu não sabia direito, mas fui tendo uma idéia, leve e cambiante como uma nuvem de vapor.

— Você trabalha em quê? — perguntei a Kelly, embora já soubesse. Bons candidatos a emprego fazem perguntas.

— Sou conselheira pedagógica — disse Kelly. — Você não acredita nos problemas que as crianças de hoje têm. Parece que são até piores do que no nosso tempo. Elas me falam de tudo, desde... ai, meu Deus, o tio que tenta ser, bem, muito íntimo, até as mães que estão preocupadas porque os filhos estão gordos demais! Bom, imagino que você conheça os problemas dos adolescentes não? Quantos... anos você tem?

— Dezoito — respondi. — Faço 19 em 10 de dezembro. Sei que pareço mais jovem. Sempre fui assim. — Minha primeira mentira escancarada. Pelo menos o dia em que nasci estava certo. — Meus pais também são professores. — Isso não era mentira. Minha mãe tinha dado aulas para nós, não tinha? — Não ganham muito, por isso eu preciso trabalhar. Moramos numa área rural ao norte de Phoenix.

Bom, *era* ao norte de Phoenix. O Canadá também era.

— Por que veio para a Califórnia?

— Ah, é um lugar tão lindo, não? Tem sol o tempo todo, não é quente nem seco demais e tem o mar... — Tentei parecer uma garota sensível, mas não muito intelectual. Foi mais fácil do que imaginei. — Nunca vi um clima melhor do que aqui! Quero aprender a surfar! E espero fazer faculdade aqui, assim eu... poderia conseguir uma bolsa de estudos estadual. Não sei se vou conseguir. Os cursos aqui são caros, mas é possível. Posso garantir que fico aqui no mínimo um semestre, talvez o ano todo. — Tudo era possível. — Pelo menos, posso dar a Juliet um bom começo.

— San Diego é uma coisa, não? A cidade mais linda que já vi — disse Kelly, parecendo sonhadora. — Dá a impressão de que as pessoas que vivem aqui são felizes sempre.

Uma, não era. O bebê escolheu aquele instante para acordar. Gritou agudo e, instintivamente, peguei-a no colo.

— Olá, princesinha — falei e virei para Kelly. — Acho que vamos precisar de outro macacão, esse está meio sujo.

— Tenho de parar de amamentá-la, mas vou tirar leite com a bombinha de sucção — disse Kelly, os olhos arregalados, lamentando. Abriu uma gaveta da cômoda pintada de bolinhas e pegou uma fralda e um body com um macaquinho estampado na frente. Com alguns gestos hábeis, vesti Juliet, depois de limpá-la com cuidado e dobrar a fralda com destreza fazendo um pequeno pacote.

— Amamentar o bebê, mesmo que seja por poucas semanas, é melhor do que nada — considerei, lembrando de Rafe e minha mãe. — O colostro é importante. É forte. Ela vai ser ótima, não é senhorita Juliet... acho que não entendi o sobrenome dela.

— Engleheart — disse Kelly. — É o meu sobrenome. Nós... preferimos usar o meu. Não por sermos muito modernos. Mas porque combina. Minha avó disse que significa "coração de anjo" em alemão. É tão lindo, não? — Eu sabia muito bem por que escolheram aquele sobrenome. Porque tinha muita gente que sabia quem era Scott Early. — Bom, seu trabalho consiste no seguinte: eu trabalho das nove às três. Quase todos os dias, meu marido vai para a faculdade às oito e às vezes só volta às cinco ou seis. Assim, preciso de alguém de oito às três, mais ou menos, quatro dias por semana. Às sextas, Scott não tem aulas. E às vezes, nem sempre, gostamos de sair para comer uma salada ou ir ao cinema... então, será que você tem uma noite ou um fim de semana que possa trabalhar até mais tarde?

— Posso. Preciso de uma renda extra, embora tenha de estudar muito. Mas, se não houver problema, posso estudar enquanto ela estiver dormindo.

— Ah, claro, não espero que você limpe nada. Só cuide das coisas dela, talvez lavar um pouco de roupa com o sabão do bebê. Ela usa tanta roupa! E você pode almoçar aqui. Compraremos o que você gostar.

— Bom, obrigada — eu disse. — Aceito. Meu treinamento é bem intensivo. Começa daqui a umas seis semanas, então faço estágio e acompanho saídas, por isso não estarei livre todos os fins de semana. Mas minhas aulas são à noite, porque eu tinha de trabalhar de dia... só não tenho aula às sextas!

— Então está acertado!

— Espero que você não tenha se importado por eu pegá-la no colo! Devia ter perguntado antes. Mas lavei as mãos com antisséptico antes de vir. Isso agora virou um hábito para mim, assim como usar luvas de borracha!

Ela me olhou de um jeito estranho e de repente perguntou:

— A gente... não se conhece?

Senti o coração acelerar em seu conhecido *staccato*. Será que os cabelos castanhos me fizeram ficar parecida com minha mãe? Será que Kelly lembrava de uma foto de jornal, uma cena de tevê ou da nossa família, eu berrando com os repórteres, ou pálida na escada do tribunal? Será que minha fisionomia era tão marcante?

— Acho que não. Mas peguei seu anúncio na igreja de Saint James... sabe onde é? — perguntei, inocente.

— Ah, foi isso! Nós vamos a Saint James. Você também?

— Costumo ir à igreja mais próxima de onde moro, em La Jolla. Eu queria muito morar na praia! Mas estive em Saint James. — Pelo que me lembrava, eu não tinha dito nenhuma mentira completa, exceto em relação à idade. Nem o nome era mentira. Meu pai uma vez disse que não era ilegal usar o nome Pato Donald, pois as estrelas de cinema trocavam de nome sempre. A menos que a mudança fosse para cometer um crime.

Cometer um crime.

— Deve ter sido lá que vi você — disse Kelly. — As pessoas lá são tão gentis. Essa mocinha aí tem montes de vovós no berçário da igreja. Quando vou, posso me concentrar e... — Ela suspirou fundo. — Preciso disso.

— Eu também — concordei.

— Bom, volto a trabalhar daqui a duas semanas, Rachel — disse Kelly. — E vou entrevistar mais duas garotas para esse emprego. Mas realmente acho que não preciso mais procurar, depois de conhecer você. Se puder aceitar o que posso pagar, são 12 dólares a hora para começar. Desculpe não poder dar benefícios como férias pagas. Você seria uma autônoma e pagaria seus impostos...

— Não tem problema — eu disse.

— Então podia vir treinar esta semana, conhecer meu marido e começar daqui a 15 dias, na segunda-feira?

— Posso — respondi, com uma sensação física parecida com a dor de uma picada ou de uma queimadura subindo pelos meus braços, ao pensar na frase "conhecer meu marido". Nós nos cumprimentamos e toquei na bochecha do bebê. É ótimo, falei para Juliet com meu coração. Eu sabia que ia conseguir o emprego. A linha vermelha, pensei.

Naquela noite, escrevi para tia Juliet pedindo uma recomendação falando na minha competência para cuidar de crianças pequenas, mas sem colocar meu nome, já que não queria que achassem nada de estranho, caso lembrassem da "Ronnie Swan" do assassinato. Tinha aprendido que, por melhor que a pessoa seja, costuma ser julgada por alguma coisa ruim que tivesse acontecido com ela. Escrevi também para a prima Bridget, que estava fazendo faculdade no Art Institute de Chicago, e disse a mesma coisa, pedindo para se referir a mim como "minha prima".

Mas, assim que mandei as cartas, Kelly ligou:

— Não preciso de referências, mas gostaria de ler as cartas. Há coisas que a gente sente — ela disse. E pensei, triste, que ela estava certa. — Entrevistei as outras candidatas ao emprego e não quero parecer agressiva, mas não deixaria que elas tomassem conta nem do meu gato, se tivesse um! Usavam esmalte preto e tinha uma que até fumava, apesar de dizer que só fumaria do lado de fora da casa! E quem ficaria olhando Juliet enquanto ela estivesse lá fora?

— Bom, as crianças são a coisa mais importante, mas tem gente que não as leva a sério — eu disse, meio me detestando por enganá-la.

Na sexta-feira, depois da aula, fui "conhecer" Scott Early.

Foi incrível.

Ele era mesmo aquele homem bonito e afetuoso que vi na igreja. Tinha um jeito educado e seguro e um aperto de mão forte. Isso não mudou nada do que eu achava dele, mas fiquei impressionada com o poder da ciência médica. A *medicina* tinha conseguido aquilo? Tive de lembrar a mim mesma que eu precisava fazer algo que não tinha nada a ver com o Scott Early daquele momento, mas com o que ele tinha feito antes e poderia fazer depois. Ele olhou bem na minha cara e eu sabia que nunca tinha me visto mais gorda.

— Vai cuidar bem da minha menininha? — perguntou.

"Como você cuidou das minhas?" pensei. Em vez disso, falei:

— Claro. Não precisa se preocupar. — Não precisava mesmo.

Eles foram ao cinema. Dei a mamadeira para Juliet, abri a janela para uma noite suave e salobra e fui decorar o nome de todos aqueles ossos. Trabalhei quarenta minutos e não consegui me conter, fui abrir gavetas. Durante 17 anos eu respeitei a privacidade dos outros. Meus pais jamais abriram sequer um catálogo de roupas de ginástica que chegasse em meu nome. Mas em poucos meses me tornei especialista e grande bisbilhoteira, mexendo no quarto de Miko e agora ali.

Comecei pelo armário de Kelly. Tinha algumas roupas de trabalho, alguns jeans, shorts e camisetas, que estavam desbotados. Até Clare tinha seis ou sete pares de sapatos, mas Kelly tinha só quatro: preto de salto, marrom de salto, tênis e sandália. Fui à cômoda dela. Achei roupas de baixo limpas e macias, com sachês de lavanda no meio dos sutiãs. Roupas de ginástica. Um véu de noiva numa caixa especial, fechada hermeticamente. Um ursinho vermelho sexy. Pílulas anticoncepcionais e alguns cartões de Dia dos Namorados. Na gaveta de baixo tinha um livro azul simples, de papel artesanal, em cima dos suéteres. Peguei. O que eu esperava achar ali? Histórias de horror? Um livro de anotações terríveis, cheio de recortes de jornais? Era apenas o livro de bebê de Juliet, com os pezinhos dela carimbados. "Juliet Jeanine Engleheart" estava escrito à mão na primeira página, enfeitada com estrelinhas prateadas. Kelly tinha escrito tanta coisa sobre o primeiro mês de seu bebê que até os cantos estavam cheios de anotações com letras claras e pequenas. Levantei uma pilha de suéteres. Então, vi. Sabia o que era. Uma faca de mola, do tipo que os caçadores usam para matar gamos. Meu pai tinha uma que escondia no alto do armário; nem minha mãe conseguia alcançar. Não toquei nela, mas minhas mãos tremeram. Pensei: isso prova que nem ela confia nele. Coloquei os suéteres no lugar com cuidado.

O lado do armário que pertencia a Scott Early não era muito interessante. Tinha uma série de gavetas de plástico, como aquelas vendidas na Sears, com cuecas e meias. Jeans, camisas pólo, mocassins. A mesa-de-cabeceira dele tinha duas gavetas. Na de cima havia um romance sobre um homem que vendeu a aliança de casamento e passou o resto da vida tentando recuperá-la; tinha também um livro sobre navegação e uma caixa de lenços de papel. Comprimidos em diversas caixas cuidadosamente marcadas: "Manhã", "Almoço" e "Deitar". Uma chupeta de recém-nascido. Na segunda gaveta, havia um diário. Sentei na cadeira de balanço. O diário começava pelo nascimento de Juliet, mas algumas páginas anteriores tinham sido arrancadas. Vi as beiradas, duras como uma sebe recém-podada.

Este é o começo da minha verdadeira vida. Juliet é incrível. Uma rosa. Um anjo. Deve haver alguma coisa na minha vida, talvez a Misericórdia Divina, que permitiu que algo assim acontecesse comigo, pois não mereço. Estávamos jantando no Sambucco quando a bolsa d'água de Kelly rompeu e começaram as contrações. Tive de chamar a ambulância e a pobre Kels ficou muito constrangida, porque aquele era o "nosso" restaurante. Ela chorava e dizia que nunca mais voltaríamos ali. Estraguei a cadeira! Eles nos levaram direto para o elevador. Quando chegamos ao andar da maternidade, as enfermeiras ficaram nos apressando, porque Kelly já estava com seis centímetros de dilatação. Depois de um pouco de força para expulsar o bebê, lá estava ele. Deve ter sido bem pior para Kels do que ela diz. Eu queria chamar o bebê de Jóia, pois é o que ela é. Mas Kelly disse que era nome de música country. Pensei em Juliet porque soa parecido com Jóia; Kelly não gostou muito, mas concordou. Talvez estivesse cansada. Espero não tê-la forçado a aceitar!

A anotação seguinte era de setembro:

Juliet está virando uma pessoinha. Sei que ela enxerga porque olha bem nos meus olhos. Acho que vai ter olhos azuis-escuros como o mar. Estou tão contente de termos vindo para cá. O Colorado é muito poeirento e seco. Quero ensinar Juliet a nadar. Não vejo a hora de ela falar "papai".

Li a outra anotação.

Me sinto tão culpado. Kels tem de fazer tudo para nos sustentar e ganha pouco. Não tem um vestido novo há anos. Eu me sinto tão bem, estou aprendendo tanto, mas ela chega em casa muito deprimida, porque os alunos na escola são muito problemáticos. Não acredito que os pais possam ser tão relaxados. Nem pensam que o que fazem influencia os filhos. Kelly me disse que um pai mandou a filha comprar cigarros para ele!

Fechei o livro, coloquei o pequeno cadeado no lugar e conferi que abria com facilidade, sem precisar de chave. A indignação de Scott Early com o pai que fumava era o máximo que eu conseguia agüentar.

Juliet começou a resmungar, troquei-a, dei a mamadeira e fui me acalmando. Comecei a cantar:

— Não chora nenê, durma meu nenê. Quando acordar, vai ver todos aqueles cavalinhos...

Eles chegaram às nove, calmos e rindo.

Pagaram a minha diária e me contrataram.

Agradeci. Prometi que faria sempre o melhor por Juliet.

Desci e ouvi alguém cantar baixinho. Olhei para trás e vi o janelão da frente do apartamento deles. Os dois estavam dançando, com Juliet no meio deles. Minha mãe dançava com Rafe subido nos pés dela, rodava como ele queria até que ficava tonto e caía no tapete rindo. Mas lembrei de uma coisa, enquanto olhava-os. Eu era pequena, devia ter 6 ou 7 anos. Minha mãe estava dançando uma música soul e segurando o braço do bebê como se os dois estivessem dançando um tango. Pelo tamanho que eu tinha na época, o bebê devia ser... Becky. A menina, que era eu, pulava ao lado da minha mãe. Ouvia meu pai rindo. *O que você quer, meu bem, eu tenho...* Minha cabeça latejou, embora eu nunca tivesse dor de cabeça. Pensei no verso seguinte da música: *O que você precisa...* Scott Early e Kelly pareciam tão felizes. Tinham tudo o que queriam. O passado era passado. Para eles. O bebê no colo de minha mãe agora estava enterrado no cemitério, suas perninhas agitadas tinham parado para sempre em suas roupas negras de domingo. Mas a menininha de Scotty Early estava forte e sadia. Ninguém jamais a machucaria. Eu mal conseguia me lembrar daquele tipo de felicidade, sem qualquer "senão" no meio, como uma pedra. Negar fazia parte da natureza humana, mas certamente eles pensavam no assassinato o tempo todo. Deviam pensar. Estavam juntos há menos de um ano, desde que ele saiu de Stone Gate. Cada dia devia ser uma dádiva para eles. Um novo pacote-surpresa para abrir, apesar da "culpa" que Scott Early sentia, culpa porque a esposa tinha de sustentá-los, não por ele ter tirado duas pequenas vidas no mesmo espaço de tempo que levou para escrever aquela frase! Depois que fez aquilo, cada dia também foi um pacote para nós abrirmos. Um pacote de obrigação, embrulhado num papel pardo sujo. Detestávamos ver o pôr-do-sol e tínhamos medo de vê-lo surgir. Passamos um ano quase sem abrir a boca para falar, mas Scott Early e Kelly estavam dançando!

E agora, pensei, até meus pais estavam felizes. O Pai Celestial concedeu-lhes a misericórdia do perdão e deixou que soltassem Ruthie e Becky como se fossem dois balões no céu, num desfile. Eles foram capazes de seguir em frente. Será que *eles* pensavam nas minhas irmãs todos os dias?

Será que eu era a única a manter vigília? Por que Scott Early tinha direito à sua "jóia"? O que minha fé tinha de errado para eu não esquecer?

Virei-me, entrei no carro e fui para casa.

A Sra. Desmond tinha deixado um bilhete para mim e um prato com pimentão recheado e purê de batatas para eu esquentar quando chegasse. Era a noite em que ela jogava bridge. Eu adorava pimentão recheado, mas o cortei com um garfo e joguei-o na privada, lavei o prato e coloquei no secador. Depois, escrevi um bilhete agradecendo o jantar. Ajoelhei-me ao lado da minha cama e rezei para que a rocha que carregava em meu peito se transformasse em pedra de gelo. Rezei para ela se desmanchar.

Deitei na cama tremendo e abri o laptop que meu pai insistiu em me dar. A Sra. Desmond tinha conexão em banda larga para mandar e-mail para as filhas todos os dias. Abri o Google e procurei lugares no Texas e no Arizona chamados Segunda Chance e Abrigo Seguro, onde garotas desesperadas, com muito medo ou muita vergonha de contar aos pais que tiveram um filho, podiam deixar o bebê para adoção, sem precisarem responder a nada. Aqueles programas de adoção funcionavam. Os bebês não eram jogados em lixeiras; às vezes, as mães voltavam; às vezes, não. Após alguns meses, aquelas organizações encontravam bons pais para os pequenos abandonados. Como se alguém tivesse soprado as instruções em meu ouvido, eu sabia exatamente o que fazer.

Capítulo Dezoito

Na segunda-feira, Kelly me deu uma chave do apartamento para, nos dias bonitos, eu passear com Juliet no carrinho. E todos os dias eram bonitos. Kelly e eu nos encontrávamos de manhã na porta e ela me dava uma lista de coisas que Juliet ia precisar durante o dia e também dinheiro, caso eu precisasse comprar alguma coisa no supermercado da esquina. Depois, ela saía correndo com a pasta embaixo do braço e a mochila no ombro. Eu a via passar rímel no espelho retrovisor do carro.

Juliet era um bebê calmo e Kelly cuidava dela como de um canteiro de rosas. Todos os dias, eu aquecia o leite que Kelly tinha tirado do peito à noite com uma bombinha e mexia na bochecha de Juliet para ela mamar. Na primeira vez em que ela sorriu, corri para a escrivaninha, peguei a máquina descartável com algumas poses sobrando e fotografei, deixando um bilhete para Kelly.

No dia seguinte, ela me encontrou na porta e me abraçou:

— Eu não estava aqui para ver o primeiro sorriso dela, mas você o guardou para mim! Rachel, obrigada!

E essa foi a primeira de umas trinta vezes que minha habilidade me deixou nauseada. Mas depois disso, eu não conseguia me conter e tirava fotos de Juliet sempre que podia, e adorava procurar as meias certas para combinarem com as dezenas de roupinhas, calças capri e minissaias que

Juliet tinha. Ela era a minha boneca. Ao segurar nas mãozinhas dela, brincar de "balanço" empurrando-a para sentar-se, eu esquecia por algumas horas o motivo de eu estar na Califórnia. Depois me esparramava com Juliet em cima de um pano no parque Beleview e tentava identificar figuras na sombra que as folhas faziam em minhas mãos, fazia formas para ela com meus dedos e, de repente, eu via aquelas mãos entrelaçadas no cemitério Pine Tree. E um filme negro aparecia para mim, me assombrando, lembrando que eu não era Rachel Byrd, uma garota normal, feliz com seu trabalho e que gostava da escola.

Eu então tentava pensar na nova família de Juliet, que devia ter esperado tanto por ela, um casal que não podia ter filhos, a alegria deles depois que deixasse Juliet bem embrulhada, alimentada e seca, em algum lugar seguro e iluminado. Os abrigos eram protegidos do tempo, não eram controlados por câmaras ocultas, mas checados três ou quatro vezes por noite por voluntários. Daria tudo certo.

Claro que eu era ingênua demais, não pensava que horas depois o FBI certamente estaria atrás de uma criança seqüestrada e que acabariam encontrando Juliet e eu, se Scott Early não me achasse antes. Eu seria condenada e presa por crime federal, teria o destino que Scott Early jamais teve. Mas, à medida que meus pensamentos iam surgindo em espiral e ficavam à deriva, eu achava que ninguém perguntaria nada e nem me acharia, já que eu teria ido embora há muito tempo, de volta para Utah, com meus cabelos na cor natural, minha alma na consistência normal. Pensei em deixar o carrinho de Juliet no parque Beleview, como se alguém tivesse levado nós duas. Bela idéia! Eu estava matriculada no curso com meu nome verdadeiro e não me ocorreu que, em dez segundos, qualquer idiota ligaria Scott Early a mim. Estava com quase 17 anos, porém não parecia mais velha, nem mais jovem. Não tinha idéia de como as coisas funcionavam. E acho que nem queria saber muito.

Quando passava pela minha cabeça a dor de Kelly, o que acontecia algumas vezes, como quando ao lavar as roupas dela na máquina (o que a deixava muito agradecida) e dependurar camisetas com os dizeres MÃE DE JULIET! Então eu pensava na mancha de sangue no barracão e na outra mancha escura no chão, que respingou na mesa de piquenique.

Juliet não estaria morta, com a vida cortada num instante, como minhas irmãs.

Ela estaria livre, livre de Scott Early e da nódoa de sua presença doentia.

Mas será que ele sempre foi doente? Ou a doença era a única parte dele que assustava? Todas as vezes em que o via, ele era todo gentileza e bom humor, mas aquilo não podia mudar? Eu sabia que doentes mentais às vezes se sentem tão bem que simplesmente param de tomar os remédios e Scott Early também podia fazer isso. Senão, por que Kelly teria aquela enorme faca de caça? Tinha de haver um motivo. Eu sabia que ela faria qualquer coisa para salvar Juliet. Mas e se ela não pudesse? E se só eu pudesse? Confortei-me com as palavras da Bíblia: havia um caminho para mim e eu tinha de percorrê-lo. Um caminho feito por Nosso Senhor.

Mesmo assim, eu ficava ansiosa pelas folgas, quando não tinha de pensar naquilo, podia ser "normal" e fazer tudo o que as outras garotas faziam.

Kevin e eu nos encontramos antes de nossas provas sobre ossos numa lojinha de chá chamada LMNO, que era perto do parque Belleview, que por sua vez ficava a uma caminhada da casa de Kelly e Scott Early. Kevin pegou Juliet no colo com jeito e contou que tinha uns dez priminhos.

— Que lindinha! — exclamou. — Tenho muita vontade de ter um bebê. — Ela deu um arroto e Kevin disse: — Mas posso esperar. Falando nisso.... Ronnie, *o que* você fez com seu cabelo?

— Caiu — falei, rindo.

— Você pintou. Minha namorada diz sempre que daria o dedinho esquerdo para ter cabelos ruivos e cacheados enquanto você... o que fez?

— Queria mudar. Estado novo. Vida nova. Trabalho novo.

— Talvez eu deva pintar meu cabelo de ruivo — brincou Kevin.

— Talvez você deva dizer quais são os ossos principais da cabeça. Quantos são os temporais? Quantos os occipitais?

— Sei que esperança é aquele negócio colorido que gruda na alma...

— Fala sério! O que vai dizer quando a professora perguntar do seu etmóide?

— Vou dizer que sou sino-americano.

— Ai — falei, e dei um soquinho no braço dele. Foi como se uma mosca tivesse pousado nele. — Kevin, vamos!

— Você está se referindo àqueles dois ossos faciais? — ele perguntou. — Devem ser os lacrimais, nasais, zigomáticos, maxilares, palatinos, os inferiores...

— Você sabia tudo!

— Você sabe que os orientais são mais inteligentes. Não vê televisão? O personagem chinês sempre acerta. — Kevin me fazia sentir criança outra vez. Por que seria? Eu era criança. Só que... não sentia aquilo há tanto tempo.

Uma noite, quando cheguei em casa após as aulas, a Sra. Desmond me entregou uma carta que peguei, assustada. As únicas correspondências que recebia eram cartões de Clare, em Boston, de Emma, de casa e grandes pacotes enviados por meus pais, com desenhos que Rafe fez de mim.

Não havia remetente, só um endereço, também em Boston. Li:

Querida Annie Oakley,
Acabo de saber que minha irmã não escreveu para você nem uma vez, desde que você foi embora! Sacana! Bom, não sou escritor, mas pensei em mandar umas linhas. Talvez você possa responder. Garanto que faculdade de medicina não tem nada a ver com curso secundário. Não tenho tempo para cervejotas nem garotas (exceto uma, detalhes a seguir). Tenho de estudar todas as noites. Trata-se da Universidade de Boston, então não reclamo. Não sou o que você chamaria de

gênio. Outro dia estava no cais e você não imagina quem encontrei. Clare! Ela estava aqui só por três dias, dando um concerto com seu coral da Juilliard School! Como pode duas pessoas vindas do meio do nada de repente darem de cara em Boston? Ela me deu seu endereço. Está linda, mas sempre foi. Acho que passa o tempo todo tendo aulas, teoria musical, essas coisas. Tomamos um café. Não se preocupe: ela tomou limonada! Contou que você está muito só. Por que não faz surfe? Tem medo de ser comida por um tubarão? Estou namorando e acho que é para valer. Ela veio do Colorado para cá só para ficar comigo. Não moramos juntos, mas ela trabalha perto de onde moro. Quer ficar noiva. Não sei se posso assumir esse compromisso agora. Estou pensando em, talvez, daqui a dez anos! Mas gosto muito dela. Serena está ótima. Vai para a faculdade de Cape Cod porque meus pais não querem pagar uma boa faculdade até ela decidir o que vai fazer. Clare disse que você estuda para ser bombeira, é verdade? Estranho. Mas consigo imaginar você dirigindo um carro de bombeiro! Bom, se você quiser conversar, aí vai meu telefone. Ou pode me mandar umas linhas de vez em quando. Estou fazendo laboratório de fotografia.

Seu velho amigo,
Miko S.

Apertei a carta e achei que fosse chorar.

Mas por quê?

Miko estava feliz. Estava apaixonado. Eu tinha certeza que Clare tinha contado que eu estava estudando para ser paramédica, e não bombeira e que ele simplesmente não prestou atenção, talvez porque estivesse vidrado olhando para Clare, que estava praticamente noiva do filho do Dr. Pratt, como eu brinquei com ela quando éramos... meninas. Bom, não éramos tão pequenas. Tinha sido há alguns anos. Por que parecia um século? Eu era a única que continuava.... encalhada. Alisei a carta de Miko e retirei com a unha o endereço adesivo. Corri até a esquina e comprei um postal mostrando a praia. Escrevi: "É aqui que passo a maior parte do tempo! Vou ligar para você! Talvez depois das aulas de surfe! Depois... Ronnie Swan."

Na terça à noite, após a aula, conheci Shira, a namorada de Kevin. Pensava que ela também fosse chinesa, mas era uma judia miudinha. Estava fazendo um filme e resolveu gravar umas cenas do restaurante. O filme se chamava *Américas* e era para mostrar imigrantes.

— Eles aqui não são exatamente imigrantes, mas e daí? — ela considerou. — Meus avós também não são, mas parecem. Já basta! — Tinha longos cabelos ondulados, mas castanho-claros. Kevin havia comentado com ela sobre o meu cabelo.

"Desculpe perguntar, mas por que cortou seu cabelo?" — disse, enquanto pedimos um prato de legumes à chinesa, já que ela era vegetariana.

— Só para mudar — respondi.

— Com esses olhos verdes? — Ela bateu os *hashi* no prato. — Kevin me disse que foi um crime você cortar os cabelos. Falou de um jeito que senti ciúmes.

— Você tem ciúme de todo mundo! — Kevin interrompeu.

— Bom, eu moro há duas horas de distância de você, amor! — Ele levantou-a do chão como se ela fosse de plumas. Shira esperneou até ser colocada de volta no chão. — Essa é uma das desvantagens de ser pequena. Além de só poder comprar na seção onde as camisetas têm estampas de gatinhos! Fiquei tão contente quando a Gap começou a ter tamanho 34. Mas acaba que o manequim 34 é na verdade 38 que, na verdade, é 40! Voltei para a seção infantil. — Ela sorriu e, embora fizesse com que eu me sentisse um navio-tanque, tive de sorrir também. — Escute, amiga. Deixe crescer o seu cabelo.

Mas eu não podia. A cada duas semanas, eu passava água oxigenada nas raízes e um pouco de henna que a Sra. Desmond disse ser melhor do que tintura.

O outro motivo para Shira estar na cidade, além do filme, era assistir ao jogo de hóquei que Kevin ia participar. Ele jogava no time semiprofissional do San Diego Sailors. Toda vez que estudávamos juntos os ossos, o sistema circulatório, o coração e suas funções e disfunções, ele me convidava para assistir a um jogo com os amigos dele e outros colegas mais jovens da classe, mas eu sempre dizia que não tinha tempo. Na verdade, eu não sabia a diferença entre um bastão de hóquei e uma perna de pau de brinquedo e não queria parecer idiota. Naquele dia, eles me convidaram de novo. Pensei que tinha de estudar isquemia, angina do peito, enfarto agudo do miocárdio, fibrilação ventricular, taquicardia, assistolia. Então, decidi:

— Claro que vou, por que não? — Como Shira também ia, achei que não haveria problema pois, se ela conseguia entender o jogo, eu também conseguia. Eu só sabia que o rinque tinha dois lados e uma rede de cada lado. Não podia ser tão complicado, não? Shira explicou o básico e, apesar de eu nunca ter patinado no gelo, era bem parecido com um contra-ataque no basquete, embora evidentemente fosse ilegal. No final do primeiro tempo do jogo, eu já estava levantando e gritando toda vez que Kevin fazia uma defesa e dançando ao som de "Surfin' USA" toda vez que a equipe dele marcava um tento. Era impressionante a força e agilidade que Kevin tinha nas pernas e seus reflexos, já que ele não parava de dobrar os joelhos, desviar e se jogar para cima do taco. Comentei com Shira:

— Eu não conseguiria fazer isso andando, não sei como eles conseguem fazer patinando no gelo!

— Ele joga hóquei desde os 3 anos de idade. Para ele, é como andar — ela disse.

— Ninguém diria, já que aqui nessa região não neva...

— É, mas o pai dele jogava em Nova York. Estudou lá. Ia ser médico.

— Kevin disse que a família não tinha médicos.

— Bom, o avô dele morreu atropelado por um motorista bêbado. E a avó tinha o restaurante, foi assim que aconteceu. Os chineses são como os judeus, a família vem sempre em primeiro lugar.

— Isso explica muita coisa. Kevin adorava inglês...

— Mas agora vai fazer isso. É complicado, mas acho que faz sentido. Como faz sentido jogar hóquei na Califórnia — disse Shira, dando de ombros.

— Acho que sim. Onde eu nasci, todo mundo sabe esquiar antes de aprender a ler, no inverno costuma fazer 15 graus, menos lá nas montanhas.

— Eu jamais saberia esquiar — considerou Shira.

— É fácil, basta dobrar os joelhos e deixar a gravidade fazer o resto — eu disse.

— É fácil se você nasceu no Idaho ou outro lugar assim, não no Brooklyn.

— Eles... os Chan aceitam você? Não sendo... metodista?

Shira riu.

— Achei que você ia dizer por não ser chinesa! No começo eles estranharam um pouco, até que Jenny finalmente disse que é tudo a mesma coisa... — Fiquei desanimada e Shira perguntou: — O que houve?

— Não sei. Nada. Recebi uma carta de um cara. Ele nasceu no mesmo lugar que eu, mas é católico e eu sou mórmon. É ridículo. Ele sempre me considerou a garotinha que morava na mesma rua e tinha um cavalo...

— Mas você considerava-o outra coisa.

— Nem tanto.

— Garanto que sim — insistiu Shira.

— Ele está apaixonado por uma garota, completamente feliz.

— Você gostaria que fosse por você. Então por que você não... fala para ele?

— Jamais conseguiria. De todo jeito, não posso... nós não costumamos...

— Casar fora da comunidade? Os judeus também não. Kevin teria de se converter ao judaísmo.

— E ele aceitaria?

— Diz que sim. Veremos...

— Bom, esse cara é italiano e muito católico. Não me vê como pretendente. — Lembrei da foto minha montada em Jade, prendendo meus longos cabelos.

— Desculpe, mas não tenho certeza — disse Shira.

Os Sailors venceram os Coronado Corsairs por três a zero. Depois do jogo, fomos tomar cerveja e um refrigerante de limão.

— Não bebe álcool?

— Sou menor de idade — brinquei.

— Mesmo se fosse maior, não importa. Ela não pode tomar chá nem café — contou Kevin.

— Kevin virou especialista na Palavra da Sabedoria — falei para Shira com um sorriso malicioso.

— Você não pode fazer *nada*! — disse ele, quase alto.

— Eu posso fazer qualquer coisa que precise. Ninguém precisa pôr porcaria na cabeça deles para roubar seus cérebros — falei, mostrando a caneca de cerveja de Kevin. Todo mundo riu e Kevin ruborizou.

— Mas ela pode tomar Coca-Cola, embora tenha cafeína...

— Mas a Coca-Cola tem de receber uma bênção especial — eu disse. Todos riram de novo.

— Desisto — disse Kevin.

E Shira concordou:

— Acho melhor, desista enquanto está perdendo.

Gostei de Shira. Em pouco mais de um mês, fiz dois amigos, conheci um monte de gente nas aulas e ainda a Sra. Desmond, que acabava fazendo mais um pouco de jantar toda noite e esquecia de me cobrar os cinco dólares extras. E até então eu tinha conseguido ter só um contato superficial com Scott Early. Kelly deixava meu pagamento num envelope encostado no abajur, e Scott costumava remar às sextas-feiras e depois reunir-se com um grupo religioso que ele mantinha para filhos de moradores de rua. Assim, mal nos víamos.

Até que uma tarde, ele pediu para eu levar Juliet à biblioteca onde trabalhava como voluntário. Não pude recusar. As senhoras que estavam lá ficaram encantadas com o bebê, que passou de colo em colo como um bordado raro.

— E você deve ser Kelly! — disse uma senhora mais velha.

— *Não!* — falei tão alto que os funcionários da biblioteca viraram a cabeça para mim. Gaguejei: — Bom, quer dizer, sou muito jovem para ser mãe deste bebê lindo, não? Sou apenas a babá. Kelly é tão bonita quanto Juliet. — Foi um engano natural, já que tenho cabelos castanhos como o bebê, embora Kelly fosse bem loura.

Scott Early pediu desculpas depois que as senhoras sumiram. Ele estava ajudando a decorar a seção infantil para o Dia das Bruxas. Segurou Juliet no colo e tentou que ela batesse num morceguinho de papel.

— Você não acreditaria nas coisas que acontecem aqui, Rachel — ele me disse, baixo. — Teve uma mulher que, na certa estava correndo do trabalho para casa, e a filhinha dela não conseguia resolver que livro levar: a mulher deu uma palmada nela! Pode ser que a mulher estivesse apenas estressada. Mas não consegui entender como pôde fazer aquilo com uma criança pequena. Não consigo pensar em dar uma palmada em Juliet só por estar fazendo algo devagar, entende? Aliás, nem por motivo algum. — Ele segurou Juliet bem junto. — Às vezes, não sei quem vive mais estressado, se as mães e pais que ficam em casa e vêm aqui, ou os que correm de casa para o escritório. Não há dúvida que ser pai ou mãe é estressante hoje, todo mundo está com pressa...

Ele continuou falando, mas não ouvi.

Minhas mãos ficaram frias, tão frias que tive de enfiá-las nas mangas do casaco barato que comprei numa loja Goodwill. Scott Early era completamente sincero. Achava mesmo que ver uma mulher dar uma palmada na filha era horrível e queria compartilhar esse sentimento comigo. Balancei a cabeça e murmurei alguma coisa. Disse a ele que precisava ir para casa, meu trabalho tinha terminado e eu tinha aula. Corri para o apartamento e cheguei na mesma hora em que Kelly.

— Não sabia que você era corredora — disse ela, rindo.

Enfiei-me na segurança do meu carro, sentindo muito frio no sol do entardecer de San Diego, até parar de tremer e conseguir dirigir direito. E, pela primeira e única vez, faltei à aula. Meu carro parecia querer ir para os fundos da casa vitoriana. Desliguei o motor e dormi no carro, ainda tremendo de frio. A batida na janela pareceu um tiro de espoleta. Levei um susto enorme e apertei a buzina sem querer.

— Veronica! Vi você aqui fora e achei que estivesse doente — zangou a Sra. Desmond.

— Desculpe, talvez eu esteja mesmo com alguma coisa — eu disse.

— É melhor você entrar, vou lhe fazer um chá. — Nem me incomodei se tinha cafeína no chá. Não perguntei. — Olha, você está com cara de quem perdeu a melhor amiga — disse a Sra. Desmond.

— Não, me senti mal com o clima. Estou muito cansada para ir à aula. Isso somado com meu trabalho...

— Seu trabalho é tomar conta de um bebê?

— É.

— É difícil para você?

— Por quê?

— Por causa das suas irmãs.

— Não, eu tenho irmãos pequenos.

— Mas deve fazer você pensar na...

— Tento evitar.

— O homem que fez aquilo ainda está preso?

— Nunca ficou preso. Ele era deficiente, doente mental.

— Então, está numa instituição para doentes — considerou a Sra. Desmond, bem insistente.

— Não, saiu após alguns anos.

— Não parece justo.

— Não. Mas foi decisão do juiz.

— E sua família sabe onde ele está?

— Sabe.

— Você alguma vez teve vontade de vê-lo?

— Não, nunca — respondi, sincera.

A Sra. Desmond olhou bem para mim.

— Eu achava que você fosse o tipo de pessoa que gostaria de saber.

— Saber o quê?

— Tudo, imagino. Para onde ele foi. O que ele fez. Como ele era, enfim.

— Eu às vezes acho... que já sei mais do que gostaria. — A Sra. Desmond concordou com a cabeça. E subi para meu quarto, tomei três compromidos analgésicos e dormi até de manhã.

No dia seguinte, na aula, eu estava com Kevin e Shelley, uma jovem negra e alta, com trancinhas que me lembravam uma princesa africana, estudando as funções do desfibrilador. Os que não estavam treinando em cadáver estudavam num corpo de borracha em tamanho natural.

— Imagine ter de usar isso de verdade — considerei.

— Já vi uma vez — ela disse.

— Já?

— Na minha mãe, ela teve um ataque cardíaco.

— Sobreviveu? — perguntou Kevin.

— Não — respondeu Shelley.

— Lamento — eu disse, um segundo antes de Kevin repetir a mesma frase.

— Vocês são como crianças brincando de médico. Não imaginam como é o mundo real — disse Shelley, e senti meu couro cabeludo se contrair.

— Não esteja tão segura disso, nada consegue me chocar — eu disse.

— Por quê? Você morou num vagão de trem? Eu morei.

— Não... nada conseguirá me chocar — falei, e fechei a boca.

— O que você quis dizer? — Kevin perguntou mais tarde, quando nos encontramos no Chá LMNO.

— Não sou muito impressionável, Kevin. Vivi na montanha. Deixa isso para lá — respondi.

— Shira disse que você perdeu o namorado.

— Engraçado, porque eu nunca tive namorado.

— Ela falou num rapaz lá de onde você morava...

— Era só amigo. Tive uma queda por ele aos, digamos, 12 anos.

— Conheceu Chas, o atacante do meu time? — Kevin perguntou.

— É um ótimo jogador.

— Um ótimo sujeito também.

— Sei que você vai dizer que ele é mórmon, Kev. Não vou gostar de um cara só porque ele é da mesma religião.

— Mas é também uma pessoa ótima.

— Bom...

— No próximo sábado vamos fazer um piquenique do time, você podia conhecê-lo. Shira vai.

— Talvez eu vá.

— Ronnie, você precisa viver um pouco.

— Não tente me ajudar. Prometa, ou não vou — pedi.

Ele prometeu. Mas não cumpriu.

Umas 12 pessoas do time e colegas de classe foram ao piquenique no maravilhoso parque Balboa. Tínhamos terminado o primeiro período de aulas e estávamos prontos para começar a prática, acompanhando e trabalhando com técnicos em enfermagem e paramédicos sob a direção de um médico supervisor. Portanto, havia muito o que comemorar. O time de Kevin estava jogando o desempate e só duas pessoas da nossa classe foram assistir. Comemos sanduíche de frango e bolinhos de arroz-doce, cortesia do Sétima Felicidade, depois jogamos *frisbee*. Quando pulei para agarrar um *frisbee*, senti meu colar esticar e arrebentar. Não estava bem fechado. Tinha arrebentado anos antes e consertei dando nós com vários alicates de ponta fina do meu pai e com o arame que minha mãe usava em trabalhos artísticos. Desesperada, caí de joelhos e comecei a procurar o colar na grama. Estava anoitecendo. Como encontrar no escuro um colar de cabelos castanhos naquela grama marrom-amarelada? Chas (depois que tirou o capacete, vi que era muito bonito) também se ajoelhou no chão para me ajudar, assim como Shelley e outras pessoas.

— O que era? Uma medalha? Foi da sua mãe? — ele perguntou.

— Mais ou menos. Tenho de achar. Não vou conseguir outro igual — eu disse.

— Não se preocupe, tenho uma idéia — disse Kevin.

Correu para chamar um dos onipresentes funcionários que circulavam pelo parque em carrinhos de golfe. Com os faróis de dois carrinhos iluminando a grama onde estávamos jogando, Kevin dividiu o gramado em partes que percorremos inteiro, da cerca até o outro lado. Estava escuro e eu tinha desistido quando outro rapaz do time, Dunny, gritou:

— É uma corrente prateada com uma espécie de fio trançado ou algo assim? — Pulei para pegar, quase chorando de alívio, e abracei Dunny, depois Kevin. O anel do fecho nem tinha saído da corrente, mas tinha partido um elo. Então, virei para Chas e dei um beijo nele. Fez-se um grande silêncio.

Kevin então assobiou.

E Chass disse:

— Bom, agora que fomos apresentados, acho que posso convidar você para ir ao cinema.

E assim começamos a sair. Fomos a museus e, uma vez, ao teatro assistir à peça *Nossa cidade*. A Sra. Desmond, que era quase da minha altura, mas bem magra, me emprestou um vestido longo preto e um casaco de crepe preto italiano. Fiquei a noite inteira como uma boneca de porcelana, com medo de rasgar a roupa. Não conhecia a peça, que Chas adorava. Mas chorei o tempo todo, imaginando Becky na personagem Emily, vendo Becky aos 11 anos e depois com a minha idade, crescida.

Chas me levou de carro para um local de onde se via toda a cidade de San Diego esparramada lá embaixo, com as luzes piscando como o diorama de Natal que costumavam montar em Salt Lake. Ele me beijou na boca, no queixo e no pescoço. Falou então na missão dele, que seria cumprida no horror dos projetos do Harlem, mas ele disse que estaria mais feliz lá do que em qualquer lugar onde já tinha ido. Queria voltar lá para dar aulas assim que tirasse o diploma.

— Mas estou sendo avaliado — ele me disse.

— Avaliado?

— Pelos profissionais do hóquei. Os Blackhawks. Seria difícil não aceitar uma proposta deles — ele disse.

— Sei como é. Eu jogava basquete. Costumava sonhar com basquete como se fosse uma língua estrangeira.

Lembrei de meu pai falando em tirar a sorte grande quando Ceci estava para se casar com o arrogante professor Patrick. Hum, pensei. Um ex-missionário que podia acabar também atleta profissional. Mas não conseguia sentir o que queria com Chas. Quando ele me beijava, não sentia borboletas em meu estômago. Mas ele era respeitoso e admirava minha vontade de ser médica. Escutava o que eu dizia como se eu fosse a pessoa mais interessante do mundo. Talvez o afeto chegasse em alguma hora. Kevin ficou muito satisfeito por encontrar os que ele pensava serem os dois únicos mórmons da Califónia, mesmo que houvesse centenas só na comunidade que eu freqüentava em La Jolla. De vez em quando, no fim de semana, quando Shira vinha, íamos os quatro à praia e acampávamos. Eu deitava no braço de Chas, sob a imensidão de estrelas da Califórnia e ficava romântica, como não? Só que ficava olhando Kevin em meio às labaredas laranja da fogueira afogar Shira embaixo do lençol que cobria os dois, ele no corpo dela, saindo da claridade, e eu pensava não em Chas, mas em abraçar Miko.

Enquanto isso, meu trabalho estava ficando animado. Como eu tinha menos de 18 anos, não podia praticar antes de 46 dias de aula, como os outros alunos. Mas podia fazer tudo o mais. E finalmente tive a oportunidade da primeira saída.

Todo mundo espera que na primeira saída não aconteça nada e, ao mesmo tempo, espera que seja um incêndio de grandes proporções. Não que se queira que alguém fique ferido, mas, se não for assim, a primeira saída seria como se arrumar para uma festa e passar a noite jogando baralho com a tia na cozinha. Eu tinha aprendido a rotina de um corpo de bombeiros e era capaz de acompanhá-la a qualquer hora. Talvez pudesse ver os paramédicos transportarem uma idosa com dores no peito e conferir os sinais vitais, que a essa altura eu era capaz de fazer até dormindo. Eu a ajudaria a entrevistar a paciente enquanto eles administrariam nitro, se a sístole fosse inferior a 90. Nós traríamos a paciente de volta à consciência e ela ficaria ótima. Alguém poderia me pedir para entregar alguma coisa a ela. Seria assim. Para mim, pensei, seria assim. E seria legal, bem animado.

Mas na minha primeira saída, passei pelo que todo mundo costumava brincar chamando de Imobilização Cervical 101, curso rápido, porque eu era a única que podia fazer aquilo.

Já seria suficiente.

Mas, na mesma noite, aconteceu outra coisa, que até hoje não entendo direito.

Quase na mesma hora em que chegamos ao posto de bombeiros onde estávamos sediados, veio o primeiro chamado. Um dos paramédicos ainda não tinha chegado para o plantão. O chamado era de uma colisão de frente numa estrada da praia, vítimas com prováveis ferimentos na cabeça e pescoço.

A chefe da equipe olhou em volta, mais insatisfeita do que com medo.

— Vamos, Swan, a brincadeira acabou — disse para mim. Minha boca ficou seca.

Chegamos ao local e fomos cuidar daquele... menino. Era mais jovem que eu. Estava deitado na estrada, com a perna despedaçada sangrando e um osso exposto.

— Isso é o de menos — disse a chefe. — O que não se vê é sempre pior.

E tinha razão. O menino estava alerta e reagindo, embora tivesse começado a transpirar e ficar agitado, o que eram sinais de choque. Um dos paramédicos tomou o pulso dele e examinou os olhos com uma lanterninha, enquanto a chefe me chamou de lado.

— Não podemos esperar a assistência chegar — disse. Concordei com a cabeça. — Temos de imobilizá-lo e ir com sirenes e faróis ligados para o pronto-socorro de Loyola. — Concordei de novo.

Éramos seis, inclusive Shelly, a garota que Kevin e eu conhecíamos da classe. Ela observava um membro da equipe regular pressionar o ferimento com uma gase grande, tentando estancar o sangue para transportar o paciente, mas todas as gazes ficavam encharcadas. A chefe então me disse para segurar a cabeça do menino, sem tocar nas orelhas dele. Passei da teoria à prática e pensei em tudo o que tinha aprendido nas aulas.

— Você vai dizer onde está doendo e responder ao que eu perguntar, mas sem mexer a cabeça, está bem? Diga sim ou não. Você vai ficar bom, mas tem de ficar imobilizado até colocarmos você na maca. — O menino me olhava com seus olhos castanhos transparentes à luz da van.

— Sim — ele disse, e acrescentou: — Minha mãe estava dirigindo. — Vi as lágrimas escorrendo do canto dos olhos dele. — Estávamos discutindo por causa das minhas notas. Ela está bem? — Eu sabia que a mãe estava muito mal. Chegou outra van.

— Não se mexa, querido — pedi, como se eu fosse anos mais velha e ele, uma criança. Vi uma garota chamada Douglas, que todo mundo chamava de Doogie e que trabalhava em outra unidade, fazendo massagem cardíaca numa mulher deitada na grama alta, na beira da estrada da areia. — Acho que sua mãe também vai ficar ótima — eu disse, enquanto minha chefe e os outros colocaram o menino na maca e os travesseiros imobilizadores dos dois lados da cabeça dele.

Os olhos de Shelley encontraram os meus. Sabia que ela estava pensando o mesmo que eu. Naquele momento, entendi o que era aquele trabalho. Aquele menino teria de viver 70 anos sabendo que as besteiras que falou poderiam ter custado a vida da mãe. O corpo dele se curaria do que quer que tivesse. Mas, a menos que a massagem cardiopulmonar desse resultado, ele sairia do pronto-socorro de Loyola usando uma placa de metal que um dia seria retirada e com uma dor incurável no peito. Eu só podia dar duas coisas a ele: uma viagem segura de ambulância e mais dez minutos de vida que ele ainda achava que lhe pertencia. Sabia também que o limite, como a instrutora tinha chamado, onde muita coisa podia ser mudada num instante, era onde eu queria trabalhar pelo resto da vida, talvez porque eu sabia bem o que era aquilo. Rezei para a mãe dele viver, enquanto saíamos com a ambulância correndo pelas ruas silenciosas.

Estávamos no pronto-socorro de Loyola há dez minutos no máximo e a chefe mal teve tempo de passar o relatório manuscrito, quando recebemos outro chamado.

— Droga, hoje é lua cheia? — ela perguntou, baixo.

Não levamos dois minutos para chegar ao Pacific Ice Palace.

No caminho, ouvimos o informante descrever a vítima como um jovem oriental cujo coração tinha parado após ser atingido no peito por um bastão. Era um jogador dos Sailors de San Diego. Estava no gol. Havia três goleiros. Só um era oriental.

— Não — murmurei, e o interior da van escureceu como se estivéssemos num aquário de tinta. Num gesto totalmente não-profissional, segurei a mão de Shelley. Depois, passamos a fazer a checagem do nosso equipamento.

Corremos pelas ruas laterais, vimos de passagem a silhueta de garotas de minissaia na porta de bares, homens descarregando carga de caminhões, uma adolescente levando o cachorro para passear na beira da praia: todos esses eram sinais distintos de que haveria um amanhã, que o jogador cujo coração tinha parado por causa do golpe não era Kevin. Mecanicamente, nós limpamos a unidade, colocamos luvas novas e jogamos um curativo usado na sacola vermelha de lixo contaminado, borrifando e limpando a maca encostada na parede lateral. Do lado de fora da van, as pessoas continuavam passando rápido pelas janelas: fazendo compras, correndo, crianças patinando, um velho de bengala, como se o mundo exterior fosse uma cerca de estacas e nós o arame que as ligava. Entendi por que os veteranos chamavam as pessoas lá fora de "civis". Eles viam uma ambulância e entendiam que estava tudo bem. Nós víamos um buraco no mundo.

O motorista então apertou o freio e tudo foi uma emoção só. Pensar no que estava ocorrendo significaria ter tempo para isso, luxo do qual não dispúnhamos.

Lembro de irromper pelas portas do auditório, nossos tênis se equilibrando no gelo. Educadamente, agradecemos o técnico por fazer respiração cardiopulmonar e boca-a-boca no paciente. Uma das paramédicas checou se havia obstruções na boca antes de esticar bem o pescoço de Kevin e colocar o tubo em sua boca, prendendo a bolsa com o respirador. Ela me deixou inflando a sacola enquanto ligava o oxigênio e olhava a bolsa começar a inflar. Ouvi a voz de Chas vindo de algum lugar, dizendo meu nome, falando comigo. O barulho do rinque se afastando, mudo, distante, enquanto a chefe cortava com tesoura o jersey do uniforme dos Sailors. O machucado de Kevin formava um círculo perfeito sob o ombro esquerdo, que também era perfeito. Ouvia o desfibrilador externo automático carregar. O choque. Nossa chefe, Carrie Bell, fazendo uma avaliação, ansiosa. Não havia ritmo cardíaco. Carregando, noventa segundos e aplicando outro choque em Kevin, o corpo dele sacudindo naquele horrível pulo de boneca de pano. Sem ritmo cardíaco. Mais uma dose de oxigênio enquanto o colocávamos na maca e transferíamos para o carrinho desmontável. Carregando. Aplicando. Sem ritmo cardíaco. A voz do motorista: "Loyola, aqui fala unidade La Jolla 68, positivo? Estamos a menos de cinco minutos daí com paciente oriental Kevin Chan, 21 anos, sem pulso, chefe atesta trauma. Paciente não respondeu a diversas aplicações do desfibrilador. Atingido no peito por bastão de hóquei... dando oxigênio, seguido de desfibrilador. Continuando respiração cardiopulmonar."

Como se eu fosse a única pessoa lá dentro, rezei alto:

— Pai Celestial, em vossa terna misericórdia, ajudai seus humildes servos. Imploramos que salve o servo Kevin Chan, uma pessoa do bem. Permita que viva ao vosso serviço para espalhar a vossa palavra. — O lamento do desfibrilador respiratório externo. A pancada surda. Os braços de Kevin se esticando como se ele implorasse, depois caindo.

— Faz 15 minutos — sussurrou Shelley. — Se conseguirmos fazer com que ele volte agora...

— Não, deixa eu dar mais dois minutos de oxigênio.

— Se conseguirmos fazer com que ele...

— Não! Ainda não!

Carrie disse:

— Ronnie, ele podia já ter partido quando entramos aqui.

Mas minha voz era de uma criança pedindo.

— Ele é da nossa turma. Tente mais uma vez, por favor, mais uma vez.

A chefe suspirou. Veio o chiado. Carregando. E então, antes que a chefe da nossa equipe aplicasse o choque, outra voz se ouviu, abafada e confusa.

— Ronnie? — Ele esticou o braço e tateou a máscara respiratória. Não era para Shelley fazer isso, mas ela retirou a máscara. — O que você está fazendo? Onde eu estou?

Shelley deu um suspiro de pasmo:

— Jesus Todo-Poderoso. Kevin?

— Sim? — disse ele, com a voz estridente.

— Sabe que dia é hoje?

— Hum, quarta-feira. Por que... estou aqui? O que houve? O jogo acabou? — perguntou Kevin. Peguei o pulso dele, estava firme e lento.

— O que você fez, garota bruxa? Esse rapaz estava morto. Você é meio santa? — perguntou Shelley.

— Os santos estão no céu — respondi e ajoelhei no chão da ambulância, de braços cruzados no peito. Ajoelhei, enquanto os outros escancaravam a porta. Dois médicos e enfermeiras do pronto-socorro estavam à espera e saíram correndo com Kevin, as rodas do carrinho matraqueando e sumindo sob a luz amarelo-forte como o piscar de um vagalume pelas portas que se abriram num silvo.

Capítulo Dezenove

Na semana seguinte, a família de Kevin fechou o restaurante para comemorar com o time e a equipe da ambulância.

As irmãs de Kevin trouxeram um prato depois do outro das iguarias mais caras do cardápio. Não se economizou em nada. A história tinha corrido e disseram que eu tinha algo especial, uma percepção que alguns paramédicos têm. Shira passou a noite toda sentada ao meu lado, passando a mão no meu cabelo. Toda vez que passava no salão, Jenny Chan me abraçava pelas costas. Finalmente, o Sr. Chan fez um brinde à equipe 68.

— Quando Kevin trouxe Ronnie para nos conhecer, achamos que era uma garota especial. E, no hospital, Kevin disse que tinha contado para ela a lenda da linha vermelha. Mas não imaginávamos que a linha vermelha que o ligava a Ronnie fosse a linha da vida. — Todos nós brindamos. — Na lenda, a linha vermelha é o destino. Liga as pessoas que serão importantes umas para as outras, na vida. Nem sempre entendemos o próprio destino, mas ele sempre nos conhece. Ronnie, receba os nossos agradecimentos... e o nosso amor.

— Não fui eu! — falei para todos, rindo e enrubescendo. — Todos salvaram Kevin, inclusive o gerente do rinque. Nós apenas fizemos o nosso trabalho.

— Não diga isso, nós sabemos o que houve — disse Shira.

— Era o meu trabalho. Mas também era... *Kevin*. Qualquer pessoa lá faria tudo o que fizemos por ele. E ele nos ajudou. O que ocorreu não foi por minha causa, Shira. Acho que o seu namorado vai viver muitos e muitos anos.

Shira e Kevin me deram uma pulseira de contas negras com um fio de contas vermelhas no meio, feita por ela. Só as contas devem ter custado bem caro, sem falar no tempo que levou para fazer. Eles me ajudaram a colocá-lo no braço e todos aplaudiram.

Eu estava muito emocionada.

Estava também muito apavorada.

Achei que meu nome talvez aparecesse no jornal, mas a história, embora tenha saído na capa do caderno de esportes, apenas citou "os paramédicos de La Jolla" e a nossa chefe de equipe Carrie Bell, declarando: "Às vezes, quando dá vontade de desistir, você quer tentar mais uma vez. Tivemos jovens muito bons atuando lá e estou orgulhosa de todos eles. Alguns estavam em sua primeira saída. E três vidas foram salvas naquela noite."

Mandei um exemplar do jornal para meu pai e ele me escreveu, emocionado. Serena também mandou um cartão num envelope amarelo-forte que dizia: "É sempre você, não?" e dentro, ela escreveu: "Estou muito orgulhosa de você." Juntou uma foto de nós duas naquele verão em Cape Cod e contou que mandou uma cópia do jornal para Miko.

Na semana após a comemoração, Chas me deixou em casa e me deu um beijo de boa-noite na varanda. Eu ainda não sabia direito o que sentia por ele, e sabia que isso era recíproco. Uma vez ele disse que minha cabeça estava sempre longe quando estávamos juntos. Culpei a escola, mas percebi que não fui convincente. A Sra. Desmond o conheceu e disse que o achou meio "sem sal" para mim.

— Você espera que eu venha aqui com o mórmon Russel Crowe — brinquei com ela.

— Isso mesmo, Veronica — concordou ela. — Crowe é um ótimo australiano. Vou ficar de olho quando viajar, daqui a alguns meses. — Ela esperava que eu cuidasse da casa. Acabou que eu mal tive tempo de devolver a chave para ela.

Tantas coisas boas tinham acontecido que seria fácil esquecer o motivo para eu estar em San Diego. E gostaria de ter esquecido. Juliet estava crescendo, já ria alto. Eu podia sentá-la como um sapinho, antes que ela rolasse no tapete. Eu a apoiava em alguma coisa, corria para pegar a máquina fotográfica e quando voltava, ela estava de barriga no chão, batendo mãos e pés, como se nadasse. Uma manhã, quando cheguei, Kelly pediu que eu fechasse os olhos. Ao abri-los, ela mostrou que Juliet, quase um mês antes da maioria dos bebês, conseguia se virar de frente. Sem me conter, bati palmas e Kelly me abraçou, Quando a afastei com carinho, vi que ficou magoada e intrigada com meu gesto.

— É que estou suada, mal pude jogar uma água e me enxugar depois da corrida. — Ela sorriu seu sorriso invertido e vi que me importava com o que ela sentia.

Mas os dias passavam rápido até que Kelly precisou viajar para uma conferência de dois dias em Las Vegas. Scott Early estava mergulhado nas provas finais. Pelas pequenas coisas que ela me disse, vi que estava preocupada em garantir que Scott tivesse "tempo de estudar", mesmo que fosse preciso eu fazer "horas extras e dupla jornada". Disse também que temia que o estresse suplementar o deixasse deprimido ou o fizesse desistir. E Scott também parecia distraído. Eu me senti sórdida só de pensar, mas vi que aquela era a hora de agir. Juliet era apegada aos pais e até a mim. Estava fazendo tudo o que podia para nos surpreender, para chamar a nossa atenção, brincando e fazendo caretas, lutando para assumir seu lugar como parte da raça humana. Se eu esperasse muito, ela ficaria assustada e desorientada. Fazer tudo aquilo, para depois só magoar Juliet? Não. Eu adorava o meu trabalho. Cuidava dos amigos — principalmente de Kevin, que ficou muito carinhoso comigo depois do que Shelley insistiu em chamar de "ressurreição" —, confortava a Sra. Desmond. Até gostava de San Diego. Mas era evidente que eu tinha de fazer aquilo e voltar para minha casa, assumir meu nome verdadeiro, a cor dos meus cabelos e a textura da minha alma. Pela primeira vez desde que cheguei, senti medo de verdade. De que cor seria minha alma, depois?

Na manhã em que Kelly ia viajar, eu estava abrindo a porta quando ouvi os dois discutindo, Kelly falava alto, muito irritada.

— Não posso deixar você sozinho com ela um minuto! Fico sempre preocupada — gritava.

— Kels — pediu Scott Early.

— Isso mesmo, Scott! Já não basta eu precisar ficar longe dela dois dias sem que...

— Não é assim — ele disse.

— É, sim! Durmo um instante porque estou exausta e quando acordo ela está suja enquanto você assiste ao Discovery Channel! Quando eu disse que é preciso trocá-la, queria dizer *mais de uma vez por dia!*

Minha respiração ficou acelerada. Era um casal comum, discutindo sobre coisas comuns. Encostei na porta, aborrecida a ponto de quase chorar, porque a vida zombava de mim como se para confirmar o que eu pensava. Esperei até a vizinha de baixo, Sra. Lowen, pegar o jornal dela e acenar para mim, e ouvi Kelly soluçar baixinho. Ela disse:

— Detesto isso.

— Kels, por favor, desculpe — Scott Early dizia. — Sei que essa discussão não é por causa da fralda. É porque você não pode ir a lugar nenhum sem ficar preocupada comigo. Não pode ir a uma conferência sem pensar que vou dormir e esquecer que temos um bebê. Não vou, Kels! Você está ficando maluca com isso! Parece a menina que quer ser simpática e olha todo mundo na rua na festa de aniversário. Não podemos ir a lugar algum sem que as pessoas saibam quem eu sou. Ninguém nos convida para entrarmos no grupo de boliche. Você ouve os outros professores falando de almoços ao ar livre e...

— Nem me importo!

— Importa, sim. Qualquer pessoa se importaria. E fico com vergonha. Parece que tenho um enorme sinal vermelho no pescoço que diz "corra!". Você deve ficar muito envergonhada. Eu devia mudar para algum lugar bem longe das pessoas...

— Não, já viemos para tão longe — disse Kelly, calmamente.

— Eu vou, Kels. Juliet nem me conhece. Não precisa me ver de novo. Não é por mim que lamento...

Já é um consolo, pensei.

— Scott, já passei por cima disso. Não culpo você, eu culpo...

— O mal sou eu, Kelly!

— Não é, Scott.

— Na primeira vez que toquei em você, você começou a chorar...

— Tenho vergonha de ter feito isso.

— Nem me lembro.

— Nem quer lembrar. Não quer, não. Não conseguiria viver com essa lembrança. Você é muito sensível.

— Kelly, eu te amo.

— Eu te amo, Scott! Por que você não acredita? Por que isso foi acontecer logo quando eu preciso viajar? Agora você vai ficar mais nervoso e não vou poder estar por perto — disse Kelly. Se não corresse, ela ia perder o avião.

Tossi para eles ouvirem eu colocar a chave na fechadura. Kelly, com as lágrimas escorrendo, abriu a porta antes de mim.

— Bati minha perna na beirada da cama. Bem na canela, sabe como dói?

— Dói muito. Ponha um gelo em cima — sugeri. Olhei para Scott, que pegou Juliet e levou-a para o quarto deles. Kelly colocou gelo numa toalha e pôs sobre os olhos.

— Melhorou. Nossa, vou me atrasar! — ela disse. Foi saindo e voltou para pegar a sacola de viagem. — Cuide das coisas, Ronnie, disse, olhando bem para mim.

Podia ter terminado aí. Mas ouvi Scott cantando para Juliet, do outro lado da porta do quarto:

— "Quando você acordar, vai ver todos aqueles lindos cavalinhos..." Empurrei a porta com o pé.

— Por que está cantando isso? — perguntei.

Voltei no tempo como se tivessem me dado um empurrão no ombro, ao lembrar de minha mãe abaixada no chão, cantando baixinho e passando a mão nos cabelos emaranhados das duas filhinhas que já não ouviam o que ela cantava. Fazia só quatro anos. Só quatro anos.

Scott Early me olhou, com os olhos vermelhos.

Seu lixo, pensei. *Alma perdida*.

Ele então disse:

— Você sempre canta isso para ela. Aprendi com você. — Ele sorriu.

Virei-me e saí do quarto, a ironia da cena me fez cerrar os punhos. Na cozinha, tive de abrir cada dedo das mãos que se agarraram à pia.

— Por favor, coloque a cadeirinha dela no carro hoje — pedi, e dei uma desculpa: — Estou querendo ir ao parque Balboa com amigos da escola. Tem problema? — Ouvi o farfalhar dos lençóis quando ele deitou Juliet no berço.

— Combinado. Seu carro está aberto? — ele perguntou.

— As chaves estão na mesa da entrada — respondi.

Se ao menos Kelly largasse dele, pensei. Não seria preciso nada daquilo. Se ainda não tinha feito isso, jamais faria. Jamais levaria Juliet. Mas como eu podia levar Juliet para longe de Kelly? Da mesma forma que Scott Early tinha tirado Ruthie e Becky de minha mãe, só que eu faria de forma decente, gentil. Será que eles teriam outros filhos? E se tivessem? Não seria da minha conta. Ou seria? Eu tinha certeza de que fui lá para proteger Juliet? Ou eu queria apenas vingança, sabendo que Scott Early e sua boba mulher sentiriam exatamente o que nós sentimos? Aquela dor-de-fim-do-mundo? Saber que no dia seguinte a dor não teria melhorado? Será que eu desejava aquilo para outra alma? Como eu podia chamar Kelly de boba? Nada daquilo era culpa dela. Mas podia tê-lo deixado! Tinha livre-arbítrio! Eu sabia o que estava acontecendo. Eu estava sendo invadida por emoções contraditórias como águas de enchente.

Peguei o telefone e liguei para a Linhas Aéreas True West.

Capítulo Vinte

Estava escuro quando cobri Juliet com a manta e voltei a pé para o apartamento.

Claro que eu jamais fui ao parque Balboa, nem pretendia. Dirigi-me para o aeroporto e pedi ao motorista para retornar. Em vez de ir direto para o apartamento, parei na loja de chá. Queria ver Kevin mais uma vez, sabia que ele estaria lá. Estava sempre, às quintas-feiras. Ficava aberta a noite toda e ele gostava de ouvir os músicos. Agora que não tinha importância, queria contar a ele quem eu era e por que tinha ido para lá. Queria contar o que sentia por Miko e por que ninguém jamais se magoaria com as coisas que planejei e que jamais chegaria a fazer.

Acho que eu queria compreensão.

— Ronnie! — exclamou Kevin ao me ver e me chamou para a mesa dele. Naquela noite, ele estava sozinho, todos os amigos estavam ocupados. Uma vez ele me disse que preferia ouvir música sozinho, sem conversar, era como uma meditação para ele. — Você perdeu a apresentação de um cara muito bom, embora não cante nada dele, só *covers* de Josh Groban...

— Kevin, preciso lhe contar uma coisa — eu disse.

— O quê? — ele perguntou, distraído. Outro guitarrista estava entrando no palco.

— Não sou... — comecei, mas tive medo. E disse que uma mulher tinha elogiado minha pulseira naquele dia, dizendo que nunca vira nada parecido.

— Shira tem muito talento para fazer jóias.

— Acha que vocês vão se casar?

— Isso é muito diferente. Aceita um chá? — ele perguntou.

Não sei por quê, tomei quase meio litro de chá de camomila.

Não ia conseguir andar os dez quarteirões até em casa antes de ir ao banheiro. Minha boca estava seca como um mata-borrão ou como antes de se falar em público ou pouco depois de perder o equilíbrio escalando uma pedra e quase despencar até a ponta da corda. Acho que esta última comparação foi mais ou menos o que ocorreu comigo.

Finalmente, dei um abraço em Kevin pela última vez, embora ele não soubesse. Agradeci outra vez pela pulseira. Ele me olhou surpreso: por que eu falava naquilo outra vez, naquela hora? Eu queria dizer para ele que o fio vermelho nos ligaria para sempre. Mas ele ia desconfiar de que algo estava me acontecendo. Prometi ligar quando resolvesse fazer o curso completo de paramédico, como ele. Quando cheguei à porta, virei para trás e olhei para ele. O que tinha acontecido com Kevin me fez pedir ao motorista do táxi para voltar. Não sabia o que era.

Sabia que eu estava exausta.

Passei o dia inteiro ocupada, me preparando para tomar o avião para o Texas com Juliet, meu bebê, minha "criança de colo" como a mulher da reserva a chamou.

Voltei para a casa da Sra. Desmond, escrevi um bilhete para ela e paguei o aluguel do mês. As chaves, o ferro de passar e tudo o mais que ela havia me emprestado estava no meu quarto. Depois, enquanto Juliet dormia sobre uma pilha de travesseiros no chão, arrumei minha sacola de lona com o laptop, estojo de maquilagem, celular e todas as roupas que eram muito boas ou muito práticas para jogar fora, deixando só enfeites sem valor e livros. Coloquei tudo no carro, que eu pretendia deixar numa rua lateral, sem as placas. Com um pouco de sorte, quando fosse encontrado já teria sido depenado por adolescentes punks. Eu tinha dinheiro para ir de táxi até o aeroporto e comprar a passagem. O semestre tinha terminado na semana anterior e Juliet estava com três meses, com idade para tomar remédio e viajar. Era naquela hora ou nunca.

E assim, escondi o carrinho dela nas sebes do parque Beleview e fui.

Mas, antes do meio do caminho, pedi ao motorista que voltasse para eu pegar o carrinho e depois me deixasse na loja de chá.

Senti um estranho alívio e arrependimento. Scott Early jamais saberia que não tinha havido um piquenique o dia todo em Balboa, como eu disse a ele. Nunca saberia sobre as reservas de avião. Ia pensar que fiquei até mais tarde com meus amigos e não se preocuparia com Juliet, já que estava comigo. Quando lesse o bilhete que deixei, pensaria que eu tinha me demitido. As jovens faziam muito isso. Eles ficariam desapontados, mas não assustados. Ninguém jamais seria mais prudente.

Andei mais rápido. Minha bexiga parecia um submarino. Podia fazer xixi nas sebes, mas com a sorte que eu tinha, um bando de corredores ia passar por ali assim que eu abaixasse o jeans. Pensei em deixar Juliet na entrada inferior da casa, dormindo no carrinho. Eu enfiaria minha sacola de lona no carro e iria para o aeroporto sozinha. Deixaria o carro no estacionamento, mudaria a passagem e depois sentaria no conforto sombrio das salas de espera, comeria bolinhos e leria a vida boba de estrelas de cinema até a manhã escura trazer um avião que me levaria o mais próximo possível de casa. A corrida de táxi tinha custado tanto quanto a passagem de avião.

Mas não tive coragem de deixar Juliet sozinha. Scott Early podia estar dormindo. Tinha de colocá-la no berço, escrever alguma bobagem sobre uma emergência em casa, deixar as chaves na mesa e ir. Sabia que uma das minhas primas voltaria comigo para buscar meu carro. Eu estava muito fraca para pegar a estrada à noite sozinha até Utah. Era melhor gastar até o último centavo. Na verdade, estava gastando meu último centavo.

Por que meus nervos falharam? Eu estava segura quando saí do apartamento.

Eu tinha de ficar sozinha para pensar naquilo, ponto por ponto.

Tentei juntar os pontos entre minha participação na sobrevivência de Kevin e o que queria fazer com Scott Early e a esposa. Mas não encontrava palavras que fizessem sentido. Eu tinha sido posta na importante situação de salvar uma vida para ver bem as conseqüências de "salvar" Juliet, embora destruindo os pais dela? Será que eu queria mostrar que estava fazendo com total conhecimento o que Scott Early tinha feito sem saber? Será que a maravilha de Kevin ter sido salvo era algum sinal de que Scott Early tinha realmente se arrependido, mudado totalmente de vida e passado das trevas para a luz? Ou será que as coisas estavam ligadas apenas na minha cabeça cansada e despedaçada? Pensei numa coisa, depois em outra. A mesma coisa que tinha me irritado a ponto de agir (isto é, Scott Early ninando Juliet e cantando para ela a mesma canção que minha mãe cantava), me puxou com força como uma linha esticada até o fim do carretel, quando saí com Juliet no colo.

Eu tinha certeza de uma coisa: fiquei bastante tempo na casa de chá LMNO não só para ficar com Kevin, mas para me atrasar para qualquer vôo. Não queria me dar a chance de mudar de idéia na última hora.

Mais que tudo, eu gostaria que Kelly tivesse voltado. Se eu tivesse conseguido dizer a ela, cara a cara, que eu precisava ir embora. Ela ficaria triste, mas aceitaria. Não sabia se Scott Early aceitaria. A maior ironia seria deixar Juliet e ver meus piores temores se realizarem.

Finalmente, subi a colina até a casa rosa de dois andares, sentindo uma espécie de balão de água quente na barriga. A casa estava escura. Todas as janelas estavam escuras. Até a suave luz amarela do abajur em forma de baleia do quartinho de Juliet estava apagada, aquela que deixavam acesa até eu colocá-la na cama, nas poucas vezes que saíam nos fins de semana e eu ficava com ela. Então, coloquei a sacola de lona no meu carro e subi os seis degraus de pedra carregando Juliet e o carrinho dela, peguei minha chave e abri a porta da frente. Segurei com a boca a chave do apartamento, enquanto ia pelo corredor até o elevador. Subimos aos trancos e fui carregando tudo pelo corredor. Mas, quando encostei na porta e coloquei a chave, ela simplesmente abriu sem fazer barulho, no escuro.

Fiquei assustada.

Não estava com medo de Scott Early, embora naquele dia ele tivesse evitado olhar para mim quando fui pegar o carro, com a desculpa de que ia ao parque com amigos. Considerei logo que era só um constrangimento por eu ter ouvido os dois brigarem. Estava com medo era de Scott Early ter saído para estudar e alguém ter me visto sair também e achasse que o apartamento estava vazio. Um ladrão podia ter entrado e ainda estar lá dentro. Eu estava bem apavorada e com a bexiga estourando, então entrei no banheiro e fiz pipi por um tempo absurdamente longo, um bendito intervalo. Pelo menos, se eu ia ser amarrada e roubada, estaria bem fisicamente. Depois, voltei para ver Juliet.

O certo seria sair em silêncio, descer, pegar o celular no fundo da sacola de viagem e chamar a polícia.

Mas antes de conseguir fazer isso, ouvi algo, não exatamente um resmungo, mas uma espécie de tosse abafada seguida de um som como se alguém estivesse batendo em algo pesado. O som vinha do quarto de Scott Early e Kelly. Assim, deixei Juliet na porta, acendi a luz e vi.

Encostado no abajur do corredor, onde Kelly sempre deixava os cheques do meu pagamento e os bilhetes e cartões gentis e bobos que às vezes escrevia para mim, havia um envelope branco, comum. E era endereçado "Para Veronica Swan". Meus braços formigaram como quando um motorista idiota sai do nada, tira um fino do seu carro e você consegue não se esborrachar numa parede de concreto na Califórnia. Ou como se eu enfiasse um fio solto na tomada. Ele sabia quem eu era. Minha mente me dardejou, como algo sombrio que emerge de uma cratera submarina. *Ele sabia que era eu*. Isso significava que estava ali e as luzes estavam apagadas porque a única maneira de ele se libertar para sempre era me matando também. Mas como ele podia pensar uma coisa assim? Será que achava que meus pais iam perdoá-lo pela segunda vez, segurariam na mão dele, rezariam com ele, pediriam as bênçãos divinas para ele, se ele não cumprisse a promessa de não fazer mais mal, só o bem, para sempre? Será que ele imaginava que podia justificar aquilo com uma doença? Claro que os assassinos não pensam nessas coisas. Eles não pensam. Mas eu, sim. Pensei como meus pais se sentiriam, sabendo que eu tinha ido para lá e feito aquilo e morrido por causa daquilo. Virei-me para sair correndo, mas ouvi aquela pancada forte outra vez e Juliet começou a se agitar. Coloquei a mão na barriguinha dela e balancei-a até ela quase adormecer de novo, sua boca perfeita sugando a chupeta. Abri o envelope com a unha. Havia uma única folha de papel dentro.

Por que Scott Early iria me escrever, se tinha a intenção de me emboscar e matar?

Mais uma vez, se ele tinha parado de tomar os remédios e esperado por aquele momento, aguardando Kelly estar a centenas de quilômetros de distância, faria sentido me mandar um recado, uma explicação, me dizer em nome de quem e por ordem de quem ele estava agindo desta vez... mas o que eu li foi:

Cara Veronica
Sei que você não é Rachel Byrd. Ignoro por que veio aqui, mas acredito que tenha sido para tirar a minha vida. É uma vida que devo a você e a sua família. Quando um cartão de uma amiga caiu de sua mochila e eu soube quem você era, minha primeira idéia foi fugir. Mas não posso mais fugir. Não posso jamais lhe pedir perdão, mas agora enfrento o que deveria ter sido meu castigo antes, e Kelly ficará eternamente grata por você não ter machucado Juliet. Você cuidou dela...

Joguei o papel no chão e corri para o quarto.

Scott Early tinha amarrado um saco plástico na cabeça, que estava embaçado por sua respiração fraca, enfiado na boca aberta. Tinha enrolado fita isolante nos punhos umas dez, vinte vezes. E o som abafado era do corpo dele batendo no pé da cama. Não sei se estava inteiramente consciente. No chão, havia frascos de remédio vazios, o clonazepam que o ajudava a esquecer seus pesadelos. Deviam ser os mesmos velhos e nebulosos pesadelos que ainda me assustavam, principalmente depois de uma chamada ruim no trabalho, me acordando com a força de uma colisão. Como um robô, voltei para o vestíbulo, puxei o carrinho de Juliet para dentro, peguei-a no colo para não acordar e coloquei-a com cuidado deitada de lado no berço. Depois, sentei na escrivaninha de Kelly e esperei, ouvindo a respiração de Scott Early ficar mais rápida e mais superficial e as pernas darem o chute agônico até passarem a uma contração.

Era o que ele queria.
Era a expiação dele.
Tinha escolhido assim, covarde do jeito que era.
Não fui eu que fiz.

Sobre a escrivaninha havia uma foto tirada no Dia das Bruxas, de Juliet com uma roupa de feltro em forma de cenoura. Lembrei daquela carinha enrugada de recém-nascida. Em poucos meses, o rosto tinha ficado com curvas e formas. As bochechas que eram lisas agora estavam umas bolinhas aveludadas. Scott Early estava num lado da foto, com o rosto encostado no de Juliet, e Kelly do outro lado, sorrindo para os dois. Eu os tinha fotografado. Eles pareciam... ter visto o céu. O rosto de Kelly mostrava a certeza de que Scott era, de novo e para sempre, o rapaz que ela havia amado no Colorado, o rapaz com quem ela havia sofrido à medida que as vozes aumentavam e ficavam mais exigentes, o marido que ela insistia em defender quando recebia e-mails cheios de ódio perguntando como agüentava ser tocada pelo Ceifador. O rosto de Kelly demonstrava o mais puro amor, não o amor de seus sonhos recuperados, mas um amor incondicional por Scott Early e o lindo bebê deles.

Esperei um minuto marcado no meu relógio. Mais cinco minutos e Scott Early teria dano cerebral irreversível. Cinco minutos, ou menos. Há quanto tempo ele estava ali? Ele já estava cianótico. Dava para ver pelos lábios. Depois de o cérebro falhar, ele seria apenas um impulso elétrico, um coração prestes a parar. Ele morreria e talvez ficasse em paz.

E talvez eu também.

Levantei, rasguei o plástico e usei a tesoura de unha que Kelly guardava na gaveta para cortar a fita rosa que ele tinha amarrado no plástico. Ele tinha vomitado, peguei a camiseta e limpei aquela coisa ácida da boca dele. Depois, enchi os pulmões e encostei a boca na boca de Scott Early e soprei longas e seguidas vezes espaçadas, usando todo o meu treinamento. Sentei nas pernas dobradas e olhei para ele. Estava imóvel, o rosto ainda azulado. Fechei as mãos e bati no peito dele com os punhos. Tomei o pulso dele. Estava lento, irregular. Prendi mais ar nos pulmões e respirei na boca de Scott Early mais uma vez, outra e mais outra, outra e outra até ficar tonta, balançando, e segurei na cabeceira da cama. Até que, finalmente, ele tossiu e segurei-o enquanto ele vomitava na colcha de chenile o conteúdo branco e azedo de seu estômago. Empurrei-o de lado e coloquei um travesseiro nas costas dele. Liguei para Emergência. Dei o endereço. Sim, Scott Early estava respirando. Não, ele não reagia a perguntas. Sim, ele tinha tomado grande quantidade de comprimidos de Fluanxol, clonazepam e Halcion e, embora o rótulo estivesse arrancado, de um remédio que devia ser Artane contra doença de Parkinson. Sim, eu tinha feito ressuscitação de emergência. Não, não era médica, nem a mulher dele.

Lá estava eu, chamando a emergência médica. Calma e segura, nos menores detalhes, um ato de desespero que agora era como uma segunda natureza para mim, a prática subtraindo as emoções. Mesmo assim, a jovem Ronnie era transparente, podia-se ver sob a superfície uma menina apavorada, de cabelos compridos, gritando por ajuda, jogando o fone no chão, correndo pela terra endurecida do jardim até a porta de irmã Emory.

Era impossível. A vida não era papel transparente.

Ligar pedindo ajuda para salvar Scott Early.

Ligar pedindo ajuda para nos salvar de Scott Early.

Para passar o tempo, imaginei o que estava acontecendo do outro lado da linha. As pessoas deviam estar sentadas no posto, jogando cartas ou fazendo comida e pularam em busca de seus equipamentos, checando glicose, maca, oxigênio. Eu chegava a sentir o gosto de adrenalina na boca, exatamente como meus colegas do atendimento médico de emergência naquele momento, ao baterem a porta da ambulância. Eles eram eu. Eu era eles. Obriguei-me a tomar o pulso de Scott Early mais uma vez, sentei de novo na cadeira e segurei bem nos braços dela como se para me impedir de sair voando por aquela porta. O pulso dele agora estava firme e regular. Ele começava a resmungar, mas não se podia chamar aquilo de fala. Eu não podia pedir para ele descrever como se sentia. Em menos de três minutos, ouvi as sirenes da ambulância. Rápido, escrevi o nome e telefone do hotel onde Kelly estava hospedada. Escrevi também o número do celular dela e, por fim, um bilhete para ela só com uma frase: "Lastimo esse sofrimento e por eu precisar ir embora. De Rachel, com carinho para Juliet." Fiquei com pena e acrescentei que a tentativa de suicídio tinha sido interrompida logo e que ele provavelmente ficaria ótimo. Com uma fita adesiva, prendi o bilhete à camisa suja de Scott Early.

A porta destrancada bateu na parede quando os paramédicos entraram apressados no apartamento. Fiquei na porta do quarto enquanto eles se jogavam sobre Scott Early, abrindo os olhos dele e examinando as pupilas com suas lanterninhas, desobstruindo a boca e inserindo um canal de ventilação. Então, peguei o telefone na cozinha e liguei para a Sra. Lowen no andar de baixo e avisei que Scott Early estava doente e deveria ser levado para o hospital. Perguntei: "Será que a senhora pode subir e olhar Juliet? Só por uma ou duas horas? Tenho certeza que Kelly volta à noite. Estou muito assustada. Tenho de ir, senão perco o avião." Não era mentira. Era um pouco além da definição de verdade. A Sra. Lowen não sabia o quão mal Scott Early estava, nem por quê. Mas realmente, se eu não saísse naquela hora, teria de responder a um milhão de perguntas e perderia todos os vôos, mesmo no dia seguinte. Eu tinha de sair de lá.

Mas eu disse uma mentira. Disse que estava assustada.

Nunca estive menos assustada na vida. Estava muito atordoada para ter medo, totalmente atordoada. Mas senti coragem ao pensar que a Sra. Lowen ia agarrar sua bolsa, correr pelo corredor e subir a escada. Sabia que alguém ia aparecer logo para investigar o caso, mas minha única escolha era sumir. Minhas impressões digitais estavam por todo o apartamento, mas, como não existia nenhuma Rachel Byrd, as digitais também não existiam.

Ao passar por aquela porta da frente, eu me transformaria em Veronica Swan.

Passei.

Só horas depois, após ir de carro até o aeroporto, estacionar onde o carro podia ficar por muito tempo e comprar uma passagem no vôo da manhã para St. George, quando eu estava deitada num travesseiro fininho no hotel Red Roof, a um quarteirão do aeroporto, ouvindo um grupo de motoristas de caminhão aplaudir o time dos Giants, lembrei que tinha esquecido do bilhete que Scott Early escreveu para mim. Tinha-o deixado caído no chão perto da mesa do vestíbulo. E a mulher no balcão de passagens da companhia aérea podia saber onde eu estava. Eu tinha sido a única pessoa a aparecer lá à meia-noite, descabelada e suja, com cheiro de vômito, pedindo para mudar uma reserva e perguntando se havia algum motel limpo e barato nas redondezas. Só havia um balcão de passagens da empresa aérea True West.

Ela se lembraria de mim.

Mesmo assim, eu não estava assustada. Não tinha feito nada de errado, a menos que os pensamentos fossem levados em conta. Mas, naquele momento, eu tinha perdido o anonimato. Tudo viria à tona. Kelly chegaria lá dentro de poucas horas. E quando chegasse ao hospital, teria de responder sobre os motivos para a tentativa de suicídio de Scott Early e o sumiço da babá. Ela diria a alguém quem era Ronnie Swan e qual era a minha ligação com eles. A polícia desconfiaria. Quem não iria desconfiar? Até Kelly podia desconfiar que, com ela longe, eu tinha tentado ferir Scott Early e fazer com que parecesse uma tentativa de suicídio.

Meu celular tocou.

Nem pensei em pegá-lo.

Tocou de novo.

Desta vez, enfiei a mão no fundo da sacola de lona e peguei-o. Sem sequer olhar o número que estava chamando, atendi.

— Veronica, você está ferida? Está bem? — perguntou a Sra. Desmond.

— Estou bem — respondi.

— A notícia está na tevê. Quer que eu fique com você?

— Não, já envolvi muito a senhora nessa história. Desculpe, Sra. Desmond, desculpe.

— A reportagem diz que uma jovem que não se identificou ligou e salvou o Sr. Early de uma tentativa de suicídio.

— É.

— E o bebê está bem.

— É.

— Que absurdo. Vou para aí agora... onde você está? Coitadinha de você. Pelo menos posso aguardar junto até... seu pai vir buscar você? Podemos ir a uma daquelas horríveis lanchonetes Denny's e tomar uma sopa ou alguma coisa. Acho que eles têm chá de ervas.

— Está tudo certo, vou dormir — eu disse.

— Não me sinto bem com você aí sozinha. Você não fez nada de errado, Ronnie.

— Eu... espero que não. Não devia ter vindo jamais.

— Até logo, querida. Não estou certa se não devo ir aí. Onde você está? — perguntou de novo a Sra. Desmond.

— Num motel perto do aeroporto.

— Não estou certa se não devo.

O celular desligou. Estava sem bateria.

Fiquei acordada no quarto sujo, onde o ar-condicionado soltava um cheiro químico. Coloquei o capuz e vesti a jaqueta de jeans. Deitei de novo.

Será que pensamentos estavam incluídos? *Será que* eu tentei feri-lo em pensamento? Claro que sim. Tive esperança, durante anos e anos, cheguei quase a rezar, centenas de vezes, para Scott Early cair, afligir-se, bater, sufocar, cambalear, escorregar, gelar, morrer.

Pensamentos contavam. Mas será que todos? O ódio *e* a piedade? O terrível instante em que a piedade superou o ódio? Será que os pensamentos contavam para os outros, o mundo... ou só para mim? Legalmente, eu era culpada por alguma coisa que tinha ocorrido? Será que... agredi Scott Early só por lembrá-lo do que ele não queria lembrar?

Só eu sabia por que Kelly guardava a faca de mola na gaveta. Mesmo Kelly, que o amava há tanto tempo, seria capaz de morrer para impedir que Scott Early machucasse a filhinha dela. Eu tinha olhado Juliet no cesto e pensei nela como uma pequena princesa Moisés a ser colocada em águas limpas. Eu a via como um anjo da Terra que eu enviaria numa viagem por um rio de esperança para levar a alguma pessoa desconhecida a mesma alegria que Scott Early tinha roubado da minha família. Mas eu tinha visto também o Scott Early que ninava a filhinha e ajudava crianças a procurar livros na biblioteca. E aquele não era o homem que tinha matado Becky e Ruthie. Ao mesmo tempo, era. Um dia ele foi uma pessoa muito delicada. Que deixou de ser por causa de uma doença. Talvez por isso eu não tenha sido capaz de fazer aquela coisa enorme e terrível. Minhas convicções não eram verdadeiras, eram só intenções, sobras de um ódio capaz de matar ou de alimentar.

Será que Becky e Ruthie sabiam? Será que elas eram como os fantasmas esfomeados que Kevin Chan narrou para nos assustar, que aparecem em noites sem lua, nos acampamentos na praia? Seriam espíritos de pessoas que morreram do jeito errado, que foram cruelmente feridas ou que se suicidaram? A avó paterna de Kevin, apesar de ter uma tendência a dizer "saquei" e "beleza", colocava arroz e frutas para seus antepassados não fazerem brincadeiras de mau gosto como jogar a roupa lavada no chão ou colocar cinzas no arroz. Mas como essa lenda podia ser verdade? Ruthie e Becky eram escolhidas do Pai Celestial. Elas não iam querer vingança. O rosto de Kevin passou pela minha lembrança. Ele ficaria bom e teria vida longa, mas jamais compreenderia.

O que me fez ir até aquele lugar?

Nunca, nem mesmo no dia dos assassinatos, me senti tão só.

Olhei para a lâmpada suja, cruzei os braços sobre o peito e rezei pedindo respostas. Mas o Senhor não é Alex Trebek. Rezei até meu cabelo e minhas têmporas ficarem suados naquele quarto gelado. O que era a vingança? O que era a justiça? Será que eu sabia o que vingança significava? Eu era uma pecadora, confessei ao Senhor. Sabia que tinha pecado. Mas seria possível, rezei, que eu tivesse acabado fazendo justiça junto com a respiração artificial? A palavra justiça vem de outra palavra em hebreu que significava dar às pessoas o que necessitavam, não o que mereciam. Será que libertei Scott Early ou condenei-o a saber que fui eu, a testemunha, que o poupei, forçando-o a reconhecer diariamente o peso do meu perdão? Será que meu antigo e reprimido ódio tinha me levado à graça?

Então, a verdade me invadiu como um lampejo de sol no porto, uma breve e penetrante iluminação. Lembrei do trecho de Doutrina e Convênios número 3, a Revelação do Senhor a Joseph Smith, depois que ele confiou a seu amigo bobo a tradução das Placas Douradas. O amigo perdeu a tradução, ou a mulher dele escondeu-as. E, ao reescrever a Revelação, Joseph Smith preveniu contra qualquer um "que desobedeceu os conselhos de Deus, não cumpriu as mais sagradas promessas feitas a Deus, fez o seu próprio julgamento e se vangloriou da própria sabedoria". Eu lembrava da escola dominical: "Pois, creia, não devias ter temido ao homem mais do que a Deus... E devias ter sido fiel e Ele teria estendido o braço e te protegido de todos os dardos de fogo do inimigo e ficaria contigo em todas as provações."

Rezei:

— Pai, esta é a minha verdade. Eu tinha mais medo de Scott Early que do Senhor. Confiava mais na minha própria sabedoria do que no Seu divino conselho. Meu coração se despedaçou. Como podia esperar que Deus me consolasse?

Não sei por quanto tempo rezei, ou quando adormeci com aquela luz forte ou que horas eram quando acordei com as luzes giratórias do lado de fora da janela e alguém batendo na porta do quarto. Levantei e escovei os dentes, enquanto a polícia gritava "Abra a porta, abra!". Conferi minha aparência, como fazia antes de um jogo de basquete para garantir que corpo e alma estavam compostos. Estavam. Quanto a estar em graça, admiti que isso não nos é dado saber.

Abri a porta e eu fiquei composta mesmo quando as luzes das tevês e dos fotógrafos me cegaram. Foi exatamente como Clare uma vez disse, citando algum jogador de beisebol, *lá vem aquela coisa toda outra vez*. Saí e levantei os braços acima da cabeça. *Ronnie, o que você sentiu quando o assassino de suas irmãs tentou se matar?* — perguntou alguém. *Ronnie, você veio aqui para matá-lo? Está satisfeita por ele estar em coma? Ronnie?* Sentei-me no meio-fio e me encolhi.

— Veronica Swan, você é Veronica Swan? — perguntou uma voz masculina e áspera.

De repente, senti um braço apoiar de leve no meu ombro.

— Sou Alice Desmond — ouvi, e olhei para cima. Ela estava com um de seus guarda-chuvas pretos, embora não estivesse chovendo. — Essa menina é menor de idade. O pai dela disse para deixá-la em paz até ele chegar.

Capítulo Vinte e Um

Uma vez, eu desejei que todo o meu ser saísse do pequeno buraco sob a cordilheira de Pine Mountains.

E agora eu desejava aquele pequeno buraco, com sua estrebaria vermelha e sua casa azul, mais do que qualquer outra coisa no mundo. Queria estar lá, enroscada na minha cama de adolescente no domingo de manhã, passando os dedos na sulcada bancada de madeira, tão esfregada que ficou lisa como cetim e que tinha cheiro de cravo e canela; queria acender o fogão a lenha de manhã para aquecer os chinelos de minha mãe antes de calçá-los e fazer meu café, os gastos e quentes chinelos que sempre pareciam mais quentes que os meus.

A Sra. Desmond tinha contado a meu pai o essencial. Fui poupada de vê-lo lamentar preocupado e chocado e de ouvir a voz de minha mãe chorosa ao fundo: "London, o que houve? Ronnie está ferida? O que houve?" Ficamos no saguão do motel Red Roof com um sargento da polícia porque a Sra. Desmond o obrigou a ligar para o comandante e perguntar com permissão de quem eu seria levada para a delegacia e interrogada sem a presença de um dos pais ou responsáveis, e o policial disse que esperaria.

— Tio Andrew vai me acompanhar — papai me disse quando ligamos para ele pela segunda vez. — Não que eu ache que você possa estar com algum problema, quer dizer, com a lei. Tente ficar calma. Acho que vamos ter de explicar as coisas para eles. E você vai ter de explicar coisas para nós. Teve muita sorte da sua senhoria ser uma pessoa tão gentil.

— Vou tentar explicar. Acho que eles não vão ouvir. Talvez você ouça — eu disse.

— Não tente mais, fique calma — disse ele.

Fiquei.

Ninguém sabia direito o que fazer comigo ou com a Sra. Desmond. Eu não estava presa. Mas dali a pouco chegou um tenente da polícia. Kevin também veio. Mas não deixaram que falasse comigo. O tenente disse que fui testemunha de uma tentativa de suicídio, então teria de esperar por diversos motivos, inclusive para a minha própria segurança, até meu pai ou minha mãe chegar. Após algum tempo, encostei a cabeça no sofá verde e áspero do motel, depois no braço do sofá. Quando acordei, meu pai estava lá, de jeans, com sua jaqueta de veludo grosso sobre a camisa de flanela, e meu tio vestindo seu terno de trabalho e a Sra. Desmond, ainda com seu guarda-chuva, me olhando. Nunca tinha visto nada mais lindo. Meu pai me abraçou forte.

E perguntou:

— O que houve com o seu cabelo?

Tio Andrew se identificou para o tenente como advogado e perguntou se podia falar um instante com a sobrinha.

— Papai, é uma longa história — eu disse, depois que o policial se afastou.

— Você pode contar para nós e para mais ninguém, Veronica.

Tio Andrew perguntou:

— O que você disse à polícia?

— Disse que cheguei à casa onde eu trabalhava e o homem que morava lá tentou o suicídio, fiz respiração artificial nele e liguei para Emergência.

Meu tio perguntou:

— Você disse que conhecia o homem?

— Não. Eles já sabiam porque tinham ligado para Kelly Engleheart — respondi, com a voz pastosa e lenta.

— Certo, o bebê correu algum perigo? — perguntou meu tio, pegando um caderninho no bolso de cima do paletó.

— Não, ela ficou com a Sra. Lowen assim que saí. Tomei esse cuidado.

— Você contou para eles por que veio para cá?

— Não, porque eu não sei. Sinceramente, não sei mais por que vim — respondi. O rosto dele pareceu relaxar de alívio e ele balançou de leve a cabeça.

— Ronnie, agora vamos levar você para casa. Vamos falar com o tenente e depois vamos para casa. Mas você tem de prometer que vai me deixar falar.

Qualquer pessoa percebia que o policial estava confuso. Ele disse que havia alguma coisa "faltando" naquela história, mas ele não conseguia entender onde estava o ato criminoso. Parecia estar juntando os fatos na cabeça: usei um nome falso, mas que não era de ninguém. Escondi minha identidade, mas não foi para conseguir ou cometer qualquer fraude. Trabalhei na casa do homem que tinha matado minhas irmãs, mas a esposa dele não tinha nada de ruim para falar a meu respeito. Scott Early tentou se suicidar ao descobrir que eu era Ronnie Swan, mas eu não tinha contado, ele descobriu sozinho.

— Além do mais, ao invés de minha sobrinha deixar o homem que matou as irmãs dela morrer, ela salvou a vida dele — disse meu tio, calmamente.

— Isso é forte — considerou o policial. Ele me olhou de alto a baixo e disse: — Bom, o senhor pode levá-la. Mas deixe um telefone onde possa ser encontrado. — Nós nos levantamos também.

— Por que você fez isso? — o policial me perguntou, de repente.

Tio Andrew respondeu:

— No meu entender, porque Veronica queria ver com os próprios olhos que Scott Early não era uma ameaça para a esposa e a filha, como foi para as irmãzinhas delas. Acho que ela não acreditou totalmente no que os pais disseram. Desde pequena, ela sempre quis saber a verdade, qualquer que fosse. E, quando ainda era criança, há quatro anos, ela passou por uma experiência muito traumatizante.

— É verdade? — o policial perguntou para mim.

— Veronica, não precisa dizer nada — disse meu tio, gentil.

— É verdade. Ele tem razão — respondi, baixo.

No estacionamento, a Sra. Desmond cumprimentou meu pai e entregou a ele o cheque que eu tinha deixado para pagar o aluguel.

— Você tem uma filha maravilhosa — ela disse.

— Obrigado por cuidar dela — disse meu pai.

A Sra. Desmond e eu não trocamos uma palavra. Eu apenas a abracei e ela retribuiu. E fomos embora. Nunca mais a vi. Ela me escreveu quando se mudou para Brisbane. Tenho certeza de que ainda estará viva quando eu tiver tempo e dinheiro para ir visitá-la.

Quando cheguei em casa, estava escuro. Eles me deixaram dormir dois dias direto, depois meus pais me fizeram o interrogatório da minha vida.

— Como você pôde fazer isso? — perguntou minha mãe entre lágrimas, andando com o bebê Thor encostado no ombro, enquanto eu segurava Rafe no colo. — Como você pôde ficar em perigo? Como pôde se dignar a sofrer acusações? Por que não confiou em nós, Ronnie? O que fizemos de errado? Não em relação a Scott Early, mas na educação de nossa filha? Como você conseguiu mentir tão descaradamente para nós? E não diga que aquela história de sair daqui não foi uma mentira, pois você sabe que foi. Você fez isso totalmente contra a nossa vontade. Totalmente contra as nossas convicções.

— Mamãe, eu fiz conforme as minhas convicções. Não estou dizendo que estava certa. Mas era direito meu fazer o que eu achava certo na época — respondi, calmamente.

— E agora está sofrendo por causa disso! — ela gritou. — E chamando a atenção sobre nós da mesma forma que você trouxe... não quero dizer que você trouxe... a atenção recaiu sobre nós há quatro anos, quero dizer, você está trazendo toda aquela atenção outra vez.

— Espere, pare um instante, Cressie — pediu papai. — Estamos indo depressa demais. Acho que Ronnie sabe muito bem que agiu errado. E acho que o problema aqui é a alma e o coração dela e não o que algum idiota pode escrever num jornal e que vai estar esquecido uma semana depois, assim que um ator de *Friends* se casar ou um político trair a esposa.

Mamãe olhou para ele, depois para mim.

— Tem razão. Não quis dizer, Ronnie, que você causou aquilo. As pessoas às vezes pensam que não existem erros. Você fala o que realmente crê, mesmo que depois se arrependa. Mas o que diz quando está estressada fica tudo misturado e do avesso. Se você levantar dessa mesa pensando que sua própria mãe acha que você tem *alguma coisa* a ver com a morte de Becky e Ruthie, minha vida realmente terá sido em vão. E seu pai está certo, é bobagem se preocupar com a opinião dos outros, Ronnie.

— Eu não me surpreenderia com nada, mamãe. Sei que você me ama. Mas não sou a mesma criança que era.

— Mas e todas aquelas noites que você escreveu para nós sobre a casa onde estava morando, sobre seus amigos, sobre o quanto estava aprendendo. E seu trabalho naquela casa, mentindo para o casal, querendo levar o bebê deles?

— Ela nunca teve essa intenção — disse meu pai. — Ronnie *faz* o que ela quer. Ela queria ir e achou que podia fazer algo errado mas, em vez disso, graças ao Pai Celestial, ela na verdade fez algo muito certo. Talvez ela estivesse no lugar certo na hora certa por motivos que desconhecemos. Ela acabou impedindo que Kelly sofresse mais do que fez Ronnie sofrer.

— Por favor, mamãe. Você pode me castigar para sempre e eu vou continuar fazendo o que quero. Mas não pode me castigar mais do que eu vou me castigar.

Nos dias que se seguiram, os amigos foram me visitar na igreja, na estrada, e todos pareciam querer dizer algo, mas não conseguiam saber o quê. Como papai tinha previsto, uma coluna de jornal falou sobre o assunto durante uma semana, em meio às *Notícias do país*. Mas aquilo também era inconseqüente e estranho. Meus amigos na Califórnia foram entrevistados e citados. Eles ficaram intrigados com a situação, mas disseram que eu era inteligente, leal e gentil. Kevin me enviou um exemplar do *San Diego Sentinel* em que a Sra. Desmond fez declarações que devem ter sido motivo de piadas por alguns meses. No geral e no início, até meus parentes se mantiveram afastados. Fui falar com tio Pierce sozinha e disse a ele como a lembrança das palavras do Profeta me tocaram naquela noite em que fiquei no motel. Ele ficou por um instante batendo a ponta dos dedos.

— Ronnie, sei que você me acha um homem severo. Mas amo você, não só como filha de Deus, mas como uma menina da minha família. É que não sou uma pessoa.... que demonstra o que sente. Sou mais parecido com meu pai do que com minha mãe. E não posso pretender melhorar a lição que você recebeu do nosso Pai Celestial. Foi muito correta. No final, Ronnie, nós nos ensinamos. Um girassol pode parecer uma haste murcha e quebrada no inverno, mas na primavera ela fica nova, vira para o sol e cresce.

Uma noite, abri o computador e mandei um e-mail para Clare. Estávamos muito velhas para coisas de meninas como ficar on-line, mas foi gostoso.

Oi
Oi. Quer q eu vá aí?
Agora.

Ouvi-a bater a porta de casa e abri a *nossa* porta da frente, ela subiu a escada e praticamente caiu nos meus braços. Ficamos abraçadas, senti o cheiro suave de lavanda e me inclinei para o calor de Clare.

— O que houve com o seu cabelo? — perguntou. (Nós éramos *tão* fúteis.) Agradeci a Deus por ela estar em casa passando os feriados de inverno.

Sentamos no meu quarto e contei tudo. Tudo. Da certeza às dúvidas, ao medo, ao reconhecimento.

— Não quero lembrar a você que avisei — começou Clare.

— Mas vai — eu disse, terminando a frase por ela e abracei-a de novo, sem ousar nem uma risadinha. Não conseguia acreditar que ela existia em carne e osso. Eu tinha ficado longe apenas três meses. Parecia que tudo estava mudado, sublinhado com marcador preto como eu fazia no livro de geografia quando pequena.

— Não, não vou dizer. Só de olhar para você, já sei que você sabe. Você ficou totalmente apavorada o tempo todo? — Ela se abraçou e tremeu. Parecia tão crescida. Pensei se eu também parecia. Ela não precisava perguntar o que tinha acontecido comigo. O "telefone tribal", como meu pai dizia, tinha funcionado durante dias.

Contei para ela:

— Nem um pouco. Uma parte foi assustadora, mas por pouco tempo. A primeira vez que vi Scott Early. E, obviamente, quando ele tentou o suicídio. Mas não me assustei de falar com a polícia. Não me assustei com as coisas que assustariam você.

— E o curso de paramédica?

— *Isso* é assustador. Adorei. Vou para a Faculdade de St. George terminar o curso e ser paramédica, assim posso aplicar remédio, até mesmo analgésicos por intravenosa e fazer coisas mais complicadas a caminho do hospital e procedimentos de verdade...

— Não parece que essa... outra coisa... tenha afetado você em nada — considerou Clare, surpresa.

— Afetou sim. Você não imagina quanto — tentei explicar. — Mas não de uma forma ruim. Vi o que eu tinha feito e ajudei Kelly...

— Mas você quase matou...

— Clare, não fiz isso! — contestei e fiquei pensando: será que todos acham isso? — Não fiz nada com ele. — Uma veia na minha cabeça começou a pulsar. — É, eu devia ter ficado aqui. Jamais devia ter ido lá. — Dei um tapa na cabeceira da minha cama, pensando, depois disse: — Mas preciso dizer que só agora Scott Early deve entender o que é perder as pessoas de quem se gosta ou como é ficar sem elas. — Eu não queria contar o que mais tinha acontecido comigo: uma nova série de pesadelos com a cara lívida de Scott Early atrás da transparência vítrea do saco de congelar alimento no freezer, a porta do apartamento abrindo devagar no escuro, a batida tão parecida com o som da porta do barracão, anos antes. Eu só conseguia rezar e esperar que os pesadelos sumissem com o tempo. Coloquei as mãos no rosto. — Só porque estou feliz de encontrar você não significa... que estou completamente feliz — eu disse a Clare.

— Mas eu quero que você seja feliz. Não pode me culpar por pensar. Então, foi certo ou errado você ir para lá?

— Poderia ser as duas coisas? — perguntei.

— Não sei.

— Também não sei. Sei que estou contente por ele estar salvo. Realmente. Mas também estou por eu estar salva. Estou contente de estar em casa.

— Foi para isso que eu mais rezei, quando soube — disse Clare.

— Clare, deixa eu ser eu mesma um pouquinho. Eu com você, aqui. Não quero lembrar daquilo agora — pedi.

E assim, durante um tempo, nos concedemos um intervalo em meio à tragédia. Clare contou que estava namorando David Pratt e que tinham até dado uns amassos, mas só por cima das roupas.

— Não sei como vai ser quando eu for embora de novo — ela disse.

— Se tiver de ser, vão ficar juntos. Meus pais ficaram — ponderei.

— Hoje é diferente de quando seus pais ficaram juntos, Ronnie. David pode ter qualquer garota.

— *Você* pode ter qualquer garoto.

— Você gostou de alguém lá na Califórnia? — ela perguntou.

Pensei em Kevin.

— Como irmão, não como amor. Saí com um rapaz, era missionário — contei.

— Gostou dele?

— Sim, mas não o bastante, entende?

Clare concordou com a cabeça.

Naquele fim de semana, fomos à igreja como família. Com cuidado, aos poucos, nossa comunidade me aceitou de volta. Quando fiz 17 anos, era como se eu nunca tivesse me afastado de lá, exceto quando eu recebia um olhar ocasional mais demorado. A irmã Barken me mandou um cartão com a imagem de uma pessoa de cabeça para baixo; junto, uma comprida echarpe de angorá na minha cor preferida, azul-pervinca. No cartão, ela escreveu: "Ânimo, Ronnie. As pessoas podem não entender, mas acreditam. Acreditam em você. Nós acreditamos em você."

Uma noite, os quatro Sissinelli vieram à nossa casa sem avisar. Serena e os pais me abraçaram e Miko deu um aperto no meu ombro. A Sra. Sissinelli disse:

— Viemos lhe dar um presente de aniversário, Ronnie — e me entregou uma caixinha. Era um brinco de ouro, com uma pérola enorme. — Os católicos também lêem a Bíblia e São Mateus fala de encontrar a pérola muito cara, sei que isso faz parte da sua doutrina e que nós acreditamos ser a glória da bênção de Jesus, mesmo oculto num mundo hostil. É mais complicado do que eu consigo dizer. Mas achei que esse presente era adequado. Achamos que era para você.

— Obrigada, elas me lembram o mar, e vocês me mostraram o mar — eu disse.

Miko perguntou:

— O que fez no seu cabelo?

Respondi:

— Eu não queria mais parecer a garota que mora lá na rua.

— Bom, garanto que não parece mais — ele disse, dando de ombros.

— Estou tirando a tinta aos poucos — eu disse a eles. — Foi uma bobagem cortar, adorava meu cabelo. Pelo menos, as crianças com câncer terão lindas perucas que nunca precisarão enrolar para fazer cachos. — Os olhos de Serena se encheram de lágrimas, Miko olhou para os sapatos. Meus pais cumprimentaram os Sissinelli e agradeceram por me darem as boas-vindas.

Fiquei acordada aquela noite inteira, com medo dos pesadelos voltarem, agora que eu estava em casa. Ocupei-me em terminar tudo o que tinha juntado para fazer presentes: madeira simples para porta-retratos; velhas caixas de madeira que comprei numa loja de quinquilharias e mandei para casa pelo correio. Enfeitei-as com conchas e pedacinhos de pedras marinhas que peguei na Califórnia, ou pintei-as com estrelas e meias-luas. Na escuridão, saí para pegar os velhos apetrechos de arte de minha mãe e a pistola de cola. Tive de abrir a porta do barracão e ver o lugar onde me ajoelhei quando estávamos brincando de esconde-esconde. Todas as janelas tinham sido trocadas e pintadas. Colocaram uma luz forte, calorosa. Tábuas velhas haviam sido consertadas e novas, calafetadas. Sem incômodas correntes de ar. Estava tudo arrumado em prateleiras com cheiro de madeira recém-cortada, com nossa provisão de enlatados bem-arrumados. Tinha um edredom simples, porém mais novo, com um colchão macio. De uma das janelas eu ainda podia ver o lugar onde ficava a nossa mesa de piquenique. Quando meu coração começou a palpitar, agarrei um monte de arames, a pistola de cola e a caixa de ferramentas onde minha mãe guardava os apetrechos de ourives de seus trabalhos artísticos e corri.

Eram quatro da manhã quando os seixos bateram na minha janela. Olhei, pensando que fosse Clare. Mas era Miko lá embaixo, com seu velho casaco de couro. Vesti minha jaqueta de jeans e saí de calça de pijama.

— O que estava fazendo? — ele perguntou.

— Presentes de Natal. Costurando. O que você quer?

— Quero saber por que uma pessoa que eu achava que era tão inteligente pôde fazer uma coisa tão idiota — ele disse.

— Não sei. Já disse uma vez e vou dizer centenas. *Foi* idiota. Mas achei que era certo. Não somos obrigados a entender tudo nessa vida.

— Você acha mesmo que existe outra vida?

— Claro. Esse foi um dos motivos para fazer o que fiz. Porque sei que vou ver minhas irmãs outra vez. Terei de prestar contas. Por isso os mórmons se casam no templo para agora, que é hoje, e para a eternidade, que é para sempre. Assim, estarão sempre juntos. Meus pais estarão. Eu também, quando me casar.

— Droga, Ronnie. Você fez uma loucura. Fiquei preocupado. Além de nunca ter me telefonado.

— Você não estava se incomodando muito com isso. E eu estava ocupada.

— Escuta, você para mim é como... uma irmã menor — disse Miko com um riso. — Está sempre presente, atirando a bola na cesta, atirando com *revólver*, montando em Jade. Lembrei muito de você. Quando soube o que tinha acontecido, quase vomitei. Pensei: será que ela é uma pessoa séria?

— Sou, sou uma pessoa séria — garanti.

— Eu também sou, Ronnie. Mas você não acha. Você acha que sou um rico babaca que vai de uma discoteca a outra. Mas sou uma pessoa séria. Um dia, vou salvar vidas.

— Eu já fiz isso — falei.

— Senhorita Um Ponto a Mais — ele zombou.

— Talvez eu não ache você sério, mas que diferença faz para você? Eu sou a garota que limpava a casa de seus pais, de quem você ria com seus amigos bobos. Sou a garota que você notou porque ficou no meio de uma tragédia, no noticiário. Sou a garotinha que mora lá na rua e que você viu centenas de vezes, mas só viu mesmo uma vez.

— Sei o que você quer dizer.

— Eu também sei.

— Mas não foi a única vez que vi você, Ronnie. Estou aqui, no meio da noite, e vejo você. — Ele me puxou e me beijou, não do jeito que fez anos antes, mas puxando meu corpo contra o dele, como Kevin fez com Shira.

— Aqui, não — falei, olhando para ver se a luz do quarto de meus pais ainda estava apagada.

De mãos dadas, corremos para o riacho.

— Nunca fui à sala onde as garotas trocavam de roupa — disse Miko.

— É um lugar chiquérrimo — eu disse, levando-o para lá. Como eu esperava, crianças tinham preenchido as paredes com lama. Estava quase como quando eu era pequena. — É bem escuro e o chão também deve estar cheio de lama. — Mas estava seco e coberto com uma lona plástica. Uma nova geração de freqüentadores, pensei. Deitamos no forte do salgueiro e Miko me beijou e passou a mão pelas minhas costas. Eu enfiei a mão por baixo da camisa, nas costas quentes dele e não achei que aquilo tivesse nada de errado. Borboletas voaram em meu estômago.

— Ronnie, você é mórmon! — disse ele por fim, sentando-se.

— E daí?

— Não posso... você é mórmon! Acredita que um anjo apareceu para um menino com problema nas pernas e falou sobre um novo livro da Bíblia.

— E você acredita que um anjo apareceu para uma moça e anunciou que ela ia ter um filho de Deus.

— Nunca pensei que uma virgem pudesse ter um filho.

— Pois é.

— Nunca pensei também que Jesus apareceu no estado de Nova York, como Eric Clapton numa turnê de retorno, como vocês acham.

— Nunca pensei que um padre pudesse transformar massa de água e sal no corpo de Cristo.

— Ora, Ronnie — disse ele, tentando uma evasiva. — Por que as pessoas acham que o menino Joseph Smith estava tão preocupado com religião aos 14 anos de idade a ponto de ir ao bosque e ver os apóstolos? Dá um tempo.

— E o que você me diz de Santa Bernadete, uma francesinha pobre, vendo a Virgem Santa...

— Mas ninguém criou uma religião a partir de uma alucinação infantil!

— Não, mas acreditaram que a água suja que saía da pequena fonte onde Bernadete esteve ia curar... paralisia cerebral, câncer e leucemia...

— Câncer e leucemia são a mesma coisa — disse Miko.

— Joseph Smith não era perfeito. Mas ele disse que tudo o que era sublime, bom ou sensato nas outras religiões, os mórmons queriam na nossa religião também. Por que estamos discutindo religião? Besteira.

— Onde está escrito isso?

— Escrito o quê?

— Que os mórmons queriam todas as coisas boas das outras religiões.

— Não sei. Você tem todos os princípios católicos na cabeça?

— Não, desde que fiz a primeira comunhão, só fui à igreja nos dias santos ou quando meus pais me obrigavam.

— Então, qual é o problema? Eu vou à igreja. E o que importa se Joseph Smith era doido? Com o tempo, o que ele iniciou se transformou numa coisa muito boa. Nossa religião manteve muita gente longe das drogas, da bebida, do cigarro e das doenças sexualmente transmissíveis.

— Eu não queria ofender — Miko acabou dizendo. — Todas as religiões são doidas. Mas a sua é mais. Acho que uma parte dela, só uma parte, faz sentido. Da mesma forma que nunca achei que alguém pudesse ficar tão próximo de Deus apenas se confessando e rezando o terço. Sempre achei que tinha de fazer boas ações. Fazer, não só falar. Eu... acho.

— E eu sempre achei muito fácil ser católico. Eles só têm de dizer que se arrependem, rezar um pouquinho e fica tudo certo outra vez. Acredito que é preciso fazer boas ações. Todos os mórmons fazem. É apenas sensato. Então o que importa se os primeiros mórmons faziam coisas malucas? Eu não sou maluca.

— Isso é, ahn, discutível. Considerando o que fez recentemente — disse Miko. Fiz de conta que não liguei.

— Minha família não é doida — eu disse, por fim. — Clare não é doida. Há quem diga que é mórmon e é realmente maluco. Porque quando essa pessoa diz e depois faz coisas ruins, sai nos jornais. Pense em todos os casos de padres católicos molestando sexualmente meninos. Isso quer dizer que todos os padres católicos molestam meninos? Ou faz pensar como é que alguém pode ser católico?

— Você tem algum parente que seja polígamo?

— O seu tio é da máfia?

— Os católicos não ficam construindo templos gigantescos em toda a parte, atrapalhando a visão!

— Não, construíram só a Notre Dame de Paris! E o Vaticano!

— Qualquer pessoa pode entrar no Vaticano!

— Bom, as pessoas usam sempre esses templos! E não precisa pagar para entrar! Se você for a Salt Lake City, mesmo que seja numa *quarta-feira*, vai ver pessoas fazendo fotos de casamento em cada porta. Eles se inscrevem com meses de antecedência para...

— Deixa eu lhe dar um beijo — ele disse, interrompendo o meu discurso. — É mais divertido. — Ele segurou meus ombros e o colar saiu de dentro do meu suéter.

— O que é isso? — ele perguntou.

— Uma coisa que fiz há muito tempo.

— Do que é? De plantas? Ou é pêlo do rabo de Jade trançado?

— Não, é uma coisa parecida. — Passei anos sem dizer a ele o que era e, quando disse, foi por carta.

Ele me beijou outra vez, me puxando mais para perto.

— Não continue, Miko, não sou um jogo para você brincar.

— Não estou brincando.

— Somos muito diferentes — eu disse.

— Mas eu quero você — ele disse.

— Isso... é só porque você é jovem e está sozinho no escuro. Com uma garota que esteve no noticiário.

— Você acha mesmo que sou tão superficial — ele disse.

— Acho — confirmei, pensando: "Miko, não deixe eu fazer de conta que sou estúpida! É como... eu defendendo uma jogada de basquete no barracão! Não deixe eu deixar você ir embora!" Mas ele apenas deu de ombros.

Finalmente, eu disse:

— O fato é que... eu também quero você. Mas você tem razão, não é a mesma coisa que amar.

— Quem falou em amor?

— Ninguém. Por isso, temos de voltar para minha casa agora. E ser apenas amigos.

— Nós vamos ser — disse ele, passando a mão no meu rosto. — Seremos sempre amigos, Ronnie. — Não era para terminar desse jeito, pensei.

Fui deitar e chorei até dormir. Mas, por baixo das lágrimas, uma parte minha estava emocionada, mesmo na tristeza. Tinha acontecido. O que nós sentíamos era amor, não importa o que dissemos. E eu não me importava como ia acabar, ou pelo menos foi o que disse para mim mesma. O fato em si foi tão inesperado e animador que parei de ter pesadelos. Entre a vigília e o sono, imaginei-me indo à casa de Miko montada em Jade, só que nós dois com a idade que tínhamos agora. Saltei de Jade, ele me pegou nos braços e me beijou como fez naquela noite, não como "a garota que mora lá na rua". Dormi por 11 horas. Sem pesadelos.

Capítulo Vinte e Dois

Terminei meu treinamento paramédico antes de entrar na faculdade. Fiquei com o orgulho ferido pelo fato de não ser a caloura mais jovem de Harvard: a mais jovem tinha, digamos, 13 anos. Mas, como Miko disse depois, eu era, indubitavelmente, a única virgem (sem contar a garota de 13 anos).

Estudava mais do que nunca e trabalhava nos serviços de emergência do campus, o que não deixava muito tempo livre para a vida social. O chefe da nossa equipe, Ian, fazia tempo integral. Havia 15 anos. Começou quando estava terminando o curso de administração, mas gostou tanto de trabalhar no campus que jamais concluiu o curso. (Imagina! Conseguir entrar em Harvard e escolher trabalhar lá em vez de sair para o mundo e ganhar montes de dinheiro! Eu o respeitava por isso.) Ele uma vez me disse: "Esse trabalho me faz sentir mais vivo do que aqueles serviços sem graça de empresa. Meus amigos adoram. Eles se sentem vivos. Eu digo a eles que, com certeza, meu trabalho faz os garotos que tomam overdose se sentirem mais vivos, se consigo salvá-los." Gostou de eu, paramédica, estar na equipe dele, porque ele sabia que eu podia conseguir um trabalho na cidade por um salário maior. Mas tudo o que eu queria era garantir minha bolsa de estudos e ter uma renda extra para gastar em CDs, roupas e a conta do celular (enorme, aliás).

O tipo de acidente que víamos no campus era diferente do que eu tinha visto na Califórnia: jovens bêbados caindo de estátuas onde subiram para fazer fotos idiotas, sofrendo concussões e fraturas parciais; um caso de meningite que diagnosticamos na hora; um aborto num dormitório, quando a garota perdeu um terço do sangue por hemorragia interna, e aquelas tristes e dolorosas tentativas de suicídio que Ian tinha contado (principalmente por causa de notas ou de relacionamentos terminados).

— Não sei por que eles não conseguem continuar vivendo até se sentirem um pouco melhor — falei para Ian. — Por que não esperam só mais um pouquinho? — Ele sabia o que tinha acontecido comigo.

— Eles não sabem que um dia vai melhorar, Ronnie — ele disse, com sua eterna melancolia. — Você tinha a sua fé. É engraçado. Vemos aqui tanto desespero em garotos que supostamente são os mais inteligentes do país, vindos de todas as parte do mundo. Inteligência não garante felicidade. Às vezes, acho que até piora.

Pela primeira vez, senti um respeito, não apenas um reconhecimento, porque minha educação simplesmente proibia aquele tipo de autodestruição. Senão, eu podia ter feito o mesmo que aquelas garotas (em geral, eram garotas, pois só três rapazes tentaram o suicídio no período em que estive lá). Eu sabia que tinha o perfil do suicida: era emocional, impulsiva, obstinada.

Houve um caso. Eu não devia chamá-la de "caso", embora a maioria de nós se distancie da situação assim. Era uma linda garota latina que estava quase se diplomando quando fez uma prova ruim de química orgânica. Uma prova. Isso significava ficar para trás da turma porque fracassou. Mas era só o que ia acontecer. Repetir o ano, passar mais um verão na escola. Era primavera. As castanheiras e as hortênsias estavam florindo. Eu achei que ela podia agüentar. Mas ela pegou uma seringa e encheu de ar, procurou uma veia e, bem, ela sabia aonde espetar. Pensei:

"Pai, me ajude, esta garota usou o alimento da vida para acabar com a vida." Ela deixou um bilhete dizendo: "Meus pais trabalharam honradamente durante muitos anos para me ajudar a entrar em Harvard. Eu os decepcionei. Mãe, pai, Lucinda, Jorge, Luís, sua irmã mais velha ama muito vocês." Fecho os olhos e lembro de seu rosto tranqüilo e cianótico, seus fartos cabelos negros, o quarto imaculadamente arrumado, as pilhas de textos para devolver deixados com um post-it em cima. Uma das garotas, que estava pela primeira vez na equipe, ficou histérica. Teve dificuldade de respirar. Fui uma das pessoas que participou da reunião no dia seguinte para fazer o relatório sobre o atendimento. Precisei faltar a uma aula por isso e, pela primeira vez, não me importei.

Havia acidentes de carro, mas a maioria era sem gravidade, só dava prejuízo para a seguradora do carro.

Só vi uma outra fatalidade naqueles três anos, de um velho professor de direito que morreu calmamente aos 80 e tantos anos, durante uma palestra sobre delitos civis. Os alunos depois brincaram que ele morreu de tédio. Mas achei essa brincadeira cruel, como acharam outros garotos da minha equipe que estavam se diplomando em direito. Não é uma *tragédia* quando um idoso morre. Mas também não é uma piada. A Sra. Sissinelli uma vez me disse que os católicos rezavam à Virgem Maria para terem uma boa morte. Eu entendi isso, pela primeira vez. Se você morre fazendo o que gosta, é realmente uma bênção.

Também foi uma bênção Cambridge ter uma boa comunidade mórmon. Mas, embora houvesse alguns jovens ótimos, rapazes e garotas de quem eu gostava, não era "como lá em casa". E, de todo jeito, eu não queria só sair com mórmons.

Eu tinha outros amigos.

Por isso escolhi estudar em Boston, apesar de também receber uma bolsa completa para a Universidade de Chicago e para a Brigham Young. Eu me sentia melhor ficando mais perto de Clare que estava, claro, em

Nova York, e de Serena, que finalmente resolveu fazer arte no Conservatório de Boston.

E Miko também estava lá, na faculdade de medicina.

Tínhamos ficado amigos. Eu gostava da presença familiar dele. Era como um irmão mais velho que me levava ao mercado dos produtores para eu não freqüentar lojas de turistas. E como almoçávamos umas duas vezes por mês (em geral, sushi), ele se tornou um amigo mais próximo, aquele para quem eu podia contar tudo. Cheguei a passar algumas semanas em Cape Cod com ele e Serena, no verão em que entrei para a faculdade. Todos disseram depois que, só de olhar para nós, sabiam de tudo, embora Miko jamais pegasse na minha mão.

Ele só queria saber de Diana.

Quando voltei para a faculdade, Miko conheceu o cara com quem eu estava saindo, Erik Lock, que estava para se formar em administração. Miko definiu Erik como "uma cabeça em cima de um terno". Eu então disse que Diana Lambert, que dava em cima de Miko, era uma cabeça em cima de um corpaço. Claro que estávamos brincando, mas nem tanto. Era mais o que papai costumava chamar de "brincadeira a sério".

Algumas noites, nem Eric nem Diana estavam por perto. Então, Miko e eu íamos ao Commons e falávamos sem parar, como tínhamos feito até de madrugada aquela vez, vendo o riacho Dragon passar em meio às pedras. Nunca namoramos de verdade. Porém, depois de um tempo ficou claro que, sem dizermos nada, alguma coisa iniciada na cabana perto do riacho Dragon estava aumentando. Nós não transávamos. Sequer ficávamos de mãos dadas. Mas era como se ficássemos. Miko começou a jogar pedrinhas na janela do meu dormitório à noite. Quando eu descia, ele dizia: "Estava com saudade de casa. Queria conversar com a menina que mora lá na rua." — E conversávamos até o céu ficar cinza. Falávamos da residência que ele ia começar no hospital. Ele queria que fosse em algum lugar no Pacífico noroeste, em Washington ou no Oregon.

Alguns desses hospitais ajudavam muito as pessoas que viviam no Alasca, que nem sempre tinham acesso ao melhor atendimento médico.

— Imagine ir de avião para algum lugar remoto e cuidar de um menino com apêndice supurado ou ter de removê-lo para um hospital. Seria o máximo. Sei que já fiz minha parte cuidando de problemas na garganta e dores na coluna, mas é nesse tipo de situação que penso quando imagino ir para lá. — Eu sabia o que ele queria dizer. Foi pelo mesmo motivo que fiz o que fiz.

Miko também me contou que queria passar a metade da vida perto de Boston e queria ver aquele outro oceano. Eu, sem dúvida, compreendia. Depois de uma daquelas longas noites, eu me levantava para ir à faculdade como se tivesse levado uma bola de basquete na cabeça. Mesmo assim, consegui as notas.

Na primavera seguinte, ele alcançou um objetivo: foi aprovado para o hospital Harborview, o que mais queria. Fui a primeira a saber. Fiquei contente por ele e triste porque pensei logo que, mesmo se fizesse todas as matérias nos verões, ainda demoraria um ano ou mais para me formar.

Críticas a mim mesma? Fiz centenas. Qual é o problema, Ronnie Swan? Que diferença faz? Você não sai de casa mesmo! Fique satisfeita por terem se divertido juntos por tanto tempo. E outras coisas invadiam minha cabeça: eu podia me candidatar para a faculdade de medicina da Universidade de Washington. Não era o que eu mais queria. Yale era. Yale! Pára com isso, eu dizia para mim mesma. Nós éramos apenas Ronnie e Miko, companheiros. Bom, nem tanto. Mas nenhum de nós se entregaria a sentimentos que provavelmente ambos nutriam e rejeitavam, considerando o quanto eram impossíveis por centenas de motivos.

Até que, uma noite, Miko gritou para eu abrir a janela do meu dormitório.

— Quero que você agarre uma coisa. Lembra? Da garota com mãos grandes de jogadora de basquete?

A coisa que ele jogou era um anel de diamante com platina. Desci correndo e pulei em seus braços, enroscando minhas pernas em sua cintura. Ele disse:

— Achei melhor resolver isso logo.

— Que coisa mais romântica — eu disse, depois de nos beijarmos, totalmente aliviados. — Foi como pescar a minha primeira perca no mar. Na verdade, pescá-la foi mais romântico.

— Ronnie, você sabe muito bem que ninguém resiste à primeira ruiva — ele disse, tirando os prendedores dos meus cabelos e fazendo-os se espalharem pelos ombros e encherem as mãos dele.

— Então é só atração sexual — eu disse, dando mais um beijo nele, outro e mais outro.

— Quem falou em atração sexual? Eu estou apaixonado pela garota que mora lá embaixo na rua.

Ele ficou doido quando deixei-o lá e subi correndo a escada para ligar para Clare. Eu tinha só 20 anos.

Dois verões depois, nos casamos no templo perto de casa e fomos de avião para uma pequena lua-de-mel na casa de Cape Cod, antes de minhas aulas começarem. Minha sogra encheu todos os cômodos de rosas brancas e jasmins. Fecho os olhos e lembro do encantamento que foi aquele forte banho de perfume. Anos depois, basta eu tocar o ombro de Miko enquanto ele está dormindo para meu corpo lembrar de tudo o mais. Há uma foto nossa, em preto-e-branco, dependurada em cima da nossa cama. Sou eu com o vestido de casamento da minha avó e Miko de terno cinza, olhando nos olhos um do outro e rindo como se tivéssemos acabado de ganhar as Olimpíadas. Era assim que nos sentíamos.

O tempo que ficamos separados até eu me diplomar foi muito duro. Miko fazia eu me sentir completa e os finais de semana roubados não bastavam para preencher o vazio entre eles. Houve vezes em que quase tive medo de vê-lo, de fazer aquela enorme viagem para passar duas noites insones junto com ele. Antes de entrar no avião de volta, eu já estava com saudades. Era como estar casada e não estar, não era igual ao que meus pais viveram na Brigham Young. Uma vez, minha mãe veio me visitar e perguntei se ela alguma vez pensou que Miko e eu fôssemos ficar juntos. Ela respondeu:

— Eu esperava que sim — Fiquei surpresa.

— Embora ele fosse católico — eu disse.

— O amor não se incomoda com esses detalhes. Eu rezava para que ele visse o caminho certo para vocês dois e que você tivesse como mulher toda a felicidade que não teve como criança. — Ela me abraçou, com meu rosto encostado no ombro dela. — Você vai superar aquele tempo, Ronnie. Vai, porque é a pessoa mais determinada que conheço.

Naturalmente, me candidatei à faculdade de medicina da Universidade de Washington. Depois, rezei como se estivesse querendo entrar no céu. E fui aceita. Quando recebi a carta, mandei para o consultório de Miko balões vermelhos, brancos e prateados em forma de coração. Todo mundo achou que era aniversário dele. À noite, pelo telefone, ele disse que, finalmente, tinha relaxado um músculo do pescoço dele que estava tenso há meses.

O apartamento que encontramos era, na verdade, só uma sala grande, um sótão reformado com alas e cantos para uma cozinha e um quarto, parecido com o da casa da Sra. Desmond. Embora não fosse luxuoso, o pedacinho do Sound que dava para ver da janela da frente fazia com que ele parecesse um luxo. Na parte inclinada do teto, esticamos cortinas em cordas para fazer de conta que eram armários. Todos os espaços verticais ficaram cheios de estantes de tábuas sobre tijolos, só que pintamos as tábuas de pinho barato para combinar com a parede azul e usamos tijolos de vidro que pareciam absorver mais luz e, portanto, dar mais espaço. Uma parede era azul-pervinca coberta com fotos que meu pai fez das flores e dos riachos da montanha e uma prateleira alegre mostrava o jarro preferido de mamãe, de cerâmica branco leitoso, em forma de um cardo curvado sobre o próprio pescoço. Ela nos deu de presente de casamento. A cozinha era tão pequena que não dava para eu abrir os braços no meio dela. Mas tudo parecia aumentar naquelas raras ocasiões em que recebíamos amigos e enchíamos o aparelho de CD com capacidade para 25 discos. O banheiro tinha o mesmo modelo de banheira com pés de garra que me lembrava de San Diego. E eu podia mergulhar nela até o nariz, quando estava com os pés doloridos, como costumavam ficar quase todas as noites, principalmente depois que soubemos que estávamos grávidos. Não foi exatamente planejado, mas também não foi exatamente evitado. Foi mais ou menos como aconteceu com Miko e eu, o destino não levou em conta os impedimentos humanos. E, como o nosso casamento, a gravidez foi sem dúvida bem-vinda.

O Dr. Sissinelli então quis comprar uma casa para nós. Ou, pelo menos, que o deixássemos pagar o aluguel de um apartamento grande, de três quartos. Mas nós queríamos comprar sozinhos, ou quase, porque meus sogros tinham ajudado com os custos da faculdade. Nós simplesmente colocamos uma cortina em mais um canto e criamos um quarto mínimo. Pintamos as paredes com bolinhas roxas e amarelas e nos preparamos para receber o bebê que todo mundo achava que fôssemos adiar. Os avós dos dois lados queriam que eu tirasse um ano de licença para cuidar do bebê, mas eu tinha visto mães conseguirem cuidar do filho e fazer a faculdade. Eu também podia. E fiz, embora às vezes me sentisse como se tivesse corrido em pista de areia molhada.

Nossos pais não conseguiram chegar lá a tempo do parto, porque o bebê nos surpreendeu e chegou algumas semanas antes. Egoisticamente, quase nos alegramos. Tive a primeira contração no cinema, mas esperamos o filme terminar para irmos para a maternidade Harborview.

Miko também ficou muito orgulhoso por seu filho nascer no hospital "dele", onde o obstetra na sala de parto nos chamou de Dr. e Dra.

Sissinelli. Eu queria uma parteira, mas Miko foi o melhor atendente que se possa imaginar. Durante o parto, pede-se que a mulher "pense em" lindas paisagens para não perceber que a dor dá vontade de arrancar a cara de alguém com as unhas. Mesmo assim, ninguém podia me ajudar mais do que Miko, que conhecia a mim e aos lugares mais próximos do meu coração a vida toda. Ele me segurou e quando a dor estava pior, segurou com mais força e lembrou do nosso primeiro beijo, naquele dia que raspei a mão ao cair de Jade no jardim da casa dele. Lembrou também daquela noite no forte de lama, quando percebemos pela primeira vez que estávamos apaixonados. Contou como íamos ensinar o nosso bebê a esquiar, nadar, andar de bicicleta e montar a cavalo. Ele me fez rir quando contou que tinha comprado cidra espumante no nosso casamento para brindar com a noiva que não bebia álcool. Como italiano, carinhoso e engraçado por natureza e fisicamente atraente, Miko era conhecido no hospital por fazer os pacientes, sobretudo as idosas, se sentirem confiantes e seguros. E eu sempre soube que, por trás daquele rosto brincalhão, havia uma pessoa muito emotiva. Mas naquela noite, quando vimos nossa filha pela primeira vez na sala de parto, só com o médico e a enfermeira, Miko começou a rir e depois a chorar como um menino. Foi um momento tão forte que nos fundiu numa só pessoa como nem mesmo o dia do casamento fez. Parece meio bobo, eu sei. Mas há momentos na vida que são bobos mesmo.

A partir daquela noite, os buquês de flores chegaram sem parar em meu quarto, enviados por Clare, por meus pais, por minha amiga Emma e o marido, por meus primos. Os colegas de Miko vinham a toda hora dar tapinhas nas costas dele e dizer que o bebê parecia com ele (não parecia). E no pouco tempo que tínhamos para dormir, nos apertávamos na cama de hospital, com Mika no meio. No dia seguinte ao nascimento, nós a levamos para casa. Talvez tenha sido por causa dos hormônios, mas me senti uma rainha ao deitar em minha cama. E na manhã seguinte, me senti mais princesa ainda quando minha mãe chegou e insistiu em fazer minhas sobremesas preferidas e uma versão mais suave de sua sopa de *tortilla* e milho que só ela sabia fazer. Acho que toda jovem mãe feliz sente isso.

E nós éramos felizes.

Nós somos felizes.

Não sei se conseguirei ser completamente feliz como uma pessoa que jamais foi marcada pelo sofrimento, mas também não acho que minha situação seja ruim. Jamais saberei, porque nunca vou ser outra pessoa. Só sei de uma coisa. Sempre tive e sempre terei de conviver no meu trabalho com coisas que fariam minha prima Bridget, por exemplo, sair correndo aos berros. E na minha vida, bom, sempre vai haver um "senão" na minha felicidade. Mas pelo menos vivi com um homem que sabia disso.

Epílogo

No primeiro ano de trabalho, uma médica residente tem a impressão de que está de pé há cinco anos, sem parar. Não importa que preparo físico ela tenha, quantos quilômetros corre na rua ou na academia. Fica tão cansada, tão exausta, que pode dormir profundamente no intervalo que uma enfermeira leva para trazer outra bandeja com instrumentos e curativos. Virei mestra nessa arte. Conseguia até usar uma parte da minha cabeça para responder às perguntas dos doentes crônicos ou com uma doença que só um psiquiatra poderia tratar (mas que não corriam perigo imediato), dando o que pareciam ser respostas delicadas, enquanto uma outra parte de mim estava dormindo. Um médico que faz residência na Emergência enfrenta situações impossíveis de atender, mas também estimulantes ou impossíveis corridas para salvar alguém, e é duplamente abençoado, ou amaldiçoado, pela pressa inexorável. Os plantões terminam, mas os pacientes continuam chegando. As horas são devoradas. Achei que os quatro anos de faculdade de medicina jamais terminariam e na época eu tinha tempo para correr de vez em quando ou fazer ginástica, ou ir ao cinema... ou sentar para fazer uma refeição. Hoje, considero aqueles tempos um oásis. Os alunos vão para *casa*. Para mim, um plantão de três da tarde às onze da noite pode terminar ao amanhecer do dia seguinte. Todo mundo tenta evitar isso, mas acontece. Você se envolve com um paciente e, mesmo que o atendimento prossiga, só quer sair do hospital depois de saber como ele está.

Aquela noite era véspera de Natal.

Millie Aberg levou para todo mundo chocolate quente com marshmallows feitos em casa.

Eu estava sonhando com minha casa em Pine Mountains, com a árvore de quatro metros de altura dos Sissinelli ao lado da lareira. Não pude estar lá, mas, mais tarde, depois de colocar os presentes de Papai Noel (inclusive uma boneca de pano que mamãe tinha feito, com cabelos compridos castanhos), ia me enrolar no meu futon com minha gata Athena e ligar para eles. Ouviria a linda voz de soprano do meu irmão cantar "Noite Feliz" para mim, lá de longe. Rafe tinha recebido do Pai Celestial o talento para a música, não era herdado de mamãe nem de qualquer de nós. Em apenas uma hora eu teria percorrido o quarteirão que separava o hospital Seattle Mercy da minha casa. Estava pronta para assinar meu nome na saída do plantão quando fui interrompida por uma fala baixa e rude de um dos meus estudantes de medicina. Esperava que meus alunos estivessem aborrecidos, pois passar o Natal numa Emergência é coisa que não desejo para ninguém mas, como eu sempre dizia quando as coisas ficavam difíceis, eles sabiam que era assim.

— É sempre assim, seja Natal, Páscoa ou Dia das Bruxas, quando trazem os pacientes — ouvi Anita Fong dizer para Stacey Sweeney, uma das enfermeiras. — Será que não conseguem ver que uma criança está mal *antes* das nove da noite? — Anita era uma aluna brilhante, mas agressiva e impaciente, impaciente demais, quase sempre. Tive medo que as pessoas do outro lado da cortina verde ouvissem-na reclamar. Os pais às vezes *ficam* sem saber o que fazer por um tempo longo demais, e eu achava que era por terem corrido tantas vezes ao pediatra para descobrir que a criança estava só com um vírus e que precisava de suco de laranja, não de antibióticos. Mas enquanto eu esperava, Anita saiu com o aparelho de examinar gargantas e disse:

— Bom, *ela* está bem. Feliz Natal. O pus na garganta dela parece uma estalactite.

Anita sumiu atrás da cortina e ouvi-a dizer aos pais, por cima dos murmúrios, que precisavam ficar atentos aos sintomas da filha porque os estreptococos podiam causar sérias complicações. E acrescentou:

— A garganta dessa menininha vai ficar como se ela tivesse engolido vidro. — Aquilo foi demais. Podia tê-la deixado resolver a situação sozinha. Nem todo médico precisa ter a paciência de uma santa. Mas abri a cortina e, tentando fazer minha cara dar um sorriso alegre, perguntei:

— Está tudo bem aqui, Dra. Fong?

Juliet devia estar com quantos anos na época? Nove? Ainda era uma menina tão diferente que tive de prender a respiração tanto pela admiração quanto pela surpresa. Tinha cabelos compridos louros e olhos que eu tinha certeza que mudariam do azul para o verde conforme a cor do céu ou da roupa que usasse. Ela sentou-se na cama, com um boneco de plástico vermelho numa mão e a outra segurando uma compressa fria no pescoço. Tentei recuar e fechar a cortina antes que se virassem para mim. Mas eles viraram depressa demais e Scott olhou nos meus olhos pelo que pareceu um tempo infinito, mas que deve ter durado dez segundos. Kelly tentou jogar uma manta no rosto do bebê, que não devia ter mais que 8 ou 9 meses, dormindo no canguru que ela carregava na frente como se para protegê-lo. Mas ela deixou a manta cair e ficou com os cantos dos olhos lacrimejando e achei que fosse falar alguma coisa. Sabia que ela não devia falar.

— Vejo que estão em boas mãos — eu disse. — Se Juliet tomar o remédio, estará ótima para abrir os presentes de Natal amanhã cedo. Mas não deixem que ela se aproxime do lindo irmãozinho.

A menininha endireitou-se e apontou para mim com o boneco de plástico.

— Como você sabe que meu nome é Juliet? — perguntou.

— Papai Noel me contou. Eu também tenho uma filhinha — respondi.

— Como ela se chama?

— Mika.

— Que nome bonito. Por que é Mika? Ela tem 9 anos? — perguntou Juliet.

— Não, tem 2. O nome é uma combinação do nome do pai dela com o meu — respondi. — Feliz Natal. — Como se sentisse alguma coisa naquele quartinho além de nós seis, Anita Fong calou-se. Eu saí e deixei a cortina se fechar.

Não existem coincidências. Se algo acontece e não entendemos o motivo, não significa que não exista motivo. Significa que o motivo será revelado depois, talvez não nessa vida. Havia vinte leitos na Emergência do hospital Seattle Mercy e oficialmente meu plantão tinha terminado. Por que fui exatamente àquele? Obviamente, porque havia algo que eu tinha de descobrir. Nem todos os pais que levam os filhos para a Emergência na véspera de Natal são desleixados ou neuróticos. Alguns estão apenas ocupados, cansados, são excessivamente cuidadosos ou têm um filho que não costuma reclamar. Pelo menos, os que vão à Emergência estão preocupados e não se envergonham disso. Os pais que nos preocupam são os que nunca levam os filhos. Juliet estava perfeita, bem alimentada, ótima. Scott e Kelly tinham cuidado bem dela. Tinham sido os pais que ela deveria ter. Para mim, isso significou que eu tinha sido perdoada. No vestiário, me ajoelhei no banco e rezei para que Becky e Ruthie, em sua felicidade celeste na comemoração do nascimento de nosso Salvador como ser humano, abençoassem Juliet, o bebê, a sobrinha delas que era minha filhinha, e os irmãozinhos.

Não sei para onde Scott e Kelly mudaram quando saíram de San Diego. Nunca quis saber. A inevitável explicação para nosso encontro no hospital foi que aquilo era essencial não só para nós três, mas para alguém maior do que a soma de nossas vidas, para nos mostrar o que tínhamos feito delas.

Levantei-me, tirei o casaco do gancho e, com cuidado para não olhar para trás, para o leito na frente do aparelho eletrônico com escalas de plantão, risquei meu nome no quadro. Enrolei no pescoço o lenço de angorá que irmã Barken me deu e saí na noite nublada.

A chuva fria que tinha encharcado Seatlle o dia todo havia finalmente estiado. Olhei para a constelação da Ursa Maior. Embora ainda houvesse um resquício de nuvem, vi só uma parte da Concha, como se fosse uma gaiola de estrelas quebrada.

Este livro foi composto na tipologia
Lapidary333 BT, em corpo 13/17, e impresso em
papel off-white 80g/m², no Sistema Cameron da
Divisão Gráfica da Distribuidora Record.

Seja um Leitor Preferencial Record
e receba informações sobre nossos lançamentos.
Escreva para
RP Record
Caixa Postal 23.052
Rio de Janeiro, RJ – CEP 20922-970
dando seu nome e endereço
e tenha acesso a nossas ofertas especiais.

Válido somente no Brasil.

Ou visite a nossa *home page*:
http://www.record.com.br